灰王家の怪人

門前典之

本格M.W.S.

南雲堂

灰王家座敷牢之図

目次

灰王家の怪人

プロローグ　鬼伝説

　むかし、むかし、仁徳天皇の頃、飛驒《ひだ》の国に両面宿難《りょうめんすくな》という鬼がすんどったそうな。広い額の下に吊上がった太い眉、かっと見開かれた両眼、大きな鼻に両端が引き下げられた唇、炎のようにうごめく髪の毛、まるで無念のうちに討ち取られた荒武者のような形相じゃった。身の丈は十八丈もあり、力は壱百人の男たちよりも強く、ムササビよりも早く動けた。じゃが、最大の特徴は、ふたつの顔を持っていたということに尽きる。そのためどんな攻撃を受けてもかわすことができたし、十間以内にねずみ一匹近づこうものなら、気づかれずにはすまなかった。

　宿難は山中に潜み、家来を率いて略奪を繰り返していた。鬼たちは怪力で俊敏なだけでなく、宿難の許《もと》、統制が取れていてかつ神出鬼没だったため、飛驒を治める豪族にはどうすることもできなかった。そこで朝廷から使わされたのが、難波根子武振熊《なにわねこたけふるくま》という偉いお侍さんじゃった。そして宿難は武振熊率いる派遣軍にあっさりと首をはねられ成敗されてしもうた。

　ところがじゃ、はねられたのは宿難本人でなく、身代わりになった家来じゃったんじゃ。難を逃れた宿難は飛驒の国を出、残った家来たちとともに、西へ西へと流れ、この鳴女《なきめ》村のある御山に移り住んで来た。

宿難にふたつの顔があったということから言い伝えられているんじゃろうが、悪行ざんまいばっかりだったという記録以外にも、飛騨では国を開いた徳のある異形の神人だという記録も残っとるらしい。つまり憤怒と柔和のふたつの面を持ち合わせた鬼じゃった、ということだ。どっちが正しいのか分からんが、ここでは悪行の限りを尽くした鬼だったと伝えられておる。

宿難は移り住んでしばらくは大人しゅうしちょったが、すぐに多くの鬼の家来を連れて里に下りてきた。田んぼや畑を荒らすだけでなく、ときには、馬や牛までさらっていくという悪さを繰り返すようになった。そうやって十年の月日が流れた。

ところで、御山のふもとに、弥助《やすけ》という若い男がおった。

冬の間は洞にこもっていた鬼たちも、雪がとけると、あいも変わらず里にやってきて穀物を盗んだり、田んぼや畑を荒らしたりした。それがまたその年はなんともいえんひどさじゃった。日照り続きでろくな収穫がなかったんじゃ。

いままではため息ばかりついとった村のものも、ついには喰いもんがなくなって、もうがまんができん。弥助は何べんも寄り合いをもっていろいろ相談のあげく、

「なんとしてもあの鬼を退治せにゃならん。それでなきゃあ、この村のもんはみんな飢え死にしてしまうわい」

「そうじゃ、そうじゃ」村人たちはみな声をそろえた。

「戦こうて死ぬのも飢え死にするのも一緒じゃ！」誰かが叫んだ。

次の日、村人たちはみんなひとりひとり手作りの武器を持ち、決死の覚悟で、鬼のすむ山へ攻めていくことになった。

さて、村人たちが山へさしかかると、すごい山鳴りがして、長い金色の角をふりたて、真っ赤な口をくわっとあけた鬼たちが現れた。山鳴りは鬼たちの雄叫びだったのだ。

弥助はひるみそうになる村人たちの先頭に立ち、

「それっ！」と鬼たちに向けて右手を振りかざした。

びゅーん、びゅーん。壱百の槍が飛んだ。

びゅーん、びゅーん。壱千の矢が飛んだ。

じゃが、勢いよく飛んだ矢も、力強く放たれた槍も鬼たちに近づく手前で失速し、一本残らずはじき返されてしもうたのじゃ。

もちろん弥助のつくったがんじょうな槍も、するどい矢もなんの役にもたたんかった。鬼たちへの攻撃は続いたが一向に勝ち目はなかった。やがて槍も矢も尽きはじめると、鬼たちの反撃が始まった。百貫はあろうかという巨石を放り投げて寄越したのだ。村人たちは山の斜面を転がる巨石をかわしながらほうほうの体で逃げ帰るのがやっとだった。

「いくらやっても、矢がたたん」三度目の戦が終わった後の寄り合いで村人のひとりが言った。

「やっぱり鬼だ。あやつは不思議な魔力を持っている。それに宿難の奴は、すぐに岩窟にこもってしもうて、姿を現さんようになった」別の村人も言う。

が、弥助はくじけなかった。

「たとえ魔力があろうと何があろうと、俺たちが力をあわせてかかっていけば、きっときっと勝てる」

村人たちは弥助にはげまされ、また新しい矢を作った。そして山へ出かけていった。

が、やはり勝ち目はなかった。村人たちのなかには、鬼の爪にかかって、深い深い谷の底に突き落とされるものや、投げつけられた巨石の下敷きになるものも大勢出た。

そんなある晩、弥助の夢枕にひとりの童子が現れた。白い着物に白い顔をした童子だった。

「壱千本の矢を放ったあと、最後に一本ではなく、同時に三本の矢を弓につがえて放て、そうすれば必ず倒せるだろう」

鈴を鳴らしたような声だったと、弥助は村人に伝えた。村人は既に半分に減っていたけれど、最後の決戦と心に誓って新しい弓を作った。そして壱千本の矢を携えて弥助たちは山へ向かった。冷え込みが一段と厳しくなってきた折で、そろそろ鬼たちも洞に籠る矢先の時季だった。

鬼たちはいつものように雄叫びを上げた。だがこのときの弥助には、どこか遠くで聞こえる遠吠えのようにしか聞えなかった。

「それっ」弥助の号令の許、村人たちは壱百の矢を放った、壱千の矢を放った。

そして矢がつきかかった頃、宿難が岩窟《がんくつ》から顔を出した。

「いまだ！」

弥助は教えられたとおりに、三本の矢をつがえて放った。白い花崗岩を矢じりにした矢だった。宿難は直ぐにこれに気づき、防ごうと岩を投げた。

空中で二本の矢を落とすことには成功したんじゃが、残りの一本は宿難の片目を射抜いた。痛さで岩窟から転がり落ちた宿難は、弥助の号令のもと一斉に飛びかかった村人たちによって首をはねられてしもうた。

そして弥助は槍の先にその首を刺し、高々と掲げた。それを見た鬼の家来たちは散り散りになって逃げていったんじゃ。

じゃが、それで終わらなかった。宿難は首だけになってもまだ生きていて、七日経っても十日経ってもうなり声を上げ続けた。そのうなり声も日に日に大きくなっているように村人には感じられた。そこで村人たちは宿難が生き返るのを恐れ、頭を槌で潰し、さらに胴体はばらばらに細切れにして沼に沈めたんじゃ。そうすることで村人たちはやっと安心して眠ることができるようになった。

しかしそれもそんなに長くは続かなかった。沼からまた声が聞えてきたんじゃ。日が経つにつれ地鳴りのような声に変わっていった。弥助は怖がる村人を説得して沼をさらった。しかし、沼に沈めた槍の先に宿難の首はなく、ばらばらにした胴体の一片も見つかることはなかった。それなのに次の日も、またその次の日も宿難のうなり声は聞えてきた。

村人たちの間には、宿難は復活して、また村を襲う準備をしているという噂が広まって、村を捨てて逃げていく村人たちも出てきた。そこで弥助は、沼の中洲に祠を建て、徳のある坊さんにお経を上げてもらった。すると不思議なことに声はぴたっと止んだ、ということじゃ。

綾香《あやか》――五歳の夏

「だ、あ、れ？」

綾香は暗闇に向かって訊ねた。

「だれか……、いるんでしょう？」小さく囁《ささや》くような声を放つ。

「…………」

だが、漆黒の闇はしんとして静まったきり、少女の声を吸収するだけで、何の応答もなかった。

綾香はそれでも――闇で何も見えなかったけれど――、何かが確実に存在していることを疑わなかった。じっと暗闇の一点を見つめ、全神経を集中させて待った。

突然〈かさっ〉という微かな衣擦れの音。一瞬びくっと小さな身体が反応する。

すると、また続けて〈かさっ〉〈かさっ〉と同じ音が続く。

しかし二度目のそれは、あえて音を立てたという感じがした。恐る恐るだが、誰かに気づいて欲しい、そおっと静かに気づいて欲しい、そんな気持ちが感じ取れた。

そのまま闇に目を凝らしていると、開け放したままの蔵の入口から差し込んできた仄かな明かりが、内部を照らし始めた。雲が割れ、月が顔を出したのだ。

いつもは締め切られているはずの板戸が、一枚分開けられていた。誰かが閉め忘れたのだ。綾香はその引戸を右に押してみた。すると、するすると手入れの行き届いた雨戸のように簡単に開いてしまった。そこには――、連続引戸のすぐ裏は太く頑丈そうな桟でできた、大きな升目の格子が全面にあった。


綾香は、その升目に頭を突っ込み、中を覗いた。

「だあれ?」

綾香はさらに身を乗り出すように、でもさっきより大きく声をかける。

すると格子の向こうに白い大きな塊が見え、その白い塊がかすかに蠢いている。

綾香のいる前室は幅一間ほどしかないが、格子の向こう側は蔵の大きさからして三間はありそうだった(一間は約一・八メートル)。

「……だ、れっ」

誰何《すいか》するように、もっと大きな声で訊ねる。

小さいなりに恐怖を感じてはいたが、好奇心の方が勝っていた所為だ。

「お返事しないと、帰っちゃうよ」

今度は、格子から身を離し、微かに震えた声で訊ねてみた。

「…………け、て」

それはほとんど聞き取れない、蚊のなくような声だった。

綾香はすぐに格子に顔をくっつけるようにして、声のするほうを見つめた。

格子のなかの部屋は殺風景で、正面の格子以外は壁も床も板張りで、天井はなく屋根裏が剝き出しだった。奥の壁に小さな高窓がひとつあるだけで、照明器具すら見当たらない。一ヶ所しかない出入り口は格子に組み込まれていて、南京錠がかけられていた。

格子の中の空間、そのほぼ中央に、かなり大きめのマットが敷かれていた。白い塊はその上にあった。シーツに包まれた複数の毛布のようだった。

その白い毛布が揺れ、「た、す、け、て」綾香の耳にはっきりそう聞えた。

「どうしたの?」

「た……助けて欲しいんだ」

そのとき白い毛布の塊が盛り上がり、先端の毛布がめくれ、少年が顔を出した。少年は毛布数枚に包《くる》まるようにして横になっていたのだった。まるで蓑虫が辺りの様子を窺うようにちょこんと顔を出したようだった。

少年の顔は青白く、頰はこけ、目元が隠れるぐらいまで前髪を垂らした所為なのか、伏し目がちなその表情からは、生気が感じられなかった。

「……お病気なの?」

綾香はまた格子の間から頭を差し入れ、訊ねる。

「……ううん、……違う。……そうじゃ、…ないんだ」

少年は左手で上体を支え、右手で口元と頭を交互に撫でるようにしながら話す。その所為なのか、声が聞き取りにくい。

「あたま、お怪我したの?」

「……ううん、違うんだ。…ちょっと、病気なんだ」

少年の手はいっそう早く動いた。

「……お名前は何ていうの? どうしてここにいるの?」

少年はやっと少女の顔を見つめると、

「りゅ……りゅう、い、ち」

そう答えると、毛布に包まったままマットを下り、続けて這うような恰好で、少しだけ格子に近づいた。

綾香は頭を格子から引き抜いた。

「ま、まって……。お願いだから……」

少年は慌てて動きを止めると、続けて「ここから、出たいんだ」と懇願する。

「う……うん、じゃあ、お母さんに、言ってくるね」

綾香は格子から手を離し、後ずさりした。

「あっ、いいんだ、言わなくて。だから、……行かないで」

その声は切なく、瞳は潤んで見えた。そして毛布のなかに右手を突っ込みもごもごさせると、

「こ、これを……、これをあげるから」

そう言って差し出された、光の届かない地底湖にすむ両生類のように細く白い右手には、小さな、

これ以上小さくは折れないと思われるような折鶴があった。

綾香はもう一度格子から身を乗り出すようにして、息をするだけで飛んでしまいそうな折鶴をそっと受け取った。

「お母さんに言わなくてもいいの」

「ああ、もういいんだ。それより、えーと、君は……名前はなんていうの？」

「綾香っていうのよ」

「綾香ちゃんか、綾香ちゃんはいくつなの」

左の手のひらに折鶴を載せ、

「五歳だよ」

右手を大きくいっぱいに開いてみせる。少年も「五歳か」と言いながら同じように右手をいっぱいに開いて見せた。

「お兄ちゃんはいつからここにいるの」

「ずっとだよ」

「ずっとって」

「……ずーっと、何年も前からだよ」

「何年もって？」

「覚えていない。気がついたら、ここにいたんだ」少年は唇を動かすことなく喋る。

綾香はそれを不思議そうに見つめた。

「……出たらダメなんだ。病気なんだよ」少年の声にはどこか自嘲《じちょう》めいた響きがあった。

「どうして？」

「出られないんだ」

「お外に出ないの」

「どんな、お病気なの」

「うーん、……左の脇腹に腫瘍ができちゃってね」

「しゅ、よう……？」

「大きなできもののことだよ。それがだんだん大きくなってきてね」

綾香の眉間が狭くなるのを見た少年は、慌てて付け加えた。

「でも、大丈夫だよ。良性のものだし、うつったりなんかしないから」

「ふーん、だから、毛布で隠しているの」

「ああ、そうだよ」

少年は寒いのかずっと布団に包まったままで、休むことなく小刻みにからだを動かしていた。

「ふわふわの毛布で気持ちよさそうだね」

「……うん、ずっと寝てるからね。ふわふわの毛布にしてもらったんだ」

「綾香の毛布もふわふわだよ」

「そうか、良かったね」

「でも、シーツはしわしわだね」

綾香は少年がマットから這い出したときに、はみ出たシーツを指差して言った。

「う、うん。お兄ちゃん、敷くのが下手なんだ。綾香ちゃんのはきれいなんだ？」

「綾香のはきれいだよ」

「自分で換えれるの？」

「うん、そうだよ。ちゃんと自分でできるもん」

そう言って綾香は膨れっ面をする。少年は少し微笑んだように見えた。

「お母さんはやさしい？」

「うん、やさしいよ」

「おじいちゃんは？」

綾香は困ったように首を傾げると、格子から手を離した。

「ね、まって……。そうだ、時々ここへ遊びにきてくれないかな」

綾香は一度下を向いて考えてから、

「……うん、いいよ」と言ってにこっと笑った。

「今度来たときはかえるさんを折ってあげるからね」

「ほんと？」

「ああ、ほんとだよ」

「象さんも折れるの」

「うん、折れるよ」

「ウサギさんも」

「ウサギさんもだよ」

「蟹さんも」

「ああ、蟹さんだって、なんだって折れるんだよ。でもね、ここには紙がないから今度くるときは、新聞紙を持ってきて欲しいんだ」

「うん、お母さんに言って、ちゃんと色紙買ってきてもらうね」

「あ、だめだよ。そんなことするとお兄ちゃんが怒られちゃうからね」

「綾香には怒んないよ」

「おじいちゃんに怒られちゃうんだよ。おじいちゃんは怖い人だろ」

「おじいちゃんには言わないよ、絶対に」

「でも、だめだよ。もし綾香ちゃんが僕に色紙を渡していることがばれると、お母さんまでおじいちゃんに叱られるんだ、だから」

「……うん」

「古新聞でいいからね。ほら、勝手口の倉庫に古い新聞があるだろ。あれでいいんだよ。新しいのはだめだからね。おじいちゃんが毎日読むんだから」

「うん、分かった」

綾香は大きく頷いた。

「あ、それとね、これはお兄ちゃんと綾香ちゃんだけの約束だよ。誰にも言っちゃあだめだよ。言っちゃうと、もう折り紙を折ってあげられなくなるからね」

　そう言って、右手人差し指を立て、唇にあてる。

「うん、わかったよ」

「それとね、折ってあげた折り紙は、誰にも見られずに次の日には川に流すんだよ、いいね」

「えーっ、やだな。……どうして」

「綾香ちゃんは大きくなったら何になりたいのかな」

「……うーんとね、幼稚園の先生」

「そうか、それならね。その折鶴を流すときにお願いするんだ。そうすれば願いが叶うんだよ。だけどそれを誰にも見られてはいけないんだ。見られると、お願いは叶えられなくなるんだよ。いいね、このことはお兄ちゃんと綾香ちゃんだけの約束だよ。約束は守れるかな」

「うん、大丈夫だよ」

「じゃあ、指きりだ」

「うん」

　綾香は格子に身を預けるように乗り出し、小さな右手の小指を少年が差し出した小指に交えた。そして指きりげんまんを二度繰り返したあとで、折鶴を大事そうに両手で包み、蔵を出て行った。

記録一

私がはじめて雪入《ゆきいり》と出会ったのは、いまから十年近くも前のことだ。当時私は京都市内の私大の二回生で、文学部に籍を置いていたのであるが、身体を壊し、母校の付属病院で療養生活を余儀なくされていたときのことだった。

雪入は見た目どこが悪いのか分からないほど健康的で、小さな人工池のある中庭で、額に汗しながらスクワットをしていた。バイク事故で左足を骨折したらしいのだが、信じられない回復力で、同じ入院着を羽織った老人があきれた顔で見つめていたのをいまも覚えている。

彼とは年恰好も同じよう（実際雪入はT大の二回生）だったし、また、私のほうも、松葉杖こそついていたものの、全身を包むようにしていた包帯もとれ、あとはいつ退院できるかを待っているだけの退屈な日々を送っているときだったので、親しくなるのに時間はかからなかった。話しかけたのはたしか私のほうで、スクワットの最中に身につけていたウエストポーチから零れ落ちた文庫本が目に止まったからである。それは『ビック・ボウの殺人』という推理小説で、その密室トリックに驚愕したことと手に入れるのに苦労した本だったので、私のなかでは強烈な印象として残っていたからだった。彼はその本をちょうど読み終わったばかりで、話は弾み、すぐに打ち解けることができた。

それから私たちふたりが同時に退院する一ヶ月もの間、毎日のように日が暮れるまで中庭で推理小説談義に花を咲かせた。ときには消灯後私の病室に忍び込んで話し込んだこともある。話し声を聞きつけて点検に来た看護婦を何度もやり過ごしながら。話し声はすれど、その相手を発見できずに、まるで狐に化かされたかのような怪訝な顔を残し立ち去る看護婦の後ろ姿がいまでも思い出される。

こう記すと、私は根っからの推理小説ファンのように思われるかもしれないが、実は入院がきっかけの読者で、半年に及ぶ入院生活の間に四百冊近くを読破した。多い日は一日に五冊以上読破し、我ながら感心するほど推理小説にはまってしまった。

それでも上には上がいるもので、雪入においては私の読んだものは全て読破していて、さらに作中一度か二度しか登場しない脇役のそのまた脇役のような登場人物の名前まで諳《そら》んじてみせるほど抜群の記憶力を持っていたのである。

しかし雪入を語る上で重要かつ特筆すべき最大の能力は、その探偵能力である。これから語られる山口県の寒村で起きた前代未聞の密室殺人事件を、見事解き明かしてみせたのである。

しかもその事件は十三年も前の事件で公式な記録もなく、目撃者のほんの僅かな証言だけを手がかりにして、蔵造りの座敷牢という特殊な密室でのばらばら殺人トリックを看破せしめたのだ。

三方は分厚い土壁に囲われ、残る一面には頑丈な木格子が行く手を阻む。さらに監視者がいたにもかかわらず犯人は忽然と現れ、忽然と姿を消した。そんな不可解な謎をいとも簡単に解き明かしてみせたのだ。

雪入とはそれほどスマートな頭脳を持ち合わせた男だった。

〝だった〟と過去形で記したのは、雪入がすでにこの世の人ではないからである。

雪入は、邪悪な犯人に命を奪われてしまった。彼は十三年前の猟奇密室殺人事件を解き明かした後、同じ座敷牢のある蔵で（厳密には座敷牢の前室――そこもまた密室状態だった）殺されてしまったのだ。

しかもその事件は未だ解決に至らず、犯人はいまものうのうと生きていて、どこかでほくそえんでいるに違いない。

いや雪入の名誉の為にもここは言葉を重ねておかねばならない。彼は私を守る為に自らの命を落としてしまったのだ。私さえいなければ、私が手枷足枷にならなければ、雪入は殺されることはなかったし、犯人が行った密室殺人さえ起こりえなかったと断言できる。

――深い悲しみと自己嫌悪、そしてふつふつと湧き上がる激しい憤り――いまでもこれらの感情が薄れることはない。

私がいまこうしてペンを取っているのも、そうした感情の為せるわざであり、これを読んでいただいて、雪入の功績が賞賛に値するものだということを認知してもらい、さらには雪入殺しの真相を解き明かして欲しいと切に願うからなのである。


話が前後してしまったが、ここで私自身のことを記しておこうと思う。名前は鈴木慶四郎《すずきけいしろう》といい、都内にある空調機メーカーの経理部に勤める、そろそろ三十路《みそじ》を迎えようかという、どこにでもいる平凡な男だ。名もない私大国文科卒の私が、畑違いの空調機メーカーの、しかも経理部に勤めるようになったのも、積極的な就職活動をしなかった——明確な意志がなく、たまたま求人していたいまの会社に拾われただけ——当然の帰着であり、結婚退職で偶然、経理部に欠員ができたという——専門知識があり計算が得意というわけでは決してない——妥当な判断に基づく、これまた必然の帰結だった。

生まれは北九州、らしい。らしいというのは、幼少期の記憶がないからで、まあ、ほとんどの人も同じようなものだろうが、私の場合は生まれてから記憶が派生するまでの記録を、情報として伝達してくれるはずの両親がいなかったからである。だから私の記憶は、小倉にある孤児を専門に預かるカソリック系の施設での生活から始まる。シスターの話によれば、初雪の降った十二月のとある日、施設に併設する教会の懺悔室前に設えてある木製の椅子に、毛布に包まれて置かれてあったらしい、置手紙ひとつなく。よって私の名前、慶四郎はシスターの命名による。それが、私が与えられた記憶だ。

しばらくして、私は交通事故で一人息子を亡くしたという、広島在住の鈴木夫妻に養子として引き取られた。同じような境遇の孤児が二十人近くいた施設で私が選ばれたのは、背恰好が似ていたということと、決め手となったのが慶四郎という名前が死んだ息子と同じだったかららしい。

育ての両親はふたりとも穏やかで善良を絵に描いたような人間で、決して裕福ではなかったが、十分な愛情をもって育てられた。

父は広島市内の紡績工場に勤め、母は専業主婦として私の成長を見守り、高校入学と同時に近くの弁当屋にパートに出るようになった。いま思えば、大学に進学させるための教育費を稼ぐためだったようだ。

私としては両親を早く楽にしてあげたいと考えていたので、高校卒業と同時に働く決心をしていた。しかし、おまえの成長だけが私たちの希望なのだという説得に素直に応じることにした。当時、私の成績は、学内を問わず県内でもトップクラスであり、T大を受験するのに、何の否定的な要素も見出せなかったからでもある。

偏差値と担任の教師の後押しで受験に臨んだのだが、果たして本番に弱いという、恐らく人生を過ごすにおいて最も重要と思われる資質の欠如を思い知らされることになった。試験の開始と同時に神経性の腹痛が始まってしまったのだ。そしてそれは試験終了のベルとともにきれいに収まってしまうというものだった。

結局、腕試しにと臨んだすべり止めの京都の私大しか受からなかった。国立大学で難関のT大ならいざしらず、授業料の高い私大に行く気はなく（ましてや受験浪人など考えもしなかった）、今度こそ働く決心をし、就職活動を始めたのだが、両親は私の知らないところで入学手続きを済ませてしまっていた。拒否はしたものの、結局母親の涙の説得には逆らえなかった。

その当時まで、私は自分を生んだ本当の両親がどこにいるのだろうかと、一度も考えたことはないし、自分が不幸だと感じたこともなかった。いま思い返しても当時の私は幸福だったといえる、間違いなく。

だが、不幸というものは突然襲ってくる。――そう襲ってくるという表現が一番ぴたりと当てはまる。

あれは忘れもしない大学生活二年目の夏だった。前期の試験を終え夏休みに入ったばかりの暑い日、私はバイト先のデパートの配送センターで、両親が交通事故で死亡したことを知らされた。土日を利用して京都に遊びにくる途中だった。免許を取りたての父が、高速でハンドル操作を誤ったというのが事故の原因だと担当警官が言っていたのを覚えている。六十を過ぎて免許を取得して初めての遠出だった。聞いた話では、父は買ったばかりの新車を私にプレゼントするつもりだったようだ。その道中の事故というわけだ。

葬儀を終えてから私はこれまでのバイトに加え、新たにふたつのバイトを始めた。両親の遺してくれた預金と生命保険のおかげで働かなくても十分卒業できたのだが、そのお金に手をつけるという行為が親不孝な気がしてならなかったのだ。

その結果、不幸というのは連なるもので、今度は私自身が身体を壊し入院する羽目になったのである。学業をおろそかにすることなく睡眠時間を削ってバイトに精を出した一ヶ月後のことだった。相手側の（決して私ではない）居眠り運転による、配送中の交通事故で生死の淵を彷徨《さまよ》ったのである。その治療・療養時代に出会ったのが雪入なのである。

いまでは少し足に後遺症は残るものの、顔の傷は前より男前になったと揶揄されるほどに回復した。日本の整形・形成医療技術の成果であり、まるで生まれ変わった気分である。もちろん医療費が相手側持ちであることが大きい。

生まれ変わった気分というのは、何も身体的なことだけを指して言っているのではない。身体とは精神に付随してくるもので、あくまでも精神的な回復がもたらす影響の方が大きい。両親を亡くした悲しみと自らの将来に希望が持てなかった当時の私が、立ち直るきっかけとなったのが雪入との出会いなのである。

雪入は私とは正反対の男で、私にないものを全て持ち合わせている。体重六十七キログラム、身長百八十二センチと体型こそ似通っているものの、青白い顔で生気のない目をしている私に対し、雪入はぎらぎらしたあの松田優作が演じた刑事のように野性味あふれる。いつも下を向いて猫背でとぼとぼ歩く私に対し、彼は胸を張り躍動感いっぱいに行動する。小声でぼそぼそと話す私に対し、相手を見据えはっきり自己主張する。容姿が似ているだけに、反ってコンプレックスを感じてしまう。

しかし、一番の違いは（コンプレックスの最大の要因は）彼がT大に合格したということになるだろうか。しかもほとんど勉強らしい勉強をせずに入学したという事実だ。最初それは謙遜か嫌味にしか思えず信じていなかったのだが、彼と話をしているうちにまんざら嘘ではないことが分かってくる。というのも高校時代の彼は京都市内といわず関西で最大勢力を誇る、というか彼が関西ナンバーワンの巨大勢力と成した、暴走族Z-ROLL《ジーロール》のヘッドでもあったからである。

雪入の武勇伝には事欠かず、あの新聞紙面を賑わせた国道〇〇線の大爆走はいまも記憶に新しい。一千台近いバイクが僅か一時間にも満たない時間ではあったが、三キロ近くに渡って国道を支配している様は——不謹慎きわまる言い方かもしれないが——壮観であった。追う警察車輌を完璧に振り切ってから、日を改めて出頭する潔さも、いまのただ悪さを繰り返すだけの暴走族とは一線を画しており恰好良く映ったものだ。

他にも、彦根で地元の暴力団と衝突し、捉えられた後輩を救い出す為に単身乗り込んだことがあり、その際負った背中の切り傷もまた私との距離を縮めた。なぜなら私もまた背中に同じような切り傷を負っていたからだった。雪入は正面でなく背中に負ったことで、〝逃げ傷〟と見られることを恥じていたが、聞けば、匕首《あいくち》で切りつけようとする相手から、捨て身で後輩を守ったから負ったのであり、私のような単なる事故とは訳が違う。一度見せてもらったが、肩胛骨の下から脇の下を通り、正面にまで達するほど、大きく抉られたような傷跡があった。肺にまで達していなかったのが不思議なくらいの大きな傷だった。

雪入はセンター試験が近づいても毎週集会を開いていて、試験の前日まで走っていた。彼にとってはT大に合格するよりも出席日数不足で高校を卒業できるかどうかの方が重要な問題だったようだ。それでも現役で合格したのだから驚きを通り越してただただ感心するばかりだ。天才というのは存在し、私のような凡人が理解する事はできない存在なのだ。

ところが、折角入ったT大も一年通っただけで休学しているというのだ。一年間考えてみて興味が湧いてこなければ、復学はしないとも言っていた。私にはとうてい理解できず、もったいないと口走ると、

「もったいないのは時間の方さ。価値のないものにかける時間ほどもったいないものはないよ」

「君にとってT大で学ぶ事は価値のない事なのか？」

「いいや、学ぶべき事とそれにかける時間との割合、効率が悪すぎるということになるのかな。あんな講義なら本を読めば事足りるよ。五分も本を読めば分かる事に、九十分時間をかけることの愚かさに気づいたからだよ。遅ればせながらね」

彼が入学しなければ私が入っていたという単純計算は成り立たないのは十分分かっていながらも、私は自分が入学できなかったT大をあっさり捨ててしまう彼が何故か許せない気分になって、

「じゃあ、どうして入ったんだ。入りたくてしょうがない人だっているのに」

「うーん、とりあえず入るのに一番難しそうだったからかなぁ。……地元が京都だから京大でも良かったんだけど……、京都は飽きちゃったし、それに東京の方が、人が多くて刺激も多そうだろう」

何とも贅沢な話だ。彼にとって進学は自分の意志で選ぶのであって、選ばれるものではないようだ。


退院後、暫く彼と会うことはなかった。再会は、就職が決まらず腐っているときだった。雪入は案の定というかやはりというかT大を中退し、ふらふらしていると言っていた。顎鬚を伸ばし、髪の毛も長く伸ばし後ろで束ねていた。彼は、

「俺よりあまり早く先に行くなよ」と言って慰めてくれた。働かないでどうやって生活しているのか聞き出そうとしたが、

「自由でいたいんだよな。誰からも縛られたくないし――」と、子供じみたことを何度も口にするだけだった。そんな彼がうらやましくもあり、また、彼のように自由でありたいと願った。


三度目に会ったのは、いまの会社で、大変なミスをしでかしたときだった。その当時の私はいまの経理部ではなく、業務部という部署に配属されて間もなくで、発注された屋外空調機の見積もり――金額にして六百万円以上の低い見積書を作成してしまったのだった。言い訳になるかもしれないが、

私としては間違いを犯したわけでなく、私の記した数字の『6』が顧客には『0』と読めたというだけなのである。書き仕舞いを、勢いよく流してしまう文字癖が、仇となってしまったのだ。いまの時代ならパソコンで印字され、起こりえないことなのだが、当時はまだ手書きだったのである。

「一億の物件の六百万円だ。パーセンテージにすれば高々六％だ。どうせ他社との競合だろ？　そんな金額、営業判断で軽く落とされる。結果それで仕事が取れたのだから、慶四郎のやった行為は会社に協力したことになるのさ。単に営業の背中を軽く押してやったに過ぎないんだよ。だからあまり気にするなよ」

雪入はそう言って勇気づけてくれた。

そのときの彼は、半年間かけて全国を回るサーカス団について回っているとかで、なんでも団員の料理を賄っているとのことだった。ついでに覚えたというナイフ投げの芸も見せてもらった。きっかり十メートル離れた先のピースの空缶に、三本立て続けにジャックナイフを命中させてみせたのは圧巻だった。自宅マンション裏手の欅《けやき》の森で演じてみせてもらったのだが、好奇心につられてついてきた近所の悪ガキが、驚いて腰を抜かしてしまったのが印象に残っている。

その次に会ったのは結婚に迷っているときだった。雪入はちょうどモルジブ諸島から帰ってきたばかりのときで、真っ黒に日焼けしていて、持ち前の野性味にさらに磨きがかかっていた。海外旅行の経験のない私も、いつか行くならモルジブだと思っていたので、彼にあれこれ聞いてみた。しかし私が知っている知識以上のものは聞き出せず、

「何をしていたんだ」と訊ねても、

ただけなのだ。

「海岸で寝そべっていただけ」

「写真は？」と訊いても「ない」とぶっきらぼうな答えが返ってきただけだった。いつもならただやり過ごすのが私の常なのだが、このときの私は少し粘り強く訊いてみた。

「どうして写真も残っていないんだ。せっかくの記念じゃないか。本当に行って来たのか？」

決して彼の言っていることを疑っているわけではなかった。自分のなかの、意地の悪い虫がうずいただけなのだ。

しかし、雪入の反応は冷ややかで、

「いままでどこにいたのか、聞かれたから答えただけであって、信じるか信じないかは、慶四郎、君の問題だろ。それに写真だけど、そんなフィルムを買う金があったら、パンの一切れでも買うよ」

「えっ、それじゃあ――」

「そう、勘違いしてもらっちゃあ困るが、観光旅行に行って来たわけじゃない。生活の場の一期間がモルジブだったというだけのことで、モルジブの前は一年ほどスペインとフランスの国境近くの山村にいたし、その前はインド南部の海岸に面した町に半年ほどいたんだ」

「ずっと日本にいなかったんだ」

「ああ、日本には三年ぶりに戻ってきた。慶四郎に会いにね」

こっちが恥ずかしくなるぐらいのことを、彼は平気で口にする。

「でも、生活はどうしてたの？」

「その時々、場所、場所で違うね。強いて共通してやっていたのは、絵を描いてそれを売っていたことくらいか……」

　彼に絵の才能があるとは知らなかった。私はただ感心して雪入を見つめた。

「俺にとってはどこに住むかは問題じゃない。肝心なのは何を感じて生きていくかだな」

　雪入はそう言って白い歯を見せ、胸を張ってみせる。

　彼の何が私を引きつけるのだろうか？

　自由な生き方か、ときどきみせるシニカルな物言いか、多種多彩な趣味か、行動の大胆さなのか、おそらくそれら全てなのだろう、彼の魅力は。

　例えば、私など市役所に住民票を取りに行くときでも、まず前日までに何が必要か確認の電話を入れ、諳《そら》んじているにもかかわらず現住所を書き記したメモを作り、何時のバスに乗って何時に着くかまで調べてからでないと行動できない。しかも実際には予定の三十分は早めに着く。彼の場合はどうか、行政サービスなど、電話一本で取り寄せられるぐらいにしか考えていないのではないか。まあ、そんなことはないにしても、頓着せずにいきなり行動に移すことだろう。しかし、それでも彼なら私の予想もしない方法でその難題（？）をクリアしてしまうに違いない。行き当たりばったりということではなく、浅慮《せんりょ》で計画性がないという意味でなく、うまく表現できないが、彼ならどんな難題でも苦もなく処理してしまいそうな気がするのである。それが私に一番欠けている能力であり、私を引きつける彼の魅力になっている。

　彼の描いた絵がいくらになるか訊いてみたいと思ったが、止めておいた。いつのまにか屈託のない笑顔で話している雪入を見つめているうちに、この男ならそんな雑事を聞くことさえ失礼なことのように思えてきたからである。

雪入には感謝してもしきれないほどの恩義を感じている。彼は私が唯一心を許せる友人で、窮地に陥ったときには、必ずといって良いほど駆けつけてくれる。

いつもは音信不通で、どこで何をしているのか全く分からない。たしか横浜の馬車道に住んでいるはずだが手紙を出しても返事はないし、電話をかけても出たためしがない。まあ、一年のほとんどをどこかに出かけて過ごしているのだから仕方のないことではあるが。

しかし、本当に、私の調子が、都合が悪くなると、必ずどこからともなく現れて勇気づけてくれるのだ。本音を言えば、もう少し早く現れてくれればといつも思うのだが、かなり切羽詰ったというかのっぴきならない状況にならないと現れてくれない。助けてもらっているのだから贅沢はいえない。

そんな雪入に唯一迷惑を、つらい決断を迫らせてしまったことがある。それは私の結婚に関することだ。というのも私の愛した女性――妻の良子《りょうこ》は、本当は雪入のことが好きだったのだ。良子にそのことを確認したわけではないが(結果が怖くて聞き出せなかった)、まず間違いないと私は信じている。そして雪入本人も良子のことを、好ましく思っていたはずなのだ。

妻、良子は、私と雪入が療養生活をしていた病院の看護婦だった。彼女はいつも笑顔で語りかけてくれた。看護婦だから当たり前だと思われるかもしれないが、彼女以外の看護婦は私が物思いにふけっていて、反応しないことがあると、無視されたと思ってしまうのか、あからさまにいやな顔をし、なかには舌打ちするものもいて、もう二度と声をかけてくれることはなかった。そんななかにあって良子だけは違った。私の病室の担当だったこともあったろうが、廊下でも中庭でも目で捉えられる範囲に入ると必ず笑顔で話しかけてくれたものだった。もちろんそれは私だけでなく、全ての患者に対しても同様だった。でも、それが逆に私には好印象に映った。

ただ、雪入に接するときの良子は、声はいつもより幾分高ぶり、その話し方も私や他の患者に対するのとは違って、少し乱れたというか、うちとけた乱暴さとでも表現すればいいのだろうか、とにかく雪入にしか見せない特別な反応だった。雪入もまた彼女と話すときはいつもに増して饒舌になるのだった。

背恰好も髪形も似通っていたからか、彼女はときどき私と雪入を間違えて呼ぶことがあった。私がその声に振り返ると、彼女は間違いに気づいたのか、ほんの瞬間のことだが、沈んだ表情になるのだった。それが、寂しくもあった。

退院してからは、良子と一度も会うことはなかった。それが二年前偶然　職場近くのレストランでばったり出会ったのだ。彼女が京都の病院を辞め、東京に越してきたばかりのころで、お互いひとりだったので一緒に食事することになった。昔話に花が咲き、楽しいときを過ごせた。雪入のことが話題に上ったが、暫く会っていなかったため「知らない」としか答えようがなかった。しかし、彼女が落胆した表情を見せることはなかった。

それからわたしたちはときどき会って食事をするようになり、やがて恋に落ち、生まれて初めての愛の告白をすることになる。

しかし本来ならその前に、私は雪入に会って許しを請わなければならなかった。

良子と会っているとき私は雪入のことは忘れ、彼女にも雪入のことを思い出させないようにしてきた。正直に告白すれば、恋の行方がはっきりするまで、雪入の存在は疎ましかったのである。本当は雪入こそ良子の伴侶に相応《ふさわ》しい。出会いのタイミングがずれていれば、そうなっていた。それは、自分でも良く分かっている。しかし、諦めるには恋に落ちすぎていたのだ。

それでも、雪入は私にとってかけがえのない友人だ。それも事実であり、関係を壊したくない。だからこそ、雪入が良子をどう思っているかは別にしても、私の心情として、どうしても彼には許可を取っておく必要があったのだ。

私が結婚に迷っていたというのは、彼女が私の求愛を受け入れてくれるかという不安と、受け入れられたら受け入れられたで、雪入との友情が壊れはしないかという不安があったのである。

四度目の再会の折、一通り雪入の放浪生活の話を聞いたあと、私が話し難そうに語る言葉の断片から、雪入はすぐさま全てを察し、

「もうその件はいいよ。ノープロブレムだ。このあと君がやるべきことは、レストランの予約をして花束でも買って、気の利いたせりふのひとつも考えることだけだな」

雪入はにっこり笑ってウインクしてみせると、颯爽《さつそう》と部屋を出て行った。

彼が出て行ったあとには、おめでとうの言葉を添えたカードとダイヤのリングが残されていた。そのリングは婚約指輪として、いまも良子の宝石箱に収まっている。

雪入とはそういう男なのだ。羽振りの良いときには寄ってきて、落ちぶれると去って行くのが人の

常だが、彼だけはその反対なのだ。人に甘えず自分に厳しく、それでいて他人には心やさしい。ときには辛らつな物言いをするけれども、それもやさしさの裏返しなのだ。

だから自分の存在が僅かでも疎ましいと相手に思われる——本当はそんなことはないのだが——と感じられると、自ら姿を消してしまうのだ。


その後、結婚が決まり、一年が経っても、雪入は一度も姿を現すことはなかった。結婚式には招待したかったのだが、いつものように連絡がつかない。来春には子供も生まれるというのに……。やはり私たち夫婦に遠慮でもしていたのだろうか……。

灰王《はいおう》家での再会が、まさか最後になるなんて、全く思わなかった。あの雪入が殺されるなんて、考えてすらいなかった。

雪入が死んで、良子もまた私と同じように深い悲しみのなかにいる。私が彼の話をするたびに彼女はいつも悲しい顔をする。それがまた辛い。良子にもう一度会わせておくべきだったのだ。


繰り返しになるが、私にとって唯一といえる友人は、雪入だけなのだ。そんな彼が死んでしまった。殺されてしまったのだ。昭和が終わろうとした年に、灰王家で起こった猟奇殺人事件——密室と化した座敷牢で発見されたばらばら殺人事件、迷宮入りしてしまった十三年前の難事件を、鮮やかに解決してみせたあと、やはり同じ座敷牢のある部屋で雪入は額を割られ、首を切断され、殺されてしまった。十三年という時空を超えてやってきた殺意に。

だが、雪入の死体はいまだに発見されていない。ひょっとしたら彼はどこかで生きていて、またひょっこり何事もなかったかのように、私の前に現れるかもしれない――そう思ったこともあった。しかし、現実から目をそらすのは止めよう。彼は間違いなく死んだのだ。私の目の前で、手の触れんとする距離で、かっと目を見開いたまま死んでいる雪入を発見したのは、ほかならぬ私なのだ。私自身もまた、犯人の毒牙にかかって同じように額を割られ、気を失ってしまわなければ、やすやすと密室を構成させはしなかったのに……。いまこうして病院のベッドに拘束されることはなかったのに……。

いま病室には私ひとりしかいない。

この間も訪ねてきた刑事に私の見た全てを話して聞かせたのだが、何度も同じことを話して聞かせたのだが、メモすら取らなかった。端から私の話を信じていないのだ。

彼らは私の証言を信じない。十三年前灰王家の座敷牢で起きたばらばら殺人の真相、そして同じ座敷牢のある蔵で殺され、消失した雪入の死体の謎、いずれも密室であるが故に警察は私の話を信じようとしない。

――そんなものなのか！――　雪入の死体が発見されないからって、それだけの理由で彼らは私の話に耳を傾けようとしないのか⁉

「自分の目で見たもの以外は信用するな」いまは亡き雪入の口癖が聞こえてきそうだ。彼らは説明のつかない事象には決まって懐疑的になるのだ。いや、頭からそんなことはなかったと否定してかかるのだ。出入り不可能な密室状況で私と雪入が倒れ、犯人はおろか雪入の死体までも忽然と消えてしまったという不可解な謎を無能な輩に解け、という方が無理な相談なのかもしれない。それとも警察はその密室にひとりで発見された私を犯人とでも疑っているからだろうか？

この間の刑事も私の事情聴取というよりも、逃げ出しはしないか見張りに来たのかもしれない。だとしたらとんでもない見当違いだ。私は瀕死《ひんし》の重傷で発見されたのだ。だからこんなに長く入院を余儀なくされている。自作自演でできる怪我じゃない。少し考えてみれば分かることだ。

警察では期待できない。自分で解明してやるのだ。それが私にできる唯一のことだ。雪入が解き明かした十三年前の事件に比べれば造作もないはずだ。彼のような類まれなる着想と、論理的思考の力が備わっていないにしても、何より私は雪入殺し事件の当事者として、一番間近にいた人間なのだ。雪入はいつも言っていた、この世の目に見える事象に論理的帰結のない事象はないと。私は全てを見ている。あとはそれを整理してつなげる作業だけだ。

これは雪入の弔い合戦でもある。私が雪入殺しを究明すれば、雪入が解き明かした十三年前の密室殺人（座敷牢でのばらばら殺人事件）の奇想天外なる真相を無視できなくなる。警察はもう一度裏づけ捜査をしなければならなくなるに違いない。時効を目前に控えたいま、重い警察の腰を上げさせ、雪入の名誉を回復し、類まれなる才能を世に知らしめるには、絶対密室といえる雪入殺しの謎を解くしかないのだ。

さあ、これからその事件の詳細をお話ししよう。

独白

いつからそこにあるのか、どこからやってきたのか、気がついたときにはそこにいた。

気がついたのがいつかも忘れてしまった。一〇歳の頃か、五歳の頃か、全く思い出せない。

私の左目には虫が棲《す》む。

左目に限って小さな羽虫のような、あるいは何かの幼虫のような虫が蠢《うごめ》いている。

虫は何かをするわけではなく、ただ漫然と見つめているときにしか現れない。新聞や本を集中して読んでいるときとか、何かを真剣に考えているときは現れない。

いや、本当は、虫はいるのだが、気にならないのだ。おそらく生まれついたときから虫は棲みついているので、それが当たり前なので、気にすることはなかったのだ。

だが、最近は違う。虫が気になって仕方がない。数が増えたとは思わないが、時々いらつくほど気になってしまう。左目を抉り出したい欲求に駆られるほどだ。

いらつきの原因は明白だ。退屈なのだ。

虫が気になってしょうがないというのは、抉り出したいと思うほどいらつくのは、何もすることがなく退屈を極めている状態なのだ。しかもかなり限界に近い。

読書に限らず、日常生活のなかで、何でもいいから、何かに気を取られているときには、虫は見えない、気にはならないのだ。

といっても私に日常生活と呼べるものがあれば、の話だが。

もちろん実際に眼球のなかに虫が棲んでいるわけではない。いくつもの小さな粒状の塊が眼球のなかにあり、それがくっついたり離れたりして、虫のような形を成すというだけのことなのだ。顕微鏡で覗いたブドウ球菌の塊が、たまたま昆虫のような形を成している、とでも言えば分かってもらえるだろうか。

私自身この虫をはっきりと捉えることはできない。いや、見ようと思っても焦点を合わせられないのだ。虫は眼球のおおむね右側にあって、焦点を合わせようとして右に眼球を動かすと、さらに右に鼻の方に逃げる。反対に瞳を左いっぱいに寄せ（このとき虫はほぼ正面）、すぐさま正面に焦点を合わせても、虫は瞬時に形を崩し、右に移動し、そこで少し形を変えた虫を再生する。

正式な病名は飛蚊症《ひぶんしょう》というらしい。

以前何かの本で読んだ。人によっては蝿が飛んでいるように見えるとか、糸屑のように見えるとか表現は異なるが、みな同じ病気のようで、原因は硝子体《しょうし》の濁りからくるらしい。その濁りが虫のように見えるのだ。疲れやストレスが原因で、ほとんどの場合が自然発生的に生じ、自然に消えていくそうだ。

ただ、中高年と呼ばれる年齢なら、加齢による場合や、あるいは網膜剥離《もうまくはくり》の可能性を疑ってみた方がいいらしい。

私の場合は、生まれつきの異常で、これだけなら慣れてしまえば、気にさえならなければ、どうということはない。そう、気にさえならなければ……。

だが、いま現在、虫が見えるということは、気になるということは、集中していないということである。毎朝、毎晩、いつ何時でも虫が見えているということは、何もすることがないということを意味する。

何かを考え、何かを想像し、それを書き留めるということでもしない限り、虫はいつでも現れる。しかし、それもし尽くした。もう終わった。もう考えるべきことはない。何もないんだ。全く何もない。ナッシングだ。

格子で区切られた、無味乾燥な部屋に、ずっと閉じ込められてみろ。想像力なんてこれ以上出てきやしない。

退屈などという次元はとうに通り越した。こんなので生きているといえるのか。食事は与えられ、何かしらの書物も与えられる。

——だから、なんだ。それが、どうした。そんなものはもう要らない。

ここから出せ。

話をさせろ。誰でもいいから話をする人間を連れて来い。ここから出さないのなら、せめて話をさせろ。誰でもいいから……。

……お願いだ。ここから出してくれ。

……お願いだ。誰か……。

記録二

私が島根県と山口県の、県境にある鳴女村に赴くことになったのは、差出人不明の一通の手紙による。その表書きには極端に右肩上がりの、はねる癖のある文字が規則正しく並んでいた。封筒のなかにはA4判の用紙が一枚入っていて、印字された文字で次のように記されていた。

〝己が出生の秘密を知りたくば、山口県東部、島根県境にほど近い鳴女という村へ行け。そして灰王家を訪ねよ。そこにおまえの過去が眠っている〟

たったそれだけの文面だった。〈鳴女村〉や〈灰王家〉は初めて耳にする名前だったし、そもそも山口にしろ島根にしろ、出身地、広島の隣県ではあるが、行った記憶もない。

手紙の用紙は横罫のどこにでも売っている大手文具メーカーのもので、封書も同じく定形の白い封筒だった。ただその封書には消印がなかった。送り主が直接私のマンションの郵便受けに放り込んだということになる。

あまり良い気分はしなかったが、仕事が上期の決算期に差しかかり、また妻良子の妊娠で雑事に追われるようになったりと、多忙を極めていて、気にかける余裕すらなかった。

それに手紙を受け取ったとき、妻はちょうど妊娠三ヶ月目でつわりがひどく——初めての妊娠で神経が過敏になっていたこともあって、彼女を不安にさせたくなかったので、手紙のことは伏せておいた。事実、私も忘れかけていた。

そんな手紙のことが再び私のなかで頭をもたげるようになったのは、良子が出産のため実家である福岡県に戻ってから、一ヶ月経ったころ（妊娠六ヶ月目）であった。仕事もちょうど決算処理が終わり一段落着いたころでもあり、良子の面倒をみる必要がなくなったので、これといった趣味もない私は誰もいないマンションで退屈なときを過ごしていた。また課長に特休を取るならいまのうちにな、と言われていたこともあって、有給休暇と合わせて十日間の休みを取ることにしたのだった。

私の勤務する会社は勤続五年を経過すると、四日間の特別有給休暇を取得できるシステムとなっていて、来月は師走となり、再び忙しくなるのが分かっていたので、ここは思い切って休みを取ることにした。もちろん休暇の目的は、良子のいる福岡に行くことであったが、その途中、手紙にあった鳴女村に、ふらりと立ち寄ってみようと考えたからでもあった。

立ち寄ってみたところで、具体的に何をどうしよう、などと企てているわけではなかった。自分が生まれたと思《おぼ》しきところに足を踏み入れてみるだけ、ただそれだけ、そんな軽い気持ちだった。役場へ行って戸籍を調べるだとか、近所に聞き込んで回るとか、そういったことは全然考えてもいなかった。鳴女という村を少し歩いてみる程度で、できれば誰とも接触することなく村を後にしたいとさえ考えていた。誰が手紙をどういうつもりで投函したのかは分からなかったが、何か得体の知れない意思を感じるし、やすやすと相手の思惑通りに動かされるのも癪だった。鳴女村へはただ立ち寄るだけ、通りすがるだけなのだ、それだけなら大したリスクではない、そう、自分に言い聞かせた。

仮に手紙の内容が事実だとし、幼少期を鳴女村で過ごしていたとしても、そろそろ中年に差しかかろうとしている私が、私であることに気づかれる可能性は低い。少なくともただ通りすぎるだけなら、誰にも気づかれるはずがないと考えていい。それに手紙を受け取ってから三ヶ月以上が経っているし、いつ鳴女村へ行くかなんてことは私自身しか知らないことなのだ。もし私を見て、何らかのリアクションがあるなら、その人物が手紙の主である可能性が高い。わざわざ自宅マンションまで出向いている以上、私の人相を確認しているはずだから。

もし、本当の両親がそこに生きているとしても、会いたいとは思わなかった。捨てられたことを恨んでいるわけではない。ただ、空白の年数は埋まらない。私の親は広島の鈴木浩次《こうじ》と光恵《みつえ》だけなのだ。それにあの手紙からは、何か知らないでおいた方が良い、自分の過去はいまさら穿り出さない方が良い、と思われて仕方ない。少なくとも手紙の主は、運命の出会いを歓迎しているようには思えなかった。

＊

十一月三日

新幹線を広島で降り、広島市内で一泊する。高校を卒業するまでこの地で過ごしたので、古い友人、知人は少なからず居る。生まれ育った家は既になかったが（両親が他界したあと、叔父と名乗る男が土地家屋を処分してくれ、幾ばくかの現金に換えてくれた）、一泊程度なら泊めてくれる友人は数人いた。

翌日、旧交を温めた友人のもう一晩泊まっていけよという誘いを、妻が待っているからと辞去し、鳴女村に向かった。もちろん鳴女村に向かうことも、そのきっかけとなった手紙のことも、友人には話さずにいた。

〝鳴女村〟いままで一度も耳にしたことのない名前だ。出発前、地図で調べたところによると、小《お》郡《ごおり》で山陽新幹線を降り、山口線に乗り換え、名草《なぐさ》駅からさらにローカル線で一時間。しかしそれで終わりではなく、さらに一日に三本しかないというバスに一時間揺られなければならない。私は今晩中には妻が待つ福岡の実家に着きたかったので、広島駅を始発の新幹線で小郡駅に向かった。それでも鳴女駅に降り立ったときには午前十時を回っていた。その日二本目のバスまで小一時間待たねばならなかった。

ここはその昔、温泉が出たところらしく〝灰王温泉へようこそ〟という色褪《あ》せた大きなアーケード看板がみえる。そういえば駅舎は利用者数に比べれば大きすぎるようだし、駅前には古い旅館が二軒ほどある。ただ、傷みっぱなしの外観と埃だらけの窓ガラスからそれらがいまも営業しているのかは、はなはだ疑わしい。

誰もいない駅前のバス停で待っている間、僅か三人の人間しか眼にしなかった。

ひとりは無人駅となった切符販売機の集金に来た紺色の制服を着た白髪の老人。ローカル線の鉄道員のようだ。

ふたり目は目の前に位置する商店の主人らしきおばあちゃん。店は開けてあるのに客は一時間でゼロ。椅子に腰掛けたままずっと動かないので、何かの人形だと思っていた。腰の曲がった老婆の人形など珍しいなとは思っていたが。

三人目は白い軽トラで通りかかった農夫だ。荷台の竹籠には胡桃《くるみ》の実がいっぱい詰まっていた。聞こえないふりをしてやり過ごすつもりで、愛用の野球帽を目深にかぶり視線を合わさないようにしていたのだが、まさか車を止めてまで話しかけられるとは思わなかった。さすが田舎だ。

三人が三人とも同じ言葉を投げかけてはちょっと怪訝そうに首を傾げて去って行った。同じ言葉とは、三人とも「どこから来んさった」だった。他所から来たちょっと無口な男には見られただろうが、いまのところ私のことを知っている様子にはみえない。三人程度なら当たり前といえば当たり前か。

変装とまではいかなくとも、サングラスに野球帽、休みに入ってから伸ばしっ放しにしている口髭と、一応、人相を気取られないように配慮してきたつもりなのだが、逆に裏目に出て、胡散臭い不審者として認識されてしまったのかもしれない。


十一時、やっとバスに乗り込む。

五分後、山中の景色に包まれる。

三十分後、小さな石造りの橋を渡った辺りから、水墨画の世界に溶け込んだ。葉を落とした木々の間から冬を間近に控えた遠くの山々がかすんで見え、空もいつの間にか消炭色の雲にすっぽり覆われていた。

道はバス一台がやっととおれるぐらいの幅で、すれ違う車もない。途中で乗り込んだふたりの客も既に降り、乗客は私ひとりになっていた。座席から伝わる温熱が心地よく眠気を誘う。

さらに木々の間をすり抜ける。外の景色に変化はない。最後に停まった停留所からかなり長い時間が経っているように思えた。短く刈り込んだ白髪混じりの頭に、小さ目の制帽をちょこんと乗せた運転手の後頭部をさっきから眺めている自分に気づく。この運転手はこうして何十年も、毎日、毎日この道を運転しているんだろうなあ、と勝手な想像をしてしまう。

運転手は時折、ちらちらと後ろを振り返る。

——会話を求めているのだろうか？

私は中央の座席だし、話しかけるには距離がありすぎる。席を移動するには何か理由が欲しい。そもそもこの村では人との接触は避けておきたかったが、長い沈黙はやはり苦痛しかもたらさないようだ。私は意を決し、運転手に声をかけるため席を移動しようと、立ち上がりかけた、そのとき、バスは停止した。


そこはちょうど道が大きく右へカーブし、大きな溜りがあるところだった。窓外に目をやっても停留所の標識はない。が、停止した理由はすぐに分かった。後方から黒塗りの、型は古いが一目で高級外車と分かる車が、ゆっくりと追い抜いて行ったからだ。その瞬間、バスの運転手は帽子を取り、席を立つようなそぶりをしてから恭しく頭を下げた。それから、一旦後ろをゆっくり振り返った。

初めて目があった。丸い顔にごま塩の無精髯、小さな狐目、まるで釣り上げられ膨らんだふぐを想起させる顔だった。

そしてバスは再び走り始めた。

結局、話しかけるタイミングを失ってしまった。

こんな山奥の田舎には場違いな高級車だったが、却ってこういうところだからこそ、気の遠くなるような広大な山林を所有している大地主、大金持ちがいるものだ。

バスはしばらく走り、小さな山を越えると、いっぺんに視界が開けた。そしてすぐに止まった。アナウンステープが終点を告げる。小さな村の入口のようだった。

料金を払いながら、灰王温泉はどこかとあえて尋ねてみた。頭髪と同じように白いものが混じった髯を蓄えた運転手は、こちらを値踏みするような視線をたっぷり浴びせた後、

「温泉はとっくの昔に枯れちょる。なあんもないで」

「ああ、そうなんですか？」

「バスはこのまま折り返すけえが……」

「ええ、……。でも、せっかく来たものですから……」

「戻ってくるのは三時過ぎだけえが……」

「いえ、降ります。……で、どっちの方角なんでしょう、灰王温泉は？」

「ほれ、その山を越した突き当りじゃ」

そう言って右手を指差す。

「じゃけど、宿はやっとらんで」

「……ええ」

「このあとのバスはないで。わしが折り返して来るんじゃから」

分かっている。温泉地として寂れてしまっていることも、電車を降りた瞬間に分かった。ただ、バスを降りるときの会話としてあらかじめ用意していたにすぎない。何も知らずに湯治に来た酔狂な客を演じて見せただけだ。が、逆にもっと胡散臭そうな目で見られてしまった。

運転手は釣銭を手の中でジャラジャラ鳴らしながら、

「どうすんだぁ。乗ってくか……」

「いえ、せっかくですから、その辺を散策してみますよ。天気も良さそうだし」

「散策ぅ〜」

運転手は釣銭を渡しながら続けて何かぼそっと呟いたが、私はそそくさとバスを降りた。これ以上不要な会話をして、身元を詮索されたくなかった。

季節はとうに晩秋に入っていたが、日差しが心地よく肌寒さは感じない。青く澄み渡った空に小さな綿雲がひとつゆっくりと流れる。

いい天気だった。空を覆っていたはずの雲も、バスを降りた途端、一斉に消え失せたようで、まるで、タイムマシンで時空を超えてきたかのような錯覚に陥りそうになる。

いままで気にも留めなかったが、都会というのは多くの人工的な機械音に満ちている。山にキャンプに行っても遠く離れた道路から車の走行音は響くし、そこに外灯があればトランスの唸る音が伝わる。自動販売機に通電する音も漏れ聞こえるものだ。日本中どこにいたって暗騒音《あんそうおん》は必ずある。しかしここはどうだろう。貧弱だがちゃんと舗装された道路はあるのに、車のエンジン音は聞こえない。見渡す限り自動販売機は目につかない。当然コンビニなんてものもあるわけがない。自分の耳だけが聞こえなくなってしまったような錯覚すら覚える。

目の前に伸びた幅員四メートル程度の道を暫く進むと、やがて右手に細い道が分かれていく。そこは人しか通れない石畳の道だ。その分岐点に〝灰王温泉入口〟と描かれた杉板の標識が、丸太杭に打ち込まれていた。私は躊躇《ためら》うことなく右手に進路を取る。最初は鳴女村のどこに行けばいいか分からなかったが、選択する余地はなく足は灰王温泉へと向かう。

石畳の道はいつか石段へと変わり、風に乗ってそよぐ葉の音だけが全身を包みこんだ。良かった、耳が聞こえなくなったわけじゃないようだ。変な安心をしながら歩を進める。

三十分ほども歩いただろうか、道はいつしか自然に踏み固められた土の道へと変わっていた。辺りも木々に囲われ日差しが足元に届かなくなってきている。山道を歩くこともあるだろうと、杖を持ってきて正解だった。湿り気を含んだ山道はところどころ苔が生えて滑りやすくなっていたからだ。

バスを降りてからまだ誰ひとりとして人に出会っていない。心地よかった木々のざわめきも、不安だけを喚起するような厭な音にしか聞こえなくなった。ここへきて少し後悔しはじめた。

何しに来たのだろうか？

灰王温泉に着いたところで、どうなるものでもないだろう。温泉でも出ているならともかく、行き着いたところでどうしようもない。さりとて通り過ぎて行くところでもなさそうだし……。バスの運転手もそこが行き止まりだといっていたし……。

私は不安を振り払うがごとく大きく首を振った。

耳を済ますと、葉音の間に水の流れる音が聞こえる。どこか近くに川でも流れているようだ。音のするほうに道を外してみる。膝まである草地を数歩進むと、眼下に一跨ぎできそうなくらい小さな小川が流れていた。あたりを見渡すと、すぐ上流に川面まで降りられそうな、自然にできた石段が見てとれる。草むらを掻き分けるように進み、苔むした石段に足元をとられないように、気を払いながらゆっくりと降りる。

透きとおるような清流が、ちろちろと音をたてて流れていた。川の両岸は、くねくねと縮れた蔓のような葉をもった羊歯《しだ》植物が水面にお辞儀をするように茂り、いま自分がいるこの一角だけが、小さな岩場になっている。川幅は跨ぐには少し距離がありすぎた。

汗ばみ始めていた手を洗おうと、川に手を差し入れる。思っていたより冷たくない。いや、どちらかというとほんのり温かい。のどは渇いていなかったが、両手で掬い取り口に含む。ペットボトルで売られている天然水と違い、微かに甘く、喉の辺りで全身に行きわたるように吸い込まれていく感じがする。

そのとき、水の跳ねる音。

何かの水棲動物が、突然の侵入者に驚いて川へ逃げ込んだのだろう。そうとは分かっていてもこんな静けさのなかでは驚いて振り向いてしまう。音のした辺り――左手の下流をじっと見つめる。何も見えない。が、川の流れとは明らかに違う水面の乱れ。眼鏡を軽く持ち上げ、焦点を調整する。瞬間、水が跳ね、川の中央で流れを二分している小岩に飛び上がったかと思うと、岩の上をするすると滑り抜け、再び川を渡り、対岸の羊歯を揺らし消えて行った。

蛇だった。

しかも二匹の蛇が重なり合うようにして小川を渡ったのだった。三十センチにも満たない小さな蛇だったが、それはまさしく白い蛇だった。

幸運を運ぶ神の化身――本来はそう感じるものだろうが、そのときの私はただ寒気を覚えただけだった。私は羊歯の揺れが収まっても、じっとその一点を見つめていた。

小川を後に、さらに十五分ほど歩くと、鬱蒼《うっそう》とした木々が失せ、視界が開けた。そこには笠木に丸瓦を載せたなまこ造りの塀が、あたかも外界との接触を拒絶するかのように、大きなアールを描いて立ちはだかっていた。時計とは反対周りに、なまこ壁を左手にして歩く。なまこ壁の漆喰はところどころ欠け落ち、そこから雑草がのびている箇所もある。

しばらく歩くと塀は途切れ、羅生門を思わせるような門扉が見えた。扉は朽ち果ててしまったのか、すでにその痕跡すらなく、労せずなかが覗けた。

木造三階建ての古ぼけた建物は、温泉が出なくなってから久しいのを表すかのように、どこかくすんで見える。見方によれば、かなり風情のある建物というところか。その建物の背後には背の高い竹林があって、建物に覆い被さるようにして林立していた。

あたりに人の気配がないので、なかに足を踏み入れる。

門と玄関を結ぶ園路には、丹波石の貼り石の間に切り石を配して変化をもたせてある。さらに奥行き感を出すためか、意識的にクランクさせた園路は、ちょうど二十歩で玄関に到達した。

前庭は荒れ放題というほどではないにしろ、手入れが十分でなく、園路に沿って整然と植えられていたはずの灌木《かんぼく》が園路を侵食し、丹波石を持ち上げているところもある。建物の周りには砂利敷きの犬走りと庭を仕切る雨落ちが設えてあるようだが、ここも十分な手入れが行き届いてなくて、土砂がたまり雑草が生え、その機能を満たしていなかった。

焼いた杉板の外壁は、長い間の紫外線と風塵のせいか、それとも木々の樹液のせいなのか、異様に黒ずんで見える。見上げると、入母屋《いりもや》の瓦屋根の頂にはひときわ大きな鬼瓦が、まさしく鬼の形相をして訪れる者を睨みつけていた。

正面玄関と思しき大きな引き違いのガラス戸の上には、長い間に渡り風雨に晒され、いまにも朽ち落ちそうな木製の扁額《へんがく》が少し右に傾いている。そこには色褪せた黒い文字で『灰王館』と、かろうじて読めた。

暫くそのまま佇み、目の前に鎮座する、死に絶えたような建物――『灰王館』を見上げていた。

そうだ、この建物は死んでいる。この村自体が死んでしまっているのだ。漠然とそんな思いが頭をよぎった。

これからどうする？　ここまで来た、これで満足か？

当初の目的は達成されたぞ。何もなかった。……さあ、帰ろう。良子のところへ行こう。――そう自身を納得させると、引き返すべくきびすを返した。その瞬間、履物のするような音がして、続けてガラガラという音とともに引戸が開いた。

姿を現したのは上品そうな黒い和服をきちんと着こなした老婦人だった。

「お待ちしておりましたよ」

私は返事もできずに、ただ穴の開くほど老婦人を見つめていた。

独白

小さな窓を塞ぐように、葉肉の厚い木が茂っている。

そのため日の光は遮られ、直接差し込むことはない。

秋になっても色づくでなし、何の木か分からないが、常緑樹らしく一年を通して殆ど変化がない。

風にそよぐ葉の隙間から、その向こうを覗いてみても、同じような木々が広がっているだけで、さらなるその先は窺えない。

広い庭園があるのか、あるいは山のなかに私はいるのか……。

外には、……何があるのだろうか？


ときどき白い尾をもった鳥が二羽、すぐそばまでやってくることがある。囀《さえず》っているようだけど、声はあまり良く聞こえない。手の届きそうなところにいるのだけれど、それは叶わない。一枚の分厚い窓ガラスが全てを遮断する。

それでも、それでも、……まだ、……いい。まだ、ましなのだ。

大人しくさえしていれば、とりあえず窓の外の景色ぐらいは見せてくれる。変化の乏しい木々しか見えない景色だとしても、何の変化もない室内を眺めているよりはましなのだ。壁のシミをつなげて動物の姿を連想することや、天井の虫食い模様の数を数えることにはもう飽きた。

……もう飽きてしまった。


……諦めるしかない。

文句をいえば、唯一の窓さえ、鉄の板で蓋をされる。

……仕方がない。

……こうやって、何日が過ぎたのだろう。何ヶ月が過ぎたのだろう。何年が過ぎたのだろう。

……もう、数えるのも、嫌になった。


昼寝から覚めたら、いっそう暗くなっていた。

体を起こして、窓の外を眺めると雨が降っている。

運動不足のせいか、ひざの関節が痛む。雨の日は決まってそうだ。

体力も日に日に落ちていく。


今日はとうとう訪ねてこなかった。

どうしたのかな。何か、あったのかな?

……雨が降ると、やっぱり億劫になるのかな。

……寂しい。明日は、来てくれるだろうか？
彼女だけが、救いだ。彼女だけが、心を癒してくれる。彼女だけが……。
孤独が怖い。話し相手が欲しい。

また夜が近づいてきた。
……怖い。夜が怖い。ひとりで寝る夜が怖い。
寝るのが恐い。朝がやってこないんじゃないかと不安になる。

このまま……、ここで……。

このまま……、ここで……。

このまま……、ここで……。

うっ、うっ～～～。

もうだめだ。耐えられない。どうにかなってしまいそうだ。
落ち着かなきゃだめだと思っても、ときどき自分が押さえられなくなる。

うっ、うっ〜〜〜。

何もかもなくなってしまえっ。この世さえなくなってしまえばいいんだ。

うっ、うっ〜〜〜。

自分のなかにもうひとりの自分がいる。自虐的な自分と攻撃的な自分がいる。

……もう「ひとりの自分が、目を覚ます。

……攻撃的な自分が、目を覚ます。

目を、覚ます。

うっ、うっ〜〜〜。うっわ〜〜〜〜〜っ!!

記録三

お待ちしておりました？

……何を、だ？　一体何を待っていたというのか？

ここへ来ることは内緒にしていた。誰にも話していない。待っていただなんて、――分かるはずがない。私自身でさえ、今朝までどうしようか迷っていたのに……。

「バスに乗っていらしたでしょう。それで、なんとなくここへ来られるのではないかと思ったのですよ」

婦人は私の顔色を読んだのか、穏やかな顔で微笑みながら答えてくれた。

黒塗りの車がバスを通り越した……、運転手がバスを止めてまで挨拶していた、それがこの婦人だったのか。

「こんな田舎ですと、顔見知りばかりです。初めてお見かけするお人が、こんな何もない山村へいらっしゃるというのは、温泉にお入りになるお客さまぐらいしかいないのです」

またもや私の心を読んだ。それほど私は間抜けな顔を晒していたようだ。

「……温泉は、涸れてしまったと聞いたのですが……」

口にしてしまってから、行動との矛盾に気づく。しかし、和服の婦人は穏やかな笑みを湛えたまま、

「温泉宿としてはもう成り立っていません。商売としては、もうかれこれ十年も前に止めてしまいました。でも、温泉が出なくなったわけではないのですよ。いまでも昔からのお客さまで、年に一、二回訪ねてこられる方がおります。またあなたのように、古いガイドブックか何かで読んだのでしょうか、ここまで足を運んでくれる方が、たまにいらっしゃるのです。そんな方たちには、家の温泉に入っていってもらっております。さあ、遠慮はなさらずにお上がりください」

そう言われても、初めて訪れた家の内風呂にいきなり入るわけにはいかない。そう思い躊躇っていると、

「こんな辺鄙《へんぴ》なところまでお越しになって、お引取り願うのは先代の遺志を踏みにじるものです。どうかお気になさらずに」

婦人はそう言って半身を引いた。

気は引けたが、だからといってこのまま辞去するのもなんとなく踏ん切りがつかない。どうせ最終バスまでにはまだ十分時間がある。私は請われるままになかに足を踏み入れることにした。

土間は深草土のたたきで、正面には十人が同時に靴を履けそうな沓脱ぎ石が鎮座している。赤御影石だ。何かとても懐かしい雰囲気がする、気のせいだろうか。

框《かまち》を上がり、入ってすぐの溜りは、板壁に、板張り床、天井も吹き抜けになっていて十分な広さがある。その昔ここがフロントロビーであったのだろう。しかしいまはそれも半分以上が物置と化しているようで、大型冷蔵庫や流し台などの什器、長椅子形式のマッサージ器が数台、そして革張りの椅

子が閉店後のバーのように、大きな木製カウンターテーブルの上に逆さに並べられていた。

婦人のあとに従って、左正面の階段を昇る。良く踏み込まれた木製の階段で、踏面の中央が穿《うが》っている。階段を昇りきり、すぐ右に折れ、また左に折れる。長い廊下の左右にいくつかの格子戸があり、廊下の中程で、左手――南側に当たる部屋に招じ入れられた。格子戸の真後ろの襖を開けると、縁のない京間畳が十畳ほど敷かれた和室だった。セピア色の写真の世界に吸い込まれたように、目に映るもの全てが旧くくすんで見えたが、手入れは行き届いていて、良く磨かれ、塵ひとつ落ちてはいなかった。

婦人は外に面した窓付きの障子を全開にし、座布団を勧めると、

「今日はとても良い日だわ……。いまお茶を淹れてきます。暫くお待ちを」

「は、はあ……」

いえ、お構いなく、そういった一言を返すことが、なぜか私にはできない。婦人はにっこり微笑むと出て行った。

老婦人が出て行った後、窓辺に移り、外を眺める。

そこには小さな湖があった。否、中洲があることからそんなに深くはないようだ、とすれば沼か。館を囲うようにして屹立《きつりつ》している竹林が、表から見えなくしていたようで、静かな水面には細波《さざなみ》ひとつない。明鏡止水を絵に表すとしたら、正しくいま目の前にあるこの情景のことだろう。美しい沼だ。対岸の森が水面に映り、あたかも東山魁夷《ひがしやまかいい》の絵画を見ているようだった。婦人がとても良い日だといったのは、このことを指すのだろう。風のない日でないとこの風景は得られない。気持ち穏やかで、

なんだか懐かしい気分にさせる。

だが、一点この美しい絵画のような風景を台無しにしているものがある。それは森の奥、右手に見える一本の巨大な煙突だ。森の木々を突き破るように聳《そび》え立ち、全てを台無しにしている。しかも静かな晴天の空に突如発生した雨雲のように、いまもその煙突はどす黒い煙を上げていた。


「温泉は出ます。でも、泉質のなかに砒素《ひそ》が含まれているのです。でも心配なさらないで、人間に害を及ぼす量ではありません。砒素の出る温泉なんて、日本各地の温泉にあるのですから。でも、それを積極的に喧伝《けんでん》する温泉経営者はいませんね」

婦人は湯のみ茶碗を部屋中央のテーブルに配膳しながら、屈託なく笑う。

「悪い噂というのは、広まるのも早いものです。おかげでいまではこのありさまですから。……砒素なんて、毒殺事件のときにしか耳にしない代物ですしね」

そう言う目の前の婦人は、なぜか明るく、悲壮なところがない。廃業に追い込まれた理由など、笑って言えることではないだろうに。

「もともと辺鄙なところへきて、そういう風聞でしょ。客足が止まるのはあっという間でしたよ」

どこまでも他人事のようだ。

「……そうですね。駅を降りてからのアクセスも悪いですね。バスを降りてからもかなり歩かなければなりませんし」

私は思っていることを正直に言った。

「そうですか、あの山を越えてらしたんですか。三十分も歩かれましたでしょ、それは、それは、都会の方には少々お疲れだったことでしょう」

三十分か、慣れればそんなもので来られるものなのか。いいえ、一時間かかりました、とは恥ずかしくて言えなかった。

「でもね、ちゃんとした道はありますのよ。ぐるっと山を一回りしなければなりませんけど。それに昔はちゃんとした送迎バスで駅まで毎日迎えに参っていましたのよ」

そうだ、考えてみれば分かることだ。あの黒塗りの車はどこに行ったというのだ。小柄な老婦人の足で、あの山越えはきつい。

そのとき開け放たれた窓から一陣の風が吹き込んできた。饐《す》えたような匂いが微かにした。振り返って窓を見る。座敷に正座して見る景色は、窓の四方枠が絵画の額縁となって煙突をカットし、美しい風景画を成していた。

「良い眺めですね」

「そうでございましょう。裏山で取れる山菜と筍に、岩魚料理、そして、この借景がうりだったんですよ……」

最後のほうの声が沈んだ。

「このアングルなら問題ないですけど……。でも、あの煙突が邪魔ですね」

私は後ろを向いたまま言った。

「ええ、いまいましい代物です」

婦人の声は怒気を含んでこわばっていた。突然変わった声色に驚いて正面に向き直ったが、もうそこには笑顔を湛えたままの婦人だった。

「最初に『お待ちしておりました』って言われましたよね。あれは……」

自分なりに言い出すタイミングを計って、自然に訊ねたつもりだったが……。

婦人は一瞬「何のことか」というような顔をして見せたが、すぐ得心がいったとみえ、

「ええ、まだ女将の癖が抜け切れませんもので。二十年以上もそうやってお客様をお迎えしていたでしょう」

婦人はそう言って微笑むと、お茶と一緒に携えてきた、浴衣と手ぬぐいの入った乱れ箱を滑るように差し勧めた。

「さあ、どうぞ。もうお風呂をお使いできますよ」

「いいえ、結構です。そういうつもりでは……」

「何をおっしゃいます。温泉ぐらいしかありませんよ、ここは。それに他にお客様もいませんし、ゆっくりお使いできます。ささ、どうぞ」

公衆浴場はあまり好きではなく、ほとんど利用したことはなかったが、これ以上断り続けるのも失礼に当たる。否、正直に言えば、女将の申し出は非常にありがたかった。自分では若いつもりでも、最近肩こりが激しい。肩痛と言う方が当たっている。おまけに腰痛持ちでもある。そのうえ久しぶりの山歩きで、関節がギシギシいっていたのも事実であった。

風呂は三人も入ればいっぱいの檜風呂だった。となりにある大きな岩風呂や窓ガラス越しに見える露天風呂にはお湯は張られていない。いまは客を取っていないのだから当然といえば当然か。家族程度しか入らない、家風呂と同じなのだろうから。

お湯は熱いのが苦手な私には、ちょうど良いぬるめのお湯だった。少し白濁しているのは硫黄分か。まさか砒素ではあるまいと、あらぬ想像を掻き立てる。人々の無責任な伝聞と想像が、老舗の温泉宿を潰す。あり得ないことではない、ここがその現実なのだ。そんな嫌な想いを掻き消すように、私はお湯を手に掬い、顔を洗った。

浴槽で思いっきり手足を伸ばせるのは、家風呂では不可能だ。やはり温泉は良い。歩き疲れ、少し痛みの出てきた右足の付け根をゆっくりと揉み解《ほぐ》す。気持ちいい。久しぶりにゆっくり入ろうと思う。はるばるやってきただけの価値はある。身体に染み付いた、澱《おり》のような疲労がどんどん剝れ、抜けて行く気がする。

……そういえば料金はいくらだろう？　何も聞いていなかった。まあでも風呂に入るだけだ。びっくりするような値段ではない。そんな些事を気にすること自体が、ダメなんだ。

そんなことより……、小柄な婦人と話しているときずっと考えていたことがあった。この婦人がひょっとしたら私の母親なんじゃないかと。若く見えるが、五十代ぐらいだろう。私ぐらいの歳の息子がいても不自然ではない。ちらちらと顔を眺め、私の顔の特徴と似通ったところはないか見つめていたが、見出せなかった。卵形の輪郭は似ているといえば似ているし、薄茶色い瞳が似ているといえば似ている。やはり化粧した女性の顔は、男には判別し難い。似ているといえば似ているし、似てないといえば似てないのだ。

それともうひとつの疑問、手紙の主は、婦人なのではないか?

——否、合わない。あの悪意を含んだ手紙を投函する人物像と、婦人の笑顔とは同調しない。客商売相手の笑顔と、そうでない内面からにじみ出てくる自然な笑顔の区別はつく。それに、いまは営利を目的とした客を取っていないのだから、私に気兼ねをするものでもない。婦人は単にいい人なのだ。あの笑顔は婦人の人柄を表すものなのだ。

バスに乗り合わせた乗客も、私をちらと一瞥しただけで、特に変わった反応はなかった。運転手も含め、変な旅行客程度にしか映らなかったといえる。いままでのところ私を知っている人、すなわち手紙の主と疑わしき人物は現れていない。ひょっとしたらこのまま何もなく、風呂をあがったら出て行くことになりそうだ。それならそれでも構わない。むしろその方が歓迎すべきものなのかもしれない。

私はそんなことを考えながら、湯船のなかで身体を思いっきり伸ばした。数字を扱っているが故の職業病か、首から肩へかけての凝りがひどい。時々痺れることもあるくらいひどいのだ。ちょっと前までは、古傷が痛むのだろうと思っていたが、凝りの中心が背中から首の方に移行するにつれ、毎日パソコンに向かっている所為だと確信した。

その凝りが少しずつゆっくり解れていくのがはっきり判る。砒素が含まれているといって正直あまり良い思いはしなかったが、こんな風呂に毎日入れるのなら、微量の砒素など気にすることもない。温泉が日本人に好まれるのが良く分かる。何かの情報誌で得たのだが、肩こりという概念は日本人にしかないらしい。英語では該当する言葉がないとも聞いた。もしかしたら、外国人は肩こりにならないのか？　だから、中年に差し掛かって、もう若くないせいだと、悲観することでもない。日本人が勤勉すぎるからだし、小学生でも歯槽膿漏《しそうのうろう》になる時代なのだから。

帰りのバスの時間までまだ一時間半以上ある。来るときはゆっくり歩き、時間もかかってしまったが、帰りは下りだ。急げば三十分みておけば十分だ。もう少し浸かっていよう。何も考えずにゆっくり温泉の効能を享受しよう。

＊

目が覚めたとき、私は初めに通された二階の客室で布団に包まれていた。しかもなぜか浴衣に着替えて。

たしか、風呂に浸かっていた。浸かりながら、大きなガラス窓越しに露天風呂、そしてそれを囲う建仁寺《けんにんじ》風竹垣、くぐり戸が開けっ放しになっていて、そこから覗く若い亀甲竹《きっこうちく》と庭石の緑鮮やかな苔を眺めていた……。

そのまま、眠ってしまったのだろうか。……良く、思い出せない。

普段の運動不足がたたって、僅か一時間程度の山歩きが堪えたとでもいうのか、それとも、ここの温泉があまりにも気持ち良かったからだろうか、その両方だろうが……、まさか、眠ってしまうとは……。

部屋まで、わざわざ運んでくれ、寝かせてくれたのか？　大変な迷惑をかけたというより、裸のまま発見され、体を拭かれ、そして下着を着せられたということの方が、数倍も恥ずかしかった。

私は、枕元にきちんとたたまれていた自分のジーンズとトレーナーに着替え、ジャンパーを手に持って、慌てて廊下に出た。廊下の壁に設えられた和紙に包まれた間接照明は、すでに点けられていて、日が暮れているというより、夜が始まっていた。

一階へ降りる。木と木の擦れ合うきゅつきゅつという音が足元をつたう。人の気配を求めて歩き回るが、どこをどう歩いたのか、浴室の前へ出てしまった。部屋を出て廊下を反対側に進んでしまったのが間違いだった。

ちょうどそのとき浴室の格子戸が開き、深川鼠色の暖簾《のれん》が割れた。

「あら、あなたが、お母さんがいってたひと？」

濡れた髪を後ろで束ね、垂れた幾筋かの前髪を指先で掻き上げながら、若い娘が訊いてきた。

——お母さん？　あの老婦人のことに違いない。すると目の前にいるのはその娘か？　少し歳が離れていそうな気もするが、それよりも姿顔立ちがあまり似ていない。

脱色しているのか、細い髪は淡い栗色をして、上気した頬の赤さと浴衣の胸元から覗く青い血管が、色白の肌を際立たせている。瞳の色は茶に近い灰色で、母親が黒髪の似合う日本的な美人なのに対し、娘の方はというと、フランス人形を思わせる目鼻立ちのはっきりとした端正な美人なのだ。

「ええ、そうです」

味気ない返事だと我ながら思う。

「そこを戻って、角を左に曲がって、そしたら鶴の襖があるから、そこに夕飯ができているわ」

親子揃ってこちらの訊きたいことが分かるらしい。

「いえ、そんな。お世話になりっぱなしで、すぐにでも――」

「気にしなくても良いわ。久しぶりのお客さんだもの」

藍色の浴衣の裾を合わせながら言う。

「お客さんだなんて、そんなつもりじゃあ。あ、でもちゃんと料金は払いますから……」

「ふっ、ふふ、変なひと。いいの気にしなくて。どうせ部屋はいっぱいあるんだし、いまの時間じゃあ明日のバスに乗るしかないわよ」

娘はそう言って、私の横をすり抜けて行った。ラベンダーの香りが鼻をかすめた。


指定された部屋は、三十畳ほどの広さがあり、元は宴会場として使っていたものを改装し、居間として使っているようだった。女将はすでにいて、八人掛けのテーブルに、三人分の夕食が用意されていた。料理は、吸い物膳、二の膳、三の膳、本膳と四つの膳に載り、本格的な二汁五菜の本膳料理だった。

「ごめんなさいね、こんなものしか出せなくて。ちゃんとやっていれば、もっと良いものをお出しできたのですが」

女将はご飯をよそおいながら言う。

「いえ、いえ、とんでもない。十分すぎるほどです。――それより先にお支払いいたします。おいくらでしょう」

勧められた座椅子に腰をおろしながら、ズボンのポケットから財布を取り出した。

「そんな意味で言ったわけではないのですよ。気にしないでください。旅館はやっていないのですから、お金はいただきません」

「いえ、そういうわけにはいきません。お風呂にも入りましたし……、泊めていただかなければなりませんし……」

背後の襖が開き、

「ふふふ、いいのよ気にしなくて。母子家庭だからってお金に困っているわけじゃないの。こうみえても家は、結構金持ちなんだから」

娘は浴衣からトレーナーにスエットパンツに着替えていた。女だけの家庭に飛び込んできた見知らぬ男に警戒したのだろう。

「ほんとに結構ですよ。風呂は私たちがいつも入っているものですし、食事もいつもの私たちが食べるものですから。——それより、お身体のほうは、もう大丈夫ですか。かなりお疲れの様子ですけど。お医者様をお呼びしなくてもよろしいかしら。懇意にしているお医者様がいますから、すぐ来てもらえるようにはなっているんです」

女将は心配そうにこちらの顔を覗きこむ。

「いえ、大丈夫です。もう、すっかり……。ただ、のぼせただけでしょう。普段ゆっくり風呂に入るなんてことはないものですから……」

触れられたくない話題へいく。湯上りのように顔が上気してくるのが分かる。

「ごめんなさいね、いつまでも上がってらっしゃらないので、気になって覗かせていただきました」

「……い、いえ、とんでもない。さぞ、重かったでしょう」

やはりというか、気を失った素っ裸の姿を見られていた。顔を上げられない。

「もう、大変。重いのなんのって」

娘は抱えた膝で顔を隠すように笑いをかみ殺している。

「綾、変なこと言うもんじゃありません。嘘ですよ。家にはもうひとり杉下という男手がいます。彼に運んでもらいましたわ」

「そう、嘘よ。私は何も見ていません」

娘はついに笑い出した。

私はただ、頭を下げるばかりだった。

いつまでも上げられない視線の落ち着き先を、広い居間に求めた。介抱してくれた杉下氏にお礼を言うつもりで。

「杉下は別室でいただいております」

「おじいちゃんは、私たちとは一緒に食事しないのよ」

すぐには意味が飲み込めなかった。

「祖父のことではないのですよ。――この子はそう呼んでますけど。昔旅館をやっていたときからの使用人で、祖父の代からつとめてもらっています」

「この旅館を支えてくれた恩人なんだ。いまはもう家族と同じなんだから、一緒に食べようって言うんだけど、絶対うんって言わないの。昔かたぎなのね」

辺鄙な山中で、女だけで生活するのは何かと不便であろう。やはり男手は必要だ。

「そ、そうだったんですか。……すみません、お礼は改めて——」

そうして私ははじめて箸を手に取った。料理は山菜の煮物に川魚の青竹による蒸焼き、雑きのこの酢の物、それにジュンサイ汁だった。見た目は決して豪華といえるものではなかったが、肉中心の洋食に慣れ親しんだ自分の胃袋には、とてもやさしい料理だったし、青竹を使った包み焼きなどはとても手間隙をかけていて、竹の清涼な香りが鼻腔をくすぐり、心和ませるものだった。

「こちらには、三人だけでお住まいなのですか……」

リアクションがない。婦人は困ったような顔をして、娘と顔を見合わせている。

そうか、しまった、気づくのが遅すぎた。他人のプライバシーを聞く前にまず自己紹介だ。

「あ、すみません。私は鈴木慶四郎といいまして、東京で空調機メーカーに勤めています。急に休みが取れまして、福岡に行く予定なんですが、ちょうどこの近くに旧い友人がいたもので、昨日泊まったのですが、その友人が肩こりに効く温泉があると、ここを教えてもらったので……。ひどい肩こり症なのです」

私は玄関を入ったときから用意していた理由付けを話した。まんざら嘘でもない。しかしこういう場合、とってつけたようにしか話せないのが悲しい。

「私は灰王綾香、短大の一年です。小郡に住んでるの。今日は休みで帰ってきたのよ。それで、こちらが母のマリネ、ここ灰王館の元女将で、同じく元灰王産業の筆頭株主」

「これっ」女将は娘をきっと睨《ね》め付ける。

「なにがいけないの」

綾香と自己紹介した娘は、いいじゃない本当のことだから、といわんばかりに唇を突き出して見せた。

あまり立ち入ったことに触れるつもりはない。話頭を転じよう。

「この館はかなり旧いんでしょうね。とても風情というか、雰囲気があって……。最初に見たとき、何か墨絵の世界に飛び込んだような、そんな気持ちがしました」

くすんだ瓦屋根の色と板張りの、杉板を焼いたものだろうか、やはり同じように黒くくすんだ色が、お世辞でなく本当にそう思わせたのだった。

「私の祖父が建てましたから、百年近くなりましょうかね。ただ、旧いというだけで、何の価値もあるものではありませんよ」

「だけど、改装してから二十年も経ってないんでしょう。みんなあの煙で家が傷んじゃうのよ」

綾香は憤然と言い放った。女将は娘のほうに視線を向けたがすぐに流し、箸を口に運んだ。沼の向こうに聳え立つ煙突から吹き出る煙のことに違いない。

「今日は風がなかったからよかったけど、南から吹く風に乗って、あの煙がやってくるの。特に春先は大変」

「そうですね、あれは美しい風景もだめにしている」

「でしょう。ほんっとに、最悪」

「抗議はされなかったのですか」

「え、……う、ううん」

綾香の反応が突然鈍くなった。視線が泳ぎ、なぜか目を合わそうとしない。

何か聞いてはならないことを聞いてしまったのかな？　今度はこっちのほうが、視線が定まらない。

「鈴木さん、筍ご飯のおかわりはいかがですか。まだたくさんありますよ」

女将はそう言って手を差し出す。

「あ、はい」私は空になっていた茶碗をあずけた。話題とは関係なく、是非おかわりしたいと思っていたので、女将の投げかけは絶妙のタイミングだった。それで、この話は打切りとなった。あとはただ、箸を運ぶ作業に専心するだけだった。

食事が終わり、お茶を飲みながら、

「温泉に浸かったおかげで、肩こりがだいぶ良くなりました」

少し大げさに肩を廻して見せる。

「泉質は何なんですか」

「単純硫黄泉で、古くから湯治には最適の温泉です。疲れを取るには強アルカリの泉質が一番ですよ。スポーツをした後のような急性疲労は体内に乳酸がたまるだけですから、一晩ゆっくり風呂に浸かっていればすぐ回復します。でも、鈴木さんのように、かなり疲れがたまっている人は、――慢性的な疲労の場合は、一晩入っただけでは効果は得られません。最低でも一週間は、滞在していただきませんと」

湯治というやつか。たしかに、レジャーと温泉療法は根本的に違う。二泊三日程度の歓楽的温泉旅行では慢性疲労の根本的解決にはならないだろう。それは分かる。が、

「そうですね。それぐらいゆっくり休んで、湯治でもしてみたいのですが」

私に限らず、現代人は慢性的な疲労に蝕まれている。だが、そう簡単に一週間も休めないし、休めたとしても、休暇を全部湯治に充てることは不可能だろう。

「一度、真剣にお考えになったらいかがです。かなり疲れがたまっているようにお見受けしますし」

「ああ、すいませんでした。風呂で眠ってしまうなんて……。よっぽど気持ちよかったんでしょうか」

「鈴木さんは、お酒は飲まれないのですか」

「ええ、たまに会社の人間に誘われることもあるのですが、それもごくたまに付き合う程度です。忘年会とか。……でも、それがどうかして」

「ええ、浴室で倒れられていたのを見たとき――」

「バブルの頃、歓楽気分でドンちゃん騒ぎをして、温泉に入って脳卒中で亡くなった人がいたのよ。しかも立て続けに三件。それと砒素が出ているという噂とが重なっちゃって……、それで、つぶれちゃったの」

綾香が口をはさむ。おかげで灰王館の略歴が明確になった。

「飲酒は血管を拡張させますでしょう。その血流が活発になったところで温泉に入ったものだから

……。また熱いお湯は血栓をできやすくしますし、発汗で血液の濃度が高まったことも原因だったのです」

さすがに二十年以上も温泉旅館の女将をやっているだけあって、よく知っている。否、そんな事件があれば嫌でも覚えてしまうか。

「はあ、そうなんですか。……すみません」

私はまた謝った。

「でもね、名前の知れ渡っている温泉なんかに行くんだったら、ちゃんと調べてから行った方がいいわ」

「それはどういうこと?」

「源泉をそのまま使わず、循環させたり水を加えたりする温泉が増えてるの。炭酸泉や鉄泉ではその一番重要な成分を取り除いてから浴槽に注ぐところもあるって。——浴槽が早く傷むかららしいけど、それじゃあ何のための温泉か分かんない」

「へえ、そうなんだ。全くそれじゃあ、銭湯と同じじゃないですか。温泉宿を名乗るべきじゃないな」

綾香の怒りが私にも伝染した。

「ところで、温泉の定義っていうのは何なんです?」

「温泉法というのがあって、温度二十五度以上ある地下水なら全て温泉だし、二十五度以下でもある一定の成分を含んでいれば温泉なのよ」

「へえ、結構いいかげんなんだね」

「だから簡単に村おこしとか町おこしに使われるってわけ」

「温泉法による基準のほかにも、療養面で炭酸泉、食塩泉、酸性泉、放射能泉などを定める療養泉の基準というのもあります。これはそれぞれの含有物質量が少し高く、種類も制限されています。灰王温泉はもちろん療養泉でございます」

女将が言葉を添える。

「大きな浴槽にお湯をはっただけの温泉と、派手なだけの料理で客を集めるのは間違っているのよ」

旅行ガイドに載った派手な演出の写真を真に受ける私たちには、耳に痛い綾香の言葉だった。

独白

最近は何を言ってもだめだ。やれ、温度は二十度で適温だ。湿度は三〇％で快適なはずだ。ちゃんと管理されているだと。聞きたくもない、そんなこと。そんなことを言っているんじゃない。暑いとか、寒いとか、湿っぽいとか、暗いとか言っているんじゃない。適温だし、快適だよ、ここは。シーツや毛布も定期的に替えてくれるし、食事だって文句があるわけじゃない。こんな穴倉みたいなところに、俺ひとりいつまで閉じ込めておく気だっていうことさ。

一体どうするつもりだ。やつらは、何を考えているんだ。

もういい、もううんざりだ。早く出たい、早く出してくれ。こんなところで一生を終えさせるつもりなのか！

待っていればいつか出られる、いつかきっと出られるようになるだと。何度同じことを言う。いつだ!!　いつになったら出られるんだ！――答えてみろ！　そうやってどれだけ経ったと思っている。俺にはやらなければならないことがあるんだ。こんなところで時間を潰している暇はないんだ。

さっきなんか、聞いても知らぬふりだ、聞こえぬふりだ。

食事だけ運ぶとさっさと出て行きやがった。聞こえているのに無視しやがった。目さえ合わそうとしない。

俺が「寒い」って言ったのは、目の前にある格子のことなんだ。この格子が全てを暗くさせるのだ。全身を凍えさせるぐらい寒いのだ。人間とは精神の動物なんだ。自由であってこそ、健全な感覚が宿るのだ。この馬鹿者どもめ、そんなことも分からないのか。

せめて外ぐらい見せろ。ずっと窓を閉めやがって。ちょっと窓ガラスに椅子をぶつけたぐらいで、ずっと閉じやがって。壊れることがないのは分かっていてやってるんだ。いつものことだろ。これぐらいのストレス発散、当然じゃないか。

懲らしめなきゃ分からないとでもいいたげな目つきをしやがって。俺の身にもなってみろ。

鳥の囀りや、時々聞こえる犬の遠吠え、木々の擦れ合う音、見せないのならいっそ音まで遮断してくれ。これは拷問だ。生殺しだ。精神的暴力だ。

食事を運びにやってくるたび、何度言ったことか。何度お願いしたことか。それなのに……。

誰も何も分かっちゃいない。俺のいうことに誰も耳を貸さない。ただうなずくだけで、反論すらしない。自分の意見というものはないのか。それとも俺のいうことなんか端から無視と決め込んでいるのか。

こんなところに閉じ込めているのは、真実を穿《ほじく》り返されたくないからに違いない。みんな俺を恐れているんだ。

俺の真実を解き明かす目を恐れているのだ。誰も彼も。だから、都合の悪い事には目を瞑ろうとする。居心地がいいからだ。いまの平穏な日々をかき回されたくないのだ。いまのままなら平穏でいられる。現状維持のためなら真実に目を背けることも平気でいられるってわけだ。上等だ。

頭の傷がかゆい。痒くてしょうがない。包帯の上から掻いても疼痛は失せないんだ。奴等は俺が暴れたから、それを押さえようとして自分で転んだんだというが、そんなこと誰が信じる。奴等の形相は明らかに俺に敵意を持ったものだ。こんな密室にひとりで閉じ込められてみろ、暴れたくもなる。

ほんの少しでいいんだ。五分の散歩でもいい。それが許されれば……、この傷だって……。

……分かったよ、もう分かったから、…………。

もうどれくらいこうしているのか、あとどれくらいこうしていなければならないのか……。

もう数えたくない。数えるのもいやになった。

……考えたくない。考えるのも嫌だ。

…………もう、考えるのは止めることにした。

…………もう、考えるのは止めることにした。

…………もう、考えるのは止めることにした。

…………もう、考えるのは止めることにした。

…………もう、……止めた。

記録四

食事を済ませたあと、満月に誘われて、外へ出てみることにした。玄関に廻り沓脱ぎ石にあった〝灰王館〟と刻印された木製のサンダルを拝借する。

外は少し靄《もや》がかかっていたが、月明かりで辺りは明るかった。

建物に沿って右に曲がると、聳え立つ竹林に抗うように、小さいながらも芝が張られた庭があり、さらに行くと、露天風呂を囲う建仁寺風竹垣にぶつかる。その竹垣に沿って進むと、先ほど風呂場から垣間見えた主庭に出た。そこはちょうど竹林が途切れ、左手に一筋の道が造られている。これを進むとおそらく沼に出るのだろう。

主庭は前庭に比べれば手入れが行き届いていて、伊勢砂利が敷かれた通路の白と、苔むした景石の間に植えられた孟宗竹の緑とのバランスが見事だ。

主庭の先には平屋の建物とその隣に並んで漆喰の蔵が見える。平屋の建物は母屋からまっすぐの渡り廊下で繋がっていて、その突き当りからクランクして蔵の方へと渡り廊下が分岐している。

私は左に折れ、沼へ行ってみることにした。

道の入り口には古い井戸があって、長い間使われていないようで、打ち付けられた木の蓋には番傘を半分開いたような、見たことのないきのこが生えていた。井戸の脇には、切り出された若い青竹の枝が数本と、仕舞い忘れたのか鉈が転がっていた。今晩の食事に使われた青竹をここで切ったのだ。

竹林を二分するように造られた道は、少し登るとすぐ下り坂になっていて、目の前に沼が広がって見えた。

十一月だというのに温泉地特有の地熱の所為なのか、ほんのり暖かい。沼のほとりに四本の束柱に支えられた、板葺きの東屋《あずまや》が一軒ある。東屋は三方を竹で水平に編み上げた御簾《みす》垣で仕切られ、土間はゴロタ石で一段高く盛り上げられていた。なかには同じく竹で組まれた長椅子があって、そこに腰掛ける。仕切り垣のない一面が出入り口であり、沼に面している。

目の前に双子の月が鮮やかに競演していた。天空の満月が水面に映えているのだ。夜なら例の煙突も闇に溶け苦にならない。

長椅子に座ってまもなく、足音が微かに聞えた。明らかに音を立てないようにしているのが分かる。左手の仕切り垣の向こうをゆっくり移動している。そしてその端から「わっ」という喚声とともに顔だけが出た。綾香だった。予想していたので、私は両腕をいっぱいに伸ばして上体を支え、足を組んで腰掛けて待っていた。あえて上体を少し反らし気味に。

「なあ〜んだ。分かってたの」

綾香は口をとんがらせた。私の平然とした態度が気に入らなかったようだ。

私は微笑みながら、長椅子の半分を譲った。彼女が早晩ここに来るのは分かっていた。それは食事のあとに聞いた、今晩は双子の満月が見られるわ、といった一言からだ。双子の満月というのが、水面に映った月との競演であることもすぐに連想できた。

「ね、いいでしょう、ここ」

彼女は隣に腰掛けるなり、そう言った。月明かりを浴びて頬の産毛が黄金色に輝く。何も手の加えられていないナチュラルな美しさが眩しい。

「ええ、たしかに双子の月ですね」

「私も、これを見るために帰ってきたようなもんだから」

そのとき、小魚が跳ね、水面の月が割れた。三つ目の月が生まれた。

「それに、暖かいのもいいですね」

「温泉がいまでも流れ込んでいるからよ。ほら、あそこの小川から」

彼女はそうやって左腕をいっぱいに伸ばし、私が白い蛇を見た小川のある方を指差した。この季節に冬眠もせずに活動しているのは、この温泉の熱のせいなのかもしれない。

「この沼にも温泉が湧いているところがあるらしいのよ」

「靄が出やすいのもそうした理由からでしょうね」

綾香はうんうんと頷き、

「この沼にはねえ、その昔、鬼が浸かって傷を癒したっていう言い伝えがあって、それが灰王温泉の始まりなの」

古い観光地や温泉にはそういった民話がつきものだ。駅舎に飾られた大きな看板に鬼の絵が描かれてあったのもそういった理由だったのだ。

「いま、学校は休みなの？」

「ううん、やってるよ。でも試験はないから」

試験がなければ行かなくてもいいのかなどと、野暮なことを言う気はない、私も学生の頃はそうだった。単位さえ落とさなければいいと思っていた。

「お母さんが寂しがるから、ときどき帰ってあげるんだ？」

「そんなことないわ」

綾香はこちらを見て微笑む。毛細血管が浮き出て目の周りを青白く映す。肌が透き通るほどに白い証拠だ。

「ああ見えてもまだ五十三歳だし、結構忙しい人だから……」

そう言って視線を落とす。長い睫毛が微かに揺れる。そして沈黙。あまり触れられたくない話題のようだ。

「ずいぶん歳の離れた親子だね」

話頭を転じる。

「母が三十五歳のときの子ね。いまの時代だったらそんなに珍しいことでもないでしょ」

アップにした首筋の後れ毛がそよと風になびく。

「そういえば、さっき筆頭株主だとか言っていたけど」

「元よ、ほらあの煙突、あるでしょ」

綾香はそう言って、月明かりに浮かぶ煙突を指差した。

「あれは家のものだったの」

綾香はまたいまいましげな顔を作った。

「えっ、それじゃあ――」

「そうよ。ここから見える風景を台無しにしたのも、身から出た錆なのよ」

なるほど、そういうことなら抗議もできないだろう。

「何かの工場ですか」

「ううん、ゴミの焼却場よ」

「旅館と焼却場の両方を経営されていたの?」

綾香は大きく頷くと、

「この辺は昔、製糸工場で栄えたところで、いまはもう寂れてしまって見る影もないけど、そういった工員さんや女給さん相手の温泉だったの。曽《ひい》おじいちゃんがこの灰王館を建てたのよ。当時はこんなに大きくなくてこぢんまりしたものだったらしいわ。それが製糸業の衰退で、客が減って、その当時にはもう祖父――母の父の代になっていたんだけど、この祖父というのがやり手で、商才があったのね。万人が好むようなアミューズメント施設なんかは設けず、他の温泉と違うこの灰王館独自の特徴を前面に押し出して差別化を図ったの。客に媚《こ》びず、客を選ぶ、それが祖父の口癖でもあったわ。この風景と、ほらこの辺は、美しい竹林が残っているでしょう。この竹林と春先に取れる筍をメインとした山菜料理で、観光客を呼び寄せたの。秘湯ブームのはしりだって良く自慢していたわ。建物をいまのように大きくしたのもそのときで、かなりの借金を抱えたんだけど、当時の秘湯ブームもあってか大盛況だったって聞いている。使用人も二十人ぐらい使っていたらしい。そのときからおじいちゃんはいるのよ」

彼女にとっては使用人の杉下がおじいちゃんであり、本物のおじいちゃんのことは祖父と呼び分けるようだ。

彼女はふっとため息をついてから続けた。

「でも祖父の虚栄心は温泉宿の経営だけでは満足しきれなかったのね。曽おじいちゃんが若くして亡くなったおかげで、祖父の豊彦翁《とよひこおう》は二十代から当主になったの。それもあっていろいろな事業に手を出したわ。そのなかのひとつが産業廃棄物の処理業で、初めは余っている土地をあそばせておくのがもったいないといって、ゴミを捨てさせていたんだけど、高度成長期になって建設廃棄物などが大量に出そうだと見抜くと、焼却処理場を設けたのよ。といったって野焼きに近い状態だったらしいけど」

私は軽く頷いて続きを促す。

「処理場っていたって当時は何か囲い程度さえあれば処理場として登録されたみたい。他の事業は結局長続きしなかったみたいだけど、ゴミ処分業だけは順調だったみたいね。建設廃棄物を中心として捨てるところが全国的になくなってきていたから」

「それじゃあ、あの煙は……」

「そう、産業廃棄物を燃やしているのよ。いまのような施設になるまでには、何段階かの設備投資はあって、焼却炉も設けたりしたんだけど、規格より低い能力のものだったり、立ち入り検査のときだけ焼却炉を使うだけで、いつもは相変わらず露天で焼いたりとか、——つまり違法行為も平気でやってたようよ」

「行政指導とかは受けなかったんだろうか」

「もちろん受けたわ。でも、それが何だって言うの。祖父はそのときには県会議員もやっていて、この辺りでは、いわゆる名士だったから、裏でなんとでもなったんじゃないの」

綾香が使用人のことをおじいちゃんと呼ぶように、祖父に対して感情の隔たりがあるのがなんとなく理解できた。

「祖父が引退して母が受け継ぐと、いまのちゃんとした施設にしたのよ。でもおかげであんな大きな煙突を作らなくてはならなくなっちゃったっていうわけ。そして祖父が死ぬとまもなく土地と権利を他人に譲渡したわ。潔いでしょう。カッコ良かったわ」

「それはいつ頃のことですか」

「十年前よ。ほんとはあの施設を壊してしまえばよかったって、いまでも言ってる。それにね、最近、なんだか煙の量が多くなったと思うのよね。焼却能力以上のごみを燃やしているんじゃないかな。それに完全に燃やしきらずに埋めているっていう噂もある。ダイオキシン問題とか環境保全で、いまはチェックも厳しくなったはずだから、そんなことはないってことだけど……。いまの経営者もいいかげんそうな感じの人だしね」

少し舌足らずなのか、口早に話そうとするとき「さ行」と「た行」が聞き分けにくい。

「だけど、あまり文句も言えないよね。焼却場を人手に譲ってできたお金で生活しているんだから……。でもね、風景は台無しになっちゃうし、旅館は閉めざるを得なくなるし、これも因果応報ね」

綾香はやおら立ち上がり、東屋を出て夜空を見上げる。視線の先に煙突を捉えて。

「旅館だけにしておけば良かったのよね」

そして彼女は、背後に建つ旅館を振り返った。私も彼女の後を追って東屋の外に出たところだったので、見詰め合うような恰好になった。慌てて同じように振り返る。竹林の切れ目に館のシルエットが半分ほど見える。

「傷んでいるけど、いい家でしょ。結構気に入ってるんだ」

綾香は前に進み出て、となりに並ぶ。手を伸ばせば届きそうな距離だ。

「……ええ、そうですね。とても風情がある。僕も好きですよ」

「ほんと、嬉しい。他所の人にそう言ってもらえるのって、とても嬉しいわ」

彼女はこちらを向き、心底嬉しそうに白い歯を見せた。

もう少し手を加えればもっと良くなる、とは言えない。使用人ひとりではあの大きな館を維持管理するのは難しい――そんなことは彼女も承知しているだろうし。

「どうしてだろう？　鈴木さんには何でも話せてしまう」

「そう言ってもらえれば、僕も嬉しいですよ」

私自身が一番驚いている。生来無口で、口下手な私が、しかも初対面の人とこれだけ話せることは珍しい。

「鈴木さんの人柄なんでしょうね」

とはいえ、十代の女の子に褒められて、あからさまに喜んでいるのも恰好悪い。話題を変える。

「母屋の西側に、母屋に負けないぐらい大きな平屋の建物があったけど?」

「昔はそっちに住んでいたの。そこに私たち家族と住み込みの従業員がみんなで住んでいたのよ。いまは母の寝室とおじいちゃんが住んでいるだけ」

「綾香さんは?」

「私は灰王館の三階の一番大きな客室。鈴木さんの部屋の斜め上が私の部屋よ」

「贅沢な間取りですね」

「そうでしょ」

綾香はいたずらっ子のようにちろっと舌を出した後、急にまじめな顔つきになって、

「でも、昔の、大勢いた頃が楽しかった」

そういうものだろう。あの館に三人では広すぎる。

「蔵もありましたね」

「え、うん、いまは空っぽ」

彼女の声質が急に変わった。

「客室と同じでここには使っていない部屋がいっぱいあるから」

何だか投げやりな言い方だった。これもあまり触れないほうが良いみたいだ。

私たちはまた東屋のなかに入り長椅子に腰掛けた。

「お父さんは?」

「亡くなったわ。私がまだ小さいとき。だから記憶は全然ないの。私にとっては祖父が父みたいなも

のね」

いつものことかもしれないが、切り出した話が必ずといっていいほど裏目に出る。

「何で亡くなられたんです？　病気ですか」

しかも途中で止められない。

「交通事故だって聞いてる。生まれてすぐだったらしい」

「……」

長い睫毛が小刻みに震え、濡れたように輝く瞳は涙のせいか？　思い出したくない過去を掘り返したようで心が痛む。

「女の子は父親の方に似るのよね」

突然、綾香が言った。

「え、ええ、……」

なんと答えたらいいのか。

「オーストラリア人なの」

「ああ、やっぱり、綾香さんはハーフなんだ。どうりで、彫りの深い顔立ちだと思った」

綾香は私のほうに向き直ると、にっこり微笑み語り始めた。

「父はね、反戦運動家として日本にやってきたの。戦争の悲惨さを訴えるために。七〇年代の中頃でそのとき母は二十代前半で血気盛んな頃だった。父は唯一の被爆国である日本の実状を知るのが目的で来たんだけど、そこでお母さんと出会ったのよ。東京で」

「東京にいたんですか」

「当時、母は祖父とけんかしてて、十八で初めて家出して、すぐに見つかって連れ戻されたりしたらしいんだけど、また家出して連れ戻されたりの繰り返しで、何度、家出したか覚えていないって言ってた。ああ見えて、結構行動力あるでしょう」

「それじゃあ、おじいさんはお父さんとの結婚は許さなかったんだろうね」

「もちろん、でも、母は平気だったし、気にも留めていなかったらしいわ。でも結局、祖父が折れてここで暮らすようになったんだけど、それも長くは続かなくて——父は四、五年しかここで暮らさなかったって——。ていうか、祖父が父を追い出したのよ」

「よっぽど君のお父さんが嫌いだったのかな」

「そうみたいね。生まれる前の話だから詳しくは知らないけど、祖父から『お前の父はこの村が嫌で逃げ出したんだ』って聞かされていた。でも、本当は父が祖父の強引な仕事のやり方を批判してけんかばかりしてたのが原因らしい」

「そりが合わなかったんだ」

「祖父は自分の思いどおりにならないから追い出したのよ。独裁者だったのよ」

綾香は首を激しく振って、
かなり複雑な家庭環境のようだ。

「お母さんも一緒に出て行ったの？」

「ううん」綾香は首を振って、

「母は、そのとき体調が思わしくなくて、出て行こうにも出て行けなかったらしくて……。だから父はひとりで、広島市内にアパートを借りて住んでいた。でも、父は、家族はできるだけ一緒にいなくてはいけない、っていう人だったから、毎週のようにここへやって来ては、祖父に許しを得ようとしたのよ。そういう生活が二年も続いて、そしてここを訪れたある日、そのときも祖父に断られたらしいけど、帰り道が、ちょうど大雨で、しかも深夜で、車がスリップして木にぶつかって……。祖父が泊めてあげていれば、死ななかったのよ」

綾香は憮然とそう言い放ち、ぶらぶらさせていた両足を、反動をつけて前方へ蹴り出し立ち上がった。

「初めて会った人に、いっぱい話しちゃったわ。……さって、靄も出てきたし、もう戻るわね」

気温が下がってきたらしく、水面からはいつしか水蒸気が立ち上り、水面に映る月は朧月を形成していた。

「僕はもう少しここにいるよ」

「そう、それじゃあ、お休み」

綾香はそう言うが早いか小走りに駆けて行った。

「お休み」

私は再び東屋から出て、そのうしろ姿をしばし見送った。

時間にして一分くらいだろうか、私はそのまま佇み、見るとはなしに館の方を見ていた。そのとき視界の左隅で影が揺れた。綾香のものだとは思えない動きだった。夜になり活動を始めた夜行性動物のものとも異なる、ぎこちない動きだった。

視線を流し、影の動いたと思われる先——古井戸がある辺りを数瞬の間目を凝らしてみるが、何の変化も見られない。顔を戻そうとしたその刹那、雑草を掻き分けるような音とともに、黒っぽい布の塊が、何か機械的な、ぎこちないが一定の規則性を持って、左の竹林から出て道を横断し、右手の竹林のなかに消えて行った。そして靄が視界を包んだ。

……人間か？　誰かの人影か？　私は不審に思い、その後を追った。

古井戸まで達したとき、そこに別の人影を見つけて、私はギョッとした。

そこには顔面を蒼白にして立ちすくんでいる綾香がいた。

「綾香さん……」

私が声をかけたのがきっかけとなったのか、引きつったような声をあげた。

「おにいちゃん」

綾香は確かにそう言った。

独白

毎日決まった時間に食事だけは運ばれてくる。今日の食事はあじの開きに卵焼き、そして味噌汁とポテトサラダだった。毎週、月曜の朝食は決まっている。

食器は味気のない白い色をした樹脂製だ。茶碗も皿も箸までも樹脂製だ。割れて凶器となることを怖れているのだ。危害を加えられる恐怖か、自傷行為をされる怖れか。

料理は完全に食べたことなんか一度もない。半分以上は残す。一日の殆どをベッドで過ごすのだ、食欲が湧くはずがない。

前に一度、箸を毛布の下に隠していたことがある。しかし、食器を引き上げるときに気づかれてしまい、取り上げられてしまった。それ以来チェックが厳しくなった。毎日、同じ食器なのも、紛失したらすぐ分かるようにするためなのだ。

その箸でどうこうしようなどとは考えていなかったが、何かに使えるのではないかと思っただけだ。そう、何かに……。

新聞なんかは隅から隅まで読む。最近の楽しみは株価だ。もちろん株なんかやらせてもらえるはずはない。自分が株主になったつもりになって、今日は何円上がった、あるいは下がったって言って喜んでいるだけだ。ところがこの予想が結構当たる。新聞を隅から隅まで読んでいれば、株価がかなり社会情勢や事件事故などに影響されるものだということが分かる。

本が読みたいと言えば、もってきてくれる。何でもというわけにはいかないが、まあそこそこは叶えられる。

だが、毎日、毎日、毎日、毎日、毎日、毎日、毎日、毎日、毎日――文字ばかり追っていられない。嫌になる。もううんざりだ。やることがない。やるべきことがないんだ。

話しかけてみても「ああ」とか「いや」とかの短い返事だけ残し、さっさと出て行く。「ここから出たい」と言ってもただ、首を振るばかりだ。

「せめて五分、散歩でもいいから」と望んでも、そのうちにと言うだけで、叶えられたためしがない。最近では目を合わせようとすらしない。イエス、ノーでは答えられない質問をしてみても、誰かに教え込まれているのか、あいつと話はするなと言われているのかしらないが、見当違いの頓珍漢《とんちんかん》な答えが返ってくるか、冷ややかな視線を残しながら何も答えずに出て行くか、のどちらかだ。

また夜がやってくる。

……眠れない夜が、またやってくる。

いまではもう、眠ろうとは努力しない。眠気がやってきたときだけ眠るだけだ。昼間に運動すれば、食欲も出るだろうし、ぐっすり眠れるというが。

それなら、運動させろ！

——ここでやれだって、馬鹿を言うな！　こんな密室の中で運動なんて、ばかばかしくてやってられるわけない。

希望はひとつだ。この格子を外せ、この冷たい格子を取っ払え。


孤独というものが、どういうものか分かるか？　孤独でいるということが、どういう意味を持つのか分かっているのか？

話し相手がいないということじゃない。話し相手ならいる。大人しくさえしていれば、奴らは話し相手にはなってくれる。だが俺はそんなもの望んじゃいない。奴らとのくだらない会話なんか望んじゃいない。

本当の孤独とはそんなものじゃない。人に必要とされない、人から忘れ去られた存在——それが本当の孤独だ。生きていながら死んだも同然ってやつだ。

……でも、諦めたわけじゃない。決して諦めちゃいけない。いつかここから抜け出してやるんだ。

そう、いつか絶対、出てやる。


——抜け出してどうする？　どこへ行く？

……………………………。


行くあては？

もうひとりの弱気な自分が反問する。

……そうだ、そのとおりだ。

そもそも、どうやって抜け出す？？？


だめだ、だめだ、だめだ。

そんな弱気でどうする。

とにかく、いまはここから抜け出すことが目的だ。それだけを考えろ。

あとのことはそれから考えればいい。

抜け出したあとの問題だ。

悲観するのはもう止めだ。マイナス思考はもう散々してきた。嘆いてばかりはいられない。嘆いたって何も始まらない。


よし、抜け出せるときを信じて、いまは体力をつけるべきだ。

そう、いまから体力をつけよう。落ちてしまった筋肉を取り戻そう。

まず、腹筋と腕立てとスクワットを一セットとして毎日続けよう。一ヶ月だ。一ヶ月が目標だ。それまでに脱出に必要な体力をつけるんだ。

……それからだ。

……それからだ。

……全ては、それからだ。

記録五

私は食事をした居間で女将の淹れてくれたお茶をすすっていた。綾香はすでに落ち着きを取り戻していて、片足だけスエットパンツを捲り上げ、すりむいた膝頭にばんそうこうを張っている。

彼女は不審な人影を追って、竹林のなかに駆け込んだまではいいが、何かに足をとられたらしく、転んでしまったのだ。

私も彼女の後に続いて不審者を追いかけたのだが、倒れた綾香を放っておくわけにもいかず、その人影が誰なのか、確認することはできなかった。

異常を聞きつけてやってきた使用人の杉下は、その人影を追って竹林に入ったまま、まだ戻ってきていなかった。

綾香は、先ほどから湯飲み茶碗に手をつけようとせず、さかんに母親に訴えかけている。

「お母さん、あれはお兄ちゃんよ、間違いないわ。半年前に見たあのときも、お兄ちゃんだったんだよ」

女将は穏やかな笑みをたたえながら、

「お客様の前であまり変なことを言わないの」

「いいの。お母さん。鈴木さんは全部、知ってる」

私は少し気まずい思いをしながら頷いてみせた。転んで怪我をした彼女をここへ連れてくる間に、彼女からあの蔵にはその昔長年に渡り、病気を患っていた兄がいたことを聞かされていた。

女将は一瞬、口元を引き締めて見せたが、また元の笑顔のままで、

「そう、でも隆一《りゅういち》は死んでしまったのよ。十三年も前にね。イノシシでも見たんじゃないの。あなたも小さい頃には見たことあるでしょ」

「よしてよ。お母さん。そんなんじゃないわ」

きっぱりと言い切る綾香に、女将は少し目を見開いてみせたあと、私を見据え、再び綾香を凝視し、ゆっくり口を開いた。

「顔でも、見たのですか」

改まった口調が、綾香に緊張を強いる。

「……全身、黒っぽい布をまとったような服を着て……、フードみたいなのを被ってたし、一瞬だったから――」

「それみなさい。何かと見間違えたのよ。今夜は靄が出ていたから――」

「違うわ。あれはどう見たって」

女将は最後まで言わせず、

「どう見たって、――なんなの。よく見えなかったのでしょう」

「だって、それは……」

「仮に、万が一、それが隆一だったとしても、十年以上もどうやって生きていたというの。あの子は、今日みたいな満月だって生きていられないのよ」

女将の声が一オクターブ上がった。そしてしばしの静寂の後、

「それに今日は私だけじゃないの」

綾香はそういって私に視線を投げた。

「ええ、僕も何か人影みたいなものを見て、追いかけて行ったのですが」

「……それで、何か見えまして」

射すくめるかのような強い視線。

「いえ、はっきり、それと分かるものでは……」

「今晩は靄がかかっていたのでしょ。この前のときも靄が深かったし」

その口調は穏やかななかにも、もうこの話はこれで終わりにしなさいという強い意思が感じられた。


『ブロッケンの亡霊』といわれる現象がある。ドイツのブロッケンという山中で、昔から黒い大きな亡霊が出るという伝説があった。これは、早朝の陽の光を背中に受けて、目撃者自らの影が靄に映し出される現象のことで、それが亡霊として信じられていた、というものだ。だから、目撃者が動けば、大きな影も同じように動くのだ。つまり目撃者が右手を上げれば、影も同じように右手を上げる。また、投影されているわけだから、影は巨大なものになる。

今夜の場合も、深い靄と満月の明かり、その状況は酷似している。しかし、その影は、特別大きな

ものではなかったし、しかも私が動く前に確かに動いた。とすれば、私の影ではない、綾香の影ということでもないだろう……。

そんなことを考えていると、杉下が姿をあらわした。予想していた通り、実直そうな、しかし主人のためなら、どんな嘘でもつきとおすぞという強い意思と頑固さを持ち合わせた老人だった。細い身体に刻まれた深い皺、真一文字に結んだ口元、そして物を見つめる静かな視線の動きがそれを物語る。

「森の向こうで、梟《ふくろう》を見ましたですわ、女将さん。この辺じゃ珍しいでしょうが、たまに見られないことじゃないけえが」

居間に入ってくるなり、そう報告した。

「この辺で、梟が出るんですか」私が聞く。

「ええ、けっこういますだよ。翼を広げると一・五メーターから二メーターぐらいになるやつが、けっこういますだよ」

私は大きさなど質問していない。それにこの辺じゃ珍しいのではないのか。

「そう、結論は出たわね。ご苦労さん」

私がさらに聞き募ろうとするのを阻止するがごとくぴしゃりと言い切った。

「よしてよ、おじいちゃん。梟なんかと見間違えるわけない」

綾香は矛先を変えた。杉下は綾香に睨まれて、視線を落とした。

「ねえ、どうして私の言うことを信じないの。嘘でもついて――」

「もう、よしなさい。誰かを見たのでしょうけど、それが隆一でないことだけははっきりしているでしょう」

母親に強く否定されて、今度は綾香まで下を向いてしまった。そしてしきりに何かを考え込むように眉間に皺を寄せ、ややあって、

「ひょっとしたら、兄さんの幽霊……」

呟くような声が震えていた。

＊

「あれは本当に、幽霊だったのかなあ？」

「そんなことはないと思いますよ。月の弱い明かりではブロッケンの幽霊は無理だろうし」

「兄さんの幽霊よ」

「いや、そうじゃなくて——」

私はブロッケンの幽霊現象の説明をした。彼女は良く分からなかったのか、「ふーん」と少し首を傾げてみせる。

「とにかく、仮にブロッケン現象だったとしたら、あそこにいたのは君だけだし、君の影が靄に映し出されたことになる。だけどあの影の動きは——ぎこちない、こう、小刻みに上下運動しながら移動する動きは君のものではないだろう？」

「うん、違う。私はじっと動かなかったから」

「イノシシや梟の動きなんてことはありえないし」

「そう、絶対そう」綾香は身を乗り出すと、

「だったら、もっとはっきりそう言ってくれたらいいじゃない。期待してたのに」

頬を思い切り膨らませる。

「ごめん、あのときはそこまで……。それにはっきりと、見えたわけじゃないし……。だけど、どうして兄さんだと思ったの、顔は見えなかったんだろう」

「う、うーん、そうだけど。なんていうか、全身の形とか、雰囲気なんかが……」

「でも、ずいぶん昔の話でしょう？　それに君は小さかった。兄さんだって――」

「だって、そう思ったんだもん」と視線を落とす。

「でも、本当の兄ならどうして名乗り出ないのかな」

「それは、……何か事情があって……」今度は大きく唇を突き出し、

「お母さんとおんなじこと言うのね」一転して椅子に深々と身を沈めた。

喜怒哀楽の表現が、シンプルで分かりやすい。そしてそういう仕種が自然とできる娘だ。

私と綾香は、二階の客室の板縁で、ふたつの籐椅子に向かい合うように座っていた。居間を追われるようにして自室に戻った私の後を追って、綾香が尋ねてきたのだった。

「半年前にも見たんだよねえ」

「今日とおんなじ状況だったけど、今日のほうがずっと近かった。だから、間違いないはずなんだけど……」

「だけど、もう死んじゃっているし……」

「やっぱり、幽霊？」

綾香はまた身を乗り出した。話が堂々巡りを始めそうだ。方向転換。

「声はかけなかったの？」

「無理よ。突然のことだし。びっくりしちゃって……」

擦りむいた膝が気になるのか、穴のあいたスエットパンツに視線を落とし、

「でもね、兄はきっと足が悪いんだわ、いまでも」

両のこめかみをそれぞれの人差し指の先で押回し、記憶を呼び起こしているようだった。

「あの動きは足を引きずっていたのよ」

そうといえなくもない。連想するなかで一番近い動きかもしれない。

「難病ってどんな病気だったの」

私には、月明かりの下でも生きていられないという女将の言葉が、引っかかっていた。

綾香はしばし私の目をじっと見つめてから、

「兄さんはね、色素性乾皮症《しきそせいかんぴしょう》っていう世界でも数百人だか、数千人しかいない難病だったの。紫外線に対して抵抗力がない病気で、日の光はもちろん照明の光もだめなの。だから顔はもちろん全身を隠すようにするしかなかったのよ」

「光に当たるとどうなるの」

「火傷《やけど》したみたいに、水疱ができて、ただれて、最悪は皮膚ガンになるらしいの」

「じゃあ、外出なんかできないんだね」

「日中は絶対無理ね。でも、夜にはときどき散歩に出ていたみたい。たぶんお母さんが連れて出ていっていたと思う」

「どうしてそれが分かるの」

綾香はもう一度私の目をじっと見てから、

「だから、兄さんは昼間でも薄暗い蔵のなかにずっといたの。私はお母さんの目を盗んで、ときどき会いに行っていたんだけど……。兄さんの枕元に靴が一足置いてあって、それに泥がついていたのを見たことがある」

ふたつに分かれた渡り廊下の先に漆喰造りの蔵があった。あの蔵に隆一という難病を患う兄が住んでいたのだ。

「ふーん、なるほど。でも、風邪とか虫歯にでもなったら、大変だったろうね。病院に行くこともできないんだから」

「ほとんどは須藤《すどう》先生が往診に来ていたわ。でも、一度だけあって、そう、小さいとき一度だけ見たことがある、遠くからだったけど。全身をシーツで包んで、布団ごと一緒にストレッチャーに乗せて、もう大変だった。もちろん夜によ。そのときも無理を言って須藤病院に運んで行った」

「どこか悪くしたの」

「足を骨折したって聞いた。日光に当たれないからビタミンやカルシウムが作れないんだって。だから折れやすいって。あの蔵のなかでいっつも寝ていたし、運動だってあんまり自由にできなかったみたい。引きずるように歩いていたのも、そのときの後遺症よ。まだ治ってはいないんだわ」

彼女は足を引きずるように逃げていく人影を思い出したのか、それとも擦りむいた膝に痛みを感じたのか、また自分の膝に視線を落とした。

「でもそんなことを知ったのは、もっとずっと後になってからだったわ。あの座敷牢でいつもシーツに包《くる》まっている人が、私の兄さんだと知るのもね。あの蔵には近づくなって、お母さんはもちろんだけど、祖父からもきつく言われていたから。いつも意見が合わず、祖父とけんかをしていたお母さんが、そのときだけは祖父と一緒になって私に言い聞かせたわ。それはいまでも変わらない。兄の話になるといつも話題を変えようとする」

彼女は母親から頭ごなしに否定されたことが明らかに不服そうだった。

たしかに女将は綾香の話をまともに聞こうともしなかった。いくらなんでも梟と人間を見間違うものか。


その後、綾香は五歳の頃、初めて座敷牢で兄――隆一と出会った日のことを話してくれた。

「初め恐ろしかったのは事実だけど、好奇心のほうが強かったのね。それと、行く度にもらう折り紙が嬉しかったのもあるわ。ひとつとして同じものはなくて、亀だったり、犬だったり、紫陽花《あじさい》だったり、どれも限りなく小さくて、とても精巧だった。私は花柄の和紙や色紙を持っていくのだけど、兄さんはいつも新聞紙を望んだわ」

「どうして新聞紙のほうがいいのかな」

「折りやすいからって言ってたけど、いま考えれば、兄は情報がほしかったのかもしれないわね。ずっと何年もあそこに閉じ込められていたんだから……。でもそんな兄との小さな密会も長くは続かなかった」

「つい、お母さんにでも話しちゃったのかい」

「ううん、このことは絶対喋っちゃいけないって約束したから。喋ったら、折り紙はもう折らないって、言われてたし」

「その折り紙を見つかったんだ」

「ううん、それはいつも近くの沢に流していたから、見つかることはなかったわ」

「でも、大事な宝物だったんだろう」

「でもそうしろって。この折り紙は大事な天の使いなんだって。これを毎日欠かさず沢に流しながらお願い事をすると、それがいつか叶うんだって。そして、こうも付け加えたわ。誰にも見つかっちゃだめなんだって」

「それを信じていたんだね。じゃあ、どうして」

「溜まっていくはずの新聞が溜まらなかったのが原因よ」

綾香はそう言うとふーっと、ため息をついた。

「お兄ちゃんは、いつも古い新聞でかまわないといっていた。十日前であっても二十日前であっても。でも、それも一ヶ月もすれば、分かるわよね。一ヶ月分の量の古新聞が溜まらなくなっているんだから、いつかは分かるわ。その当時は何人も使用人がいたんだけど、座敷牢のある蔵に入れるのはお母さんと祖父、それにおじいちゃんだけだった。私が鍵をくすねて、蔵に出入りしているのは、母は知っていたんだと思う。でもそれを見ない振りをしてくれていたの。ところがあるとき、当時、私の家庭教師みたいなことをしていた女で――ほんとは祖父の愛人としての方が本職だったんだけど――祖父とお母さんがいる前で『古新聞を子供会の廃品回収に出したいんだけれど、今月はずいぶん少ないわ』だって、わざと大きな声で言ったのよ。祖父に聞こえるように。私が蔵に持って行くのを見ていたんでしょうね」

そう言って口を尖らす綾香の顔を私は見たくなかった。初めて見せる嫌な顔だった。

「鍵はどこにおいていたの」

「台所にある床下収納庫の扉の裏よ。私はいつもお母さんのそばにくっついて離れなかったから分かるわよ。お母さんも五歳児だから安心したのかもしれないし、心の奥では私とお兄ちゃんが会うことを望んでいたのかもしれない。ううん、きっとそうなることをどこかで望んでいたんだと思う。……で、結局お兄ちゃんとの密会は三ヶ月で終わっちゃった」

母や兄を語るときの優しい顔の方が彼女には似合っている。

「で、それ以来、蔵の入口だけでなく、蔵に入ってすぐの前室の引戸にも、もうひとつ新たな鍵が取り付けられちゃった」

「おじいさんとお母さん、それと杉下さん以外の人は、お兄さんの病気のことは知っていたの」

「それはどうかしら、古くからの人は知っていたかもしれないけれど、誰でも――祖父の愛人でさえ、あそこに近づいただけでも、祖父は大きな声で近づくなって叱っていたから、あまりいないんじゃないかと思う。祖父の権力はこの旅館だけでなく、この地域では絶対だったから、知っている人でも誰も喋らなかったはずよ。私も後で強く何度も『二度と近づくな。誰にも言っちゃあならん。言えば、おまえの大事なお母さんと一緒にいられなくなるぞ』——そう脅されていたから」

「でも、どうして、そんな——」

「こんな田舎で、奇病を患っている孫がいると、知れ渡るのが怖かったのよ。県会議員の再選が控えていたから、そんな醜聞が広まるのを恐れたのよ」

「そんな、この現代にそんなことを気にするなんて、同情しても変な目で見る人なんていないよ」

「そうかしら、現代だからこそ、情報伝達手段が進んでいる現代だからこそ余計ひどいんじゃないかしら。全部が全部だといわないけれど、人を好奇の目で見るというのは時代が変わったって、人間の本質は変わらないと思うわ。でも、だからといって、あんな座敷牢みたいなところに閉じ込めておくっていうのに賛成するわけじゃない。だけど、病気が病気だけに仕方なかったという気もするの。現在の医療をもってしても、治療法のない難病中の難病なんだもの。祖父の立場は自分のために知られたくなかったから、母の立場は誰かが好奇心で勝手に入口を開けられて、兄に害が及ぶのを恐れたから。理由は異なっても、結果として同じにならざるを得なかったのよ」

私は何も答えられずにいた。難病を抱えた家族の苦悩だけは、それを知らぬ他人が軽々しく言葉にすべきではない。浅慮な道徳心だけで。

「その晩の祖父の剣幕はすごかった。『ちゃんと綾香を見張っていないからだ』ってお母さんがひどく叱られていた。祖父の怒鳴る声とお母さんの泣き叫ぶ声で、私も泣いていた。それ以来お母さんを泣かせるのが嫌で、もう二度と蔵には近づかなかった」

綾香は寂しげに瞳を潤ませた。

「それにね、祖父は『だからこんな結婚はだめだ』なんても言っていた、それが一番悲しかった。父の記憶なんてなかったけれど、私なんかいない方がいいって言われた気がして」

「こんな結婚って、やっぱり国際結婚のこと？」

私はためらいがちに聞いた。

「国際結婚だけでも、こんな田舎の村では珍しかった。けれど、それよりも父は商才に欠けていて、実務的な人ではなかったの。それが祖父には気に食わなかったらしい。だから、祖父は決して父を認めなかった。死んでしまってからも、ことあるごとに父を否定していた。祖父は身内でさえ、自分の物差しにあわない人間は、認めようとしなかったの。自分の言うことに従うものしか認めなかったのよ」

綾香の重ね合わせた両手が小刻みに震えていた。

「さっき、お母さんも何度も家出をしたって言ってたよね」

私は東屋での会話を思い出して聞いた。

「うん、さっきも言ったけど、初めての家出は十八のときで、祖父の束縛がいやになって一年ほど家出していたのね。広島で見つかって、強引に連れ戻されたらしいけど」

「とてもそんな風には見えないね」

華奢《きやしや》な女将からは連想できなかった。

「そうでしょう。でもそれだけじゃないのよ。連れ戻されて暫く大人しくしていたかと思うと、東京の大学に行ったのよ。いまではどうってことないことだけど、当時、この村から東京の大学に行くなんて珍しいことだって」

「おじいさんは反対しなかったのかな」

「さあ、理解があったというより、あまり強く反対すると、また家出されるのが怖かったんじゃないかしら。それならと、居所の知れている東京生活を許したんだと思う。それで東京生活で知り合ったのが父なの。お母さんは結構活発で学生運動なんかもしてたのよ」

「ヘエー、意外だな」

「でしょ。母のアルバム見てたらね。ヘルメットもってデモってる写真があったのよ。反戦プラカードを手に持っていたわ。母に言わせると、当時、そういう雰囲気に乗っていない方がおかしかったんだって。そんなに本格的なものじゃないとは言ってたけど、結構気合入っている写真だったよ。で、そのデモを先導していたのが父だった。父は戦争捕虜になっていたこともあって、その活動はかなり激しかったらしいわ。その後結婚して、この村に帰ってきて、四、五年は一緒に暮らせたらしいんだけど、祖父が父を毛嫌いして追い出しちゃった。だから父は仕方なく広島で生活を始めることになったわけ。前にも言ったけど、父はそれでも祖父の許しを得るためにここを頻繁に訪ねたのよ」

「そのころに君が生まれたのかい」

「ええ、父が死ぬ半年前。だから、父の記憶は全然ないの」

明るさのなかにどこか悲しげな面差しを垣間見せるのは、幼い頃の、心の傷の所為なのかもしれない。

「でもね、ここでの生活は平和だったよ。祖父は子供心にも嫌いだったけど、杉下のおじちゃんとかいっぱい人がいて、みんなに可愛がってもらってたし、あの事件が起きるまで……」

そう言って綾香は言葉を濁した。

「事件って……。お兄さんが亡くなっていることと関係あるのかい」

私は好奇心で聞いた。事件という言葉の響きのなかに単なる病死以上の含みを感じたからである。

「お母さんが言うように、さっき私たちが見た人影が、隆一兄さんでないことは、私が一番よく知っている。兄は死んだのよ。私がその第一発見者なんだから」

綾香はそう言うと、じっと私を見据えた。話す相手としてふさわしいか、値踏みをしているようでもあった。

「……いいわ、話してあげる。でも、まじめに聞いてね。誰も信じてくれないの。他のみんなのなかでは、事故、あるいは自殺ってことになってるの、だから……」

私は深く頷いた。

「その代わり、教えて欲しいのよ、あの日、私が見たものが何だったのか」

決意の視線でもう一度私を見据えた。

「あの日、間違いなくあの離れには、座敷牢のなかには兄しかいなかった。それなのに兄は格子のなかでばらばらに殺されたのよ。誰も出入りできない座敷牢のなかで」

独白

最初は十回もできなかった腕立て伏せが、いまでは三十回はできるようになった。腹筋も五十回を越える。スクワットに至っては壱百回に及ぶ。この僅かな間で見違えるような進歩だ。諦めずに今日まで続けてきた証だ。

体力がつけば気力もみなぎってくる。何事も前向きに考えられるようになってきた。不思議なものだ。

食事もしっかりとるようになった。良質のたんぱく質をとらねば、筋肉も太くならない。旺盛になった食欲に、奴らもびっくりしている。いままでお代わりをすることもなかったから、面食らっているようだった。

それと俺の対応の変化にも驚いているはずだ。いつも何かにつけて文句を言っていた俺が、もう何日も何も不満を漏らしていない。いまでは食事を運んでくれた奴らに笑顔でありがとうとさえ応えている。

目的を遂行するため、今はまだ我慢だ。奴らは俺の変化に半信半疑ながらも、少しずつ心を許し始めている。昨日なんかは、天気の話でどうってことない話題だったが、いつもより長く話していった。

少しずつだが効果は現れている。警戒心を解き始めているんだ。

全てがいい方向に回ってきた。目的を持つということが、如何に大切なことか、いまさらながら認識できた。目的のためなら、屈辱もエネルギーだ。

あとは機会を待つだけだ。条件さえそろえば、行動を起こす。

いまに見ていろ。あのくそいまいましい格子を破って、逃げてやる。

そのときの、奴らの間抜け面が目に浮かぶ。いい気味だ。

ざまあみろだ。計画は既に出来上がっている。


計画とは、こうだ。

決行日は雨の日の夜に限る。足跡を隠し、追っ手から逃げおおすためだ。まず、奴らがこの部屋に入ってきたとき、そう、夕食を持ってきたとき、奴らを縛り上げ、鍵と奴らの着ている衣服を奪って逃げ出すんだ。縛り上げるためのロープも用意してある。包帯だ。以前暴れたときに、怪我した際の包帯を取っておいた。替えの包帯をくすねていたんだ。奴らは気がつきもしなかった。馬鹿な奴らだ。所詮、烏合の衆だ。

縛り上げた後は、猿轡《さるぐつわ》をかませて、シーツに包んでしまえば、身代わりにもなる。馬鹿は馬鹿なりに役に立ってもらわなければならない。それがせめてもの恩返しだ。ついでに財布も失敬させてもらおう。俺をコケにした、せめてもの罪滅ぼしだ。

外にさえ出てしまえば、何とかなる。外がどんなところか、ここからは分からないが、窓から見える木々から判断するに、山奥か少なくとも近くに森は茂っているはずだ。鳥の鳴き声もそれを裏づける。そこへ逃げ込もう。そうして時間を稼ぐんだ。

奴らにすれば、人里離れたところに幽閉したつもりだろうが、それが逆に仇となる。いったん逃げ込んでしまえば、森は恰好の隠れ場所ばかりだ。山狩りをするにしても、準備にそれなりに時間がかかるはずだ。一日か二日、いや下手したら三日はかかるはずだ。人員だって、俺ひとりにそんなにかけられるはずはない。殺人者ではないのだから。

うまくすれば、そのまま——ってことになるかもしれない。

うまくすれば、自由になって、そして、俺が如何に理不尽に閉じ込められていたか——。

俺の言うことを信じてくれる人を探し出すんだ。

時間はかかるかもしれないが、必ず分かってくれる人はいる。

そして、そして……。

フ、フ、フ……。

見ていろ、奴らの驚く顔が浮かぶ。

フ、フ、フ……。

見ていろ、いまに――。もうすぐだ。

もうすぐに…………………。

記録六

私と綾香は窓越しに沼を望んでいる。靄はさらに成長し、沼全体がぼうっと浮き上がって見えた。天空で瞬く月もまた霞んで見え、ゆらゆらと生き物のように動いている。何か壮大な仕掛けのイリュージョンを見ているようだ。

ちょうどそのとき一陣の風が吹き、水面の靄を吹き払った。形のはっきりした月が水面に蘇った。じっと見つめていると、改めてどちらが本物の月か分からなくなる。

「どちらも本物よ」

私はぎくりとして振り向く。突然の声に驚いたというより、自分の心のなかを見透かされたように感じたからだ。

「違っていたらごめんなさいね。私もここに座って水面に映る月を見るのが好きなの。そのときいつも思うのよ。この月はどっちが本物だろうって。でもどっちも本物なのよ。どちらも手に触れられないもの」

綾香の声はいままでと違って落ち着いた響きに変わっていた。そしてそれに併せるかのように言葉使いも（せっかく近くなったのに）改まったものに戻っていた。

「水面に映った月は、波立てば乱れる。でも、空の月は変わらずそこにある」

私は格言でも披露するように答えた。

「目に見えるものすべてが本物とは限らないわ。それに宙《そら》に月があるなんてどうして分かるの」

「それはだって――。人類が月に到達する以前から天文学は――」

「分かっているわ。でもその情報はどうして得たの。鈴木さんが自分で確かめたわけじゃない。学校で教わったり、新聞や書物なんかで得た知識でしょ」

「それはそうだけど……」

「誤解しないで、私は何も否定しているわけじゃないのよ。地球は、実は円盤で大きな象が支えているなんて思ってやしない。ただね。そういった誰かが得た情報というか、知識をそのまま鵜呑みにして、前提条件として考えるのが嫌なのね」

変わっている娘だなと思った。しかし、同じ考えを持っている人間を私は知っている。

「先人の功績を全部無視して、自分の目で見、理解したものだけしか信じられなかったとしら、私はまだ小学校すら卒業できていないでしょうね」自嘲気味にそう続ける。

「一生かかっても無理だろう」

「そうね。そんな風に考えるから学校の成績が上がらないんだって、お母さんによく言われてた」

彼女はそういって、肩をすくめて見せた。

「だけど、その考え方、分からないわけじゃない。僕の友人も同じようなことを言っていた。その彼はもっと辛らつで、見たものなんか信用するな。論理的帰結の得られるものだけが真実だ。それ以外のものは皆まやかしか、勘違いか、虚言だってね。鏡がなぜ物を映すかなんて単純な現象すら、人間には解明できていないんだって。――つい百年前までは原子が最小の粒子だと考えられていたのに、そのなかに原子核があり、その原子核は陽子と中性子でできていて、さらにそれらはまたクォークという粒子からなる。そしてさらにいままた、それよりも小さいヒッグス粒子なるものの存在が考えられているらしい。もしこれが発見されれば――彼に言わせると――二十一世紀の物理学は大変革を遂げるらしい。ヒッグス粒子の理論が証明されれば、ニュートンもアインシュタインもマクスウェルも湯川秀樹も全てひとつにまとめられるとも。――それがどんなにファンタスチックなことか分かるかい、といって目を輝かせていたよ。僕には何のことか全然、分からなかったけどね」

綾香は不思議そうな顔をしてこちらを見つめていた。話が少し横にそれてしまった。

「変わったお友達ね。物理のことはよく分からないけど、でも私が経験したことはいまでも分からないの。目で見たものを信用しすぎてはいけないと思っていても、あの事件だけはどう解釈していいか分からないの」

綾香は窓ガラスに映る私の目を見つめ、ゆっくり瞬きした。

「……そうだね」私は呟くような声で言った。そうして私の思考は再び、ほんの五分前に聞かされたばかりの、綾香の話のなかに戻って行った。

綾香の記憶

一九八七年の、季節はすでに木々の葉も枯れ落ちる頃だった。蔵には二度と近づかないと誓わせられてから、その日は三ヶ月ぶりのことだった。

綾香は昼寝から目覚めると――なぜかその日に限っていつもより三十分ほど早かった――寝ぼけ眼であたりを見回しても誰もおらず、母を呼んでも、杉下を呼んでみても誰も声を返してくれなかった。

当時から温泉業は下火になっていて、使用人の数を減らし四、五人で細々とやっていたのだが、その日に限って突然、団体客がやってきたせいで、多忙を極め、離れの屋敷には誰もいなかったのだ。後で分かったことだが、綾香の家庭教師係が、たまたま予約電話を受けたのをうっかり忘れたのが原因らしい。そんなわけで母も杉下も、そして祖父までその対応に追われていた。

その声がどこから聞こえてくるのか、綾香にはすぐに分かった。目が醒めたのも、その誰かがうめく声がしたからに違いない。

綾香は鍵を持ち出すと、まっすぐ座敷牢に向かった。新しく取りつけられた鍵のありかもそのときには突き止めていたから、探す手間はかからなかった。昼間とは思えない薄暗い闇のなかを手探りで歩いた。当時は主庭にも竹林が延びていて蔵を囲うようにしていたから、昼間でも曇りの日は薄暗かったからだ。

蔵へ渡る廊下を歩いていると、いつもはしない板の軋む音が響いた。まるで鶯張りの濡縁《ぬれえん》を歩いているような気分だった。いつ祖父に見つかって、後ろから羽交い絞めにされるのではないかと不安で、何度も後ろを振り返りながら進んだ。

最初の鍵で差込錠に取付けられた南京錠を開け、慣れた手つきで板戸を引き開ける。元々厚い観音扉だったものを付け替えたものだ。

蔵を入ってすぐは左右に細長い六畳ほどの板の間で、座敷牢につながる前室になっている。牢の前は、雨戸のように五枚の連続引戸になっていて、これを開放しなければ牢を望むことはできない。こうした前室が作られたのは、蔵の入口を開けた瞬間に光が座敷牢に侵入するのを防ぐための配慮であったろうと思われる。

連続引戸の内の一枚には姿見の鏡がはめ込まれていて、最初にその姿見の引戸を開けなければ、残りの引戸は開かない仕組みになっている。逆にいえば目印とするために鏡をはめ込んだのである。この連続引戸のすぐ裏が、全面、太い角材で組まれた格子になっていて、そのなかに兄の隆一が幽閉されていた。

蔵の入口を開けると綾香自身の姿が、鏡に正対して映り、（分かっていても）心臓が止まるほど驚かされた。特にその日は、後ろめたい気持ちはもちろん、うめき声に神経が敏感になっていたから殊更だった。

前室に足を踏み入れると、うめき声はいっそうはっきりと聞こえてきた。引戸の向こうから声がするのは間違いなかった。兄が苦しんでいるのだと確信した。

座敷牢だけでなく前室にも照明設備は設けられておらず、窓もなかったから、目が暗闇に慣れるのにしばらく時間がかかった。

姿見の引戸に新しく取りつけられた南京錠、そこに綾香は鍵を差し込んだ。金属のかしめる音が小さな心臓の鼓動を増幅させた。

南京錠を持つ手が震え、床に落としてしまった。本当は小さな音だったのかもしれないが、耳元で鳴らされた銅鑼のように響いた。しばらく引き手にかけた手をなかなか動かせずにいた。南京錠を落としたのと同時にうめき声がぴたっと止んでいたからだ。

綾香はそのままの姿勢で声をかける。

「お兄ちゃん、大丈夫」

そう言って、またしばらく待ったけれど、しんとしたままで物音ひとつしなかった。

「お兄ちゃん……」

もう一度声をかけたけれど、やはり同じだった。

「……開けるよ」

意を決し、思いっきり戸を開けた。

生暖かい熱気と金気くさい匂いが襲ってきた。

数瞬の間、目の前の光景が理解できずにいた。

格子越しに見えたのは、白いシーツを真っ赤に染め、兄、隆一のものと思われるばらばらに切断された死体だった。

付け根から切断された両腕は、枕元に揃えるように置かれてあり、左足も付け根から切断され、寝具から少し離れたところに、投げ捨てるように放置されてあった。そして頭部は、まるで小さな訪問者を迎えるが如くじっとこちらを見据え、丸まった寝具の上にちょこんと乗せられてあり、いまにも飛びかかってきそうだった。

実際には目蓋は閉じられていたのだが、頭部全体が血糊でべったりと濡れていたことと、側頭部が何か鈍器のようなもので殴られたのか窪んでいた所為で恐怖が増幅されたのだと思う。

辺りを見渡すと、板張りの床に乱雑に置かれた書物が、流れ出た血液を吸い取っていて、その傍で柳刃包丁と、薪割りに使っていた鉈が転がっていた。しかし、不思議なことに、胴体と右足については見あたらなかった。

綾香は身動きできずに、ただじっと惨劇の現場を見つめていた。度を越した恐怖というものは、人を無感覚の世界に誘うものかもしれない。彼女だけが特別なのか、このときだけが特別だったのか、それは分からないが、綾香という五歳の少女が、現場を克明に覚えていたという事実だけは存在した。

しかし、次の瞬間、彼女はけたたましい大声を出すことになる。というのも、シーツの上に乗っかっていた頭が小刻みに震えはじめ、終いにはごろんと転がり落ちたからだった。

綾香は一目散に蔵を飛び出し、渡り廊下へ出たところで、誰かとぶつかった。祖父だった。続けて西側にある裏山に通じる竹林からは杉下が駆けつけてきた。いないはずの離れの屋敷からは母も出てきていた。なぜかその後ろに須藤医師の姿まであった。四人にどうしたと聞かれて初めて、綾香は大声を出して泣きじゃくった。

祖父に言わせると、蔵の戸が完全に閉まりきらずに僅かに開いていたので、もしやと思い蔵のなかをのぞこうとした矢先に出くわしたものらしい。

その直後のことは、すぐに離れの屋敷の方に連れて行かれたこともあってよく覚えていない。ただ、駐在がいち早くやってきたのはその物音で分かった。

事件後、祖父は緘口令を敷き、誰もあの事件のことを口にする者はいなかった。綾香自身にとっても早く忘れたい事実であったので、考えないようにしてきたし、話題にすることもなかった。それは家族の誰も同じ気持ちであった。しかし、人の口に戸は立てられないもので、使用人のこそこそ話や村人の噂話は、嫌でも耳に入ってくる。

それによると、物盗りが隆一を殺したということだった。蔵に古美術がしまってあると思い込んだ犯人が、何もないことが分かって、逆上して兄の殺害に及んだということになっている。実際、蔵には、数年前までかなりの絵画や掛け軸、茶器がおいてあったらしい。祖父が亡くなってから、母に確認したときも、同じ話の上書きだったから、それが事実なのだろう。表向きは。

蔵は隆一が生まれてから、不遇の兄を隔離するために改装され——改装といったって格子と前室を設け、外観は入口だけ引戸に替えただけで、あとはそのままの土蔵造りである。だから座敷牢には小さな高窓がひとつ——さらにそこには鉄格子が嵌め込まれている——あるだけで、とても人間が住めるようなところではなかった。

綾香が前室と牢を結ぶ戸を開けるまで隆一が生きていたのは間違いない。隆一の押し殺したようなうめき声を聞いているからだ。しかし開けた瞬間、首を切断されて死んでいた。しかも首だけではなく両腕と左足も切断されていたのである。そして犯人はどこかへ消えてしまっていた。密室状態の座敷牢から。

事件の翌日も、須藤医師や駐在は慌しく出入りしていた。綾香は離れの屋敷で寝かされていたが、布団から抜け出して窓越しに目撃する。母が泣いている姿と須藤医師に対して「後は頼む。しかし、……いまでも信じられない」と言って呆けた顔を晒している祖父の顔を。

＊

私は視線を虚空のある一点に固定したまま、意識だけが部屋に流れる空気に乗って漂っているような、なんとも形容しがたい気分でいた。それほど彼女が体験した事件の不可思議性に幻惑され、一種の酩酊状態に陥っていたのかもしれない。

「やはり、あなたも信じないの。五歳児の見たことだから――」

綾香に身を乗り出すように見つめられて、私はやっと我に返った。

「……いや、そうじゃない。あまりにも奇想天外な話だから、にわかには信じられなくて……。まあ、とにかく……ひとつずつ検証していこう」

私がそう言うと、綾香は籐椅子の背もたれに身を沈め、小さく頷いた。

「鍵は入口の鍵と、前室から座敷牢へ通じる戸の鍵だけだったのかい」

「ええ、そうよ」ともう一度小さく頷いてから、「あと、前室の戸を開けると、すぐ格子があるわ。木製の角材で井桁に作ったものが。そこにもくぐり戸があって南京錠がついているの。その鍵は多分お母さんが肌身離さず持っていたんだと思う。でも、普段は使う必要がなかったから」

「どういうこと？」

「お兄ちゃんとは格子越しに話していたし、格子の升目は大きかったから、入ろうと思えば入れたの。だからくぐり戸の鍵は開ける必要がなかった。——実際に入ったことはないけど」

「升の大きさは——」と言いかけて、

「お兄さんは肥満ということはないよね」言い直す。

綾香は即座に首を振って、

「ううん、細かったわ。いつも毛布に包まっていたから、身体を見たことはないけど、頬はこけていたし、腕も指も青白くって、いまの私より細かったから、太っていたはずはないわ」

綾香はトレーナーの袖を捲って、私の鼻先に突き出してみせる。彼女の腕も十分白くしなやかで細かった。格子の密室性についてはあまり考える必要はなさそうだ。

「食事は誰が運んでいたのかな」

「ほとんど母の役目だったわ」

「ほとんどっていうと、他にもいたんだ？」

「おじいちゃんね。母が女将としてどうしても手が離せないときは、おじいちゃんが代わっていた」

「鍵のある場所は、ほかには誰が知っていたのかな」

「祖父と母と杉下のおじいちゃんだけのはず。特に私が蔵に新聞を持って行っているのが分かってから新しく取付けられた鍵は、隠し場所をその三人以外は誰も知らなかったはずよ。鍵は元々離れの屋敷の、家族だけが使う台所にあって、そこに出入りが許されているのは使用人では杉下のおじいちゃんだけ。で、入口の古い鍵は、床下収納庫の扉の裏に、新しく取付けた前室と座敷牢をつなぐ戸の鍵は、水屋の上の、海苔の入った缶の中に隠してあったわ。私の手が届かないようにってことだと思う」

「でも、君は知ってしまった」

「当たり前よ。母は食事を運ぶために、毎日三回そのふたつの鍵を手にする必要があった。一緒に住んでいる家族なら、いつかはばれるわ。母だって私はもう二度と蔵には行かないと思っていたから安心したんだと思うの。私だって、うめき声さえしなければ、行くことはなかったし」

「他の人はどうなの。家庭教師とか、他の従業員は」

「それはないわ。良くも悪くも、祖父は外部の人間を誰も信用していなかった。いいえ、身内の人間でさえ、信じていたとは思えないところがあったわ。祖父にとっては奇病を患った身内は、灰王家の恥だと思っていたから、徹底して誰も家族の居住区には近づけさせなかった。杉下のおじいちゃんだけが例外だった。なんてったって祖父にだって尽くした人だから。あの家庭教師は全然だめ、祖父は信用していなかった。自分にとって愛人以上のものではなかったのよ」

「合鍵はなかったのだろうか」

「ないと断言できる。合鍵を作るには誰かに頼むしかないでしょ。そこから漏れるかもしれないと考えたはずよ、祖父なら、そこまで神経を使ったはず」

灰王家を成した老公は、徹底して他人を信用していなかったようだ。

「……母は、私が新しい鍵を見つけたのを知っていたのかもしれない」

「どうして、そう思うの」

「だって、兄は孤独だったのよ。兄妹が近くにいながら、話すらできないのっておかしいじゃない」

訴えるような響きだった。綾香の目にはうっすらと涙が滲《にじ》んでいるように見えた。

「ところで、高窓があったって言っていたけど、それは開いていたのかい」

「ええ、鎧戸がついているんだけど、それは開いていたわ。そこから差し込む明かりで、なかの様子が見てとれたのよ。でも開口はそこだけ、あとは全部土蔵で、隠し扉のようなものは何もなかったし、格子にも簡単に外れるような細工はされてなかった、警察の見解だけど。私ももっと成長してから調べてみたけど、何もないし、何かあったらしい形跡もないわ。あとで見せてあげる」

綾香は、昔の幼い頃のことだから、どこかに見落としがあったのでは、という次の質問を省略させた。

「君が入っていったとき、犯人はまだあのなかに潜んでいて、君が飛び出した後で、逃げ出したのではないかな。明かりはなかったのだから、暗かったろうし」

「座敷牢のなかは無理よ。隠れるところなんてない」

「座敷牢は無理でも前室なら――」

「それこそ無理よ。何もないただの空間だし、仮にそうだったとしても、私が前室に入ったときにはお兄ちゃんは生きていたはずよ。まだうめき声はしていたんだから」

「兄さんの声だったと断言できるかい。うめき声だったんだろう。判別はし難いはずだ」

「でも、声は座敷牢の戸越しに聞こえたわ、間違いなく」

それについてはテープレコーダーとか機械的なトリックも考えられなくもない。それに極度の緊張状態にあった場合、しかも暗闇で、正確な音源方向を誤るということは考えられなくはない。私はそう考えたが言葉にしなかった。

「それに、私は蔵を飛び出して、すぐ祖父にぶつかったのよ。おじいちゃんや母もすぐに駆けつけてきた。ぶつかったところからは、蔵の戸口は見えるし――、出入り口はそこしかないし――。犯人が入れ違いに逃げたのなら、見つかっていたわ」

私は腕組みをし、唸ってから、

「声の件は後で考えるとして、ばらばら死体だって言ったよね。それじゃあ、他所《よそ》で解体したものを放り込んだという可能性は」

「床は血の海だった。シーツも血を吸って真っ赤だったし、座敷牢でばらばらにされたとしか思えない。それに……」

「それに？」

「それなら、胴体はどうしたの。胴体と右足はなかったのよ」

「胴体はかさが張って、運べなかった」

「じゃあ、わざわざ手、足、頭を運び入れたことの意味は何なの。それに右足だけないことも矛盾している」

そのとおりである。綾香の疑問はもっともなものだ。

そもそもなぜばらばらにする必要があったのか？　それが一番の疑問だ。

彼女の言うとおり、ばらばらにした意味と、それを座敷牢に戻しておく積極的な理由はいまのところ思いつかない。

「座敷牢のなかにはほんとに身を隠すようなところはないのかな。便所とかはあったんだろう」

「便器はついていたけど囲いは何もない。何もないただの大きな空間に、剝き出しの便器とお兄ちゃんが寝ている大きな敷きマットがひとつあったきり、箪笥やクローゼットなんかの大型家具なんかもなし。本棚もなくて、読んだ数百冊の書物がいつも床に散乱していた」

「君がうめき声を聞きつけて行ったとき、兄さんの声はまだ聞こえていた。だけど座敷牢の板戸を開けるときには物音ひとつしなかった。ということはそれまでまだ生きていたということになる。君が前室に入ったときには、犯人は首を切断する直前だということ……」

私は考えを整理するつもりで呟いた。が、彼女は質問と思ったのか、次のように答えた。そしてそれは驚くべき内容だった。

「ええ、聞いた話では、切断された手足からは生体反応が出たって」

——何っ！！！！——つまり生きているうちに切断されたってことか。そして苦痛に苦しむ隆一の首をとどめとばかりに切り落としたのか。

そんな馬鹿な！

私は全身の毛穴のひとつひとつが縮まっていくのを感じた。生きているうちに手足を切断し、最後に首を切断するなんて、単なる物盗りの犯行であるはずがない。何らかの怨念か怨恨がなければそんなことできやしない。それにそれが事実なら、他所で殺してばらばら死体を持ち込んだという可能性はなくなる。それどころか二重三重の密室状況の中で、犯人は極悪きわまる殺人を犯し、そして忽然と消えたということになる。

……他の可能性はないのか？

「そ、その死体は、お兄さんのものだったのか」

私は絞り出すような声で、訊ねた。

「そうよ」

「でも、目蓋は閉じられていて、血糊で濡れていたんだろう」

「じゃあ、他の誰だと言うの。暗かったけど、高窓からの明かりがあったし……。死体の、ばらばらにされた頭の、――そう右側頭部は、鈍器で殴られたように陥没していて、それに生気がなかったから、最初は全然、別人のように見えたけど、間違いなく隆一兄さんの顔立ちだったわ」

「その頭のくぼみっていうのは？」

「ええ、何かで殴られ失神して。……だから、足を切断されても叫び声があげられなかったんだろうって」

するど、生きているうちに左足と両腕を切断し（その声を綾香が聞きつけ）、苦しみもがいている被害者の首を切断して殺害したことになる。しかもそれらは（綾香が戸を開ける）ほんの僅かな時間のうちに行われた……？？？？？？

　でもなぜだ。切断するのに使った鉈か包丁で、なぜそれで一思いに刺し殺さなかったのだろうか？私は彼女との会話の途中で、違和感を覚えたのだが、それが何だったのか、事件のおぞましい内容に気圧されていたため思い出せずにいた。

「検死は、――血液検査の結果はどうだった。本当に死体は兄さんだったのか。他の誰かという可能性は」

「兄のものだって。血液型はＡＢ型のＲＨマイナス」

「だけど、兄さんは生まれてからずっと座敷牢にいたんだろ。どうして兄さんのものだって分かるんだ」

　興奮して声が裏返っているのが自分でも分かる。

「須藤病院はこの村に一軒しかない病院で、専門は外科なんだけど、生まれてすぐにお世話になるのは、この村の住人に限らず、両隣とそのまた両隣の村まで、みんな須藤病院なの。田舎の割には最新設備を備えていて、隣県からの患者さんも多かった。それにそんな難病だから、須藤先生は定期的に家へ来ていたわ。だから、兄に限らず、村人全員のカルテがあるのは須藤病院だし、カルテと照合できるのは須藤病院しかない」

「間違いないのか！」

　アドレナリンが出すぎて、思わず詰問口調になる。が、それを押さえられない。

「ええ、須藤先生が祖父に話していたのを聞いたのよ。たしか事件の三日後のことよ。夜遅く須藤先生が尋ねてきて、祖父の部屋でふたりきりで話しこんでいたの。私は眠っていたんだけど、目が醒めて、話し声が聞こえてきたから、声のする方に引き寄せられて……、そしたら須藤先生の声が漏れ聞こえてきて、会話の内容は良く聞き取れなかったけれど、須藤先生の『左足と両腕には生体反応があったと連絡を受けた』という声と、祖父の『死体は隆一のものでしかありえない』っていう二言だけはいまでもはっきり覚えている。セイタイハンノウという言葉の意味は当時では理解できなかったけど、音としてはっきり覚えている。その意味が理解できるのには、さらに五年の年月がかかったけど」

「凶器はどうなった」

「すぐに判ったわ。鉈はこの離れの軒先に使用人が置き忘れたもので、包丁は以前家の調理場で使われていたものだった。ずいぶん前になくなって」

「ずいぶんって」

「事件の一年ぐらい前、使っていた料理人を減らしたときからなかったみたい。辞めた板さんが持っていったんじゃないかと思っていた、って」

何から何まで、分からないことだらけだった。考えることばかり多すぎて、何から手をつけていいか分からない。何とか、綾香の力になりたいのだが、突きつけられた事象は私の理解を超えていた。

こんなとき雪入ならどんな結論を導き出すのだろう。私には分からないことだらけだが、彼ならこれまでのデータで、必ず真相まで到達しているに違いない。皮相的《ひそうてき》な面にとらわれず彼なら間違いなく……。

「…………………」

考えれば考えるほど、私は興奮を覚え、発汗を促し、指先が小刻みに震えてくるのを禁じえなかった。綾香が何か必死に呼びかけているのが分かっていたが、なぜかそれは遠くから囁きかける声のように、私の耳には届かなかった。

＊

私はいつのまにか寝入ってしまっていた。目覚めたときにはすでに綾香の姿はなく、私はちゃんと敷かれた布団のなかにいた。

猟奇的で不可解な事件を聞いて、神経が疲弊してしまっていたせいなのか、それともまだ山登りの疲れが残っていたせいなのか、おそらくその両方なのだろうが、私の脆弱な精神は降伏点を越えていたようだ。

とりあえず、明日だ。明日になって考えよう。私は自分にそう言い聞かせ、布団を頭からかぶった。

一日目の夜がこうして終わった。

記録七

肌寒さで目が醒めた。昨日の疲れが残っているのか、ひどく頭が重い。膝を抱えながら向きを変え、もう一度目を閉じてみる。遠心分離機にかけられているように身体がぐるぐる回っている気がする。慣れてしまえば心地良いといえる眩暈だ。

このまま寝直したい誘惑に駆られたが、今朝はやらなければならないことがある。自分にそう言い聞かせ、身を起こす。捲れた布団から体温が逃げ、一気に毛穴が閉じる。

身を震わせながら、思い切って立ち上がった。数秒間、膝に手を当て立ち眩みを受け流す。そして着替え、帽子を被って、腕時計を手に取る。時刻は午前六時半、閉じ忘れた広縁側の障子から淡い光が零《こぼ》れていた。

音を立てないように一階に降りる。一旦玄関へ赴きスニーカーを手にとって、再び廊下を戻り、風呂場の前を通りさらに廊下を奥へと進む。突き当りの引戸を開けると、その先に渡り廊下があるはずだ。スニーカーは離れの外周を見るために必要なのだ。

本館の西外れから、幅をゆったりとった渡り廊下が、平屋の屋敷の妻側に続いている。昔の灰王家の居住空間で、いまでも女将と杉下が使用している。細心の注意を払ってすり足で歩く。渡り廊下はいったん屋敷の濡縁と接続し、左に折れ、そのまままっすぐに渡り廊下だけが伸びている。ここからの渡り廊下は極端に幅が狭くなっており、蔵へ連絡するために後で増設された感じだ。左前方には主庭の一部と古井戸が見てとれる。さらに、なまこ壁の白い漆喰塗りの蔵へと続く渡り廊下は、入口の手前で右に曲がっていて、そこだけ少し幅広にとってあった。

蔵の入口は改造され、重い観音開きの戸ではなく、半分は塞がれ、半分は木製の片引戸が設えられていた。食事の配膳だけでも毎日最低三回は往復していただろうから、重い扉では不便であったのだろう。またたからこそ五歳の綾香にも簡単に開けることができた。扉さえ替えなければ、鍵を持っていようが、幼子の力では開けることができなかったはずだ。

その片引戸は硬く閉じていたが、幸いにも鍵はかかっていなかった。南京錠はとうの昔から取り外されていたようだ。

戸に埋め込まれた細長い楕円形の引き手に手をかけ、ゆっくり音を立てないように力を入れる。――動かない。心張り棒で動かない様子ではなかったので、もう少し力をこめて引く。何かの引っかかりが急に外れ、戸が動いたが、すぐにまた引っかかり、また力を入れ直して引かなければならなかった。そんな行為を三回ほど繰り返して、戸はやっと人が入りこめるほど開いた。長い間使われなかったとみえ、戸車がさび付いていたようだった。

私は部屋から持ち出した懐中電灯――客室に常備してあったもの――で足元を照らした。話のとおりなら、ここが前室で、板張りの床にはうっすらと埃が積もっていた。間口三間、奥行き一間の細長い部屋である。

身体を滑らせるように入れると、目の前でぼうっと明かりが三つ揺らめいた。

驚いた拍子に身を引く。

入ったばかりの戸口に身体をぶつけ、板戸ががたっと音を立てた。

その明かりが姿見に映った自身の懐中電灯の明かりであったことに気づくまで、数秒の時間が必要だった。

姿見は真ん中辺りを中心に蜘蛛の巣状にひび割れ、そのまま長い間放置されていたため、小口から湿気が浸入し､鏡裏の銀の皮膜を酸化させ〝鏡の縁シケ〟を起こしていた。明かりが三つ見えたのも、割れた鏡の角度が微妙に異なるためだろう。

掘り込まれた引き手に手をかけ、割れた鏡が落ちないようにゆっくり板戸を開けた。入口の、外部との仕切りに使う頑丈な板戸と比べ、今度のは薄い板を組み合わせて作ったものらしく、障子を開ける程度の抵抗で簡単に開いた。

引戸を開けた向こうには、すぐに一面の格子が現れ、正《まさ》しく時代劇で見る座敷牢だ。

高窓は開いていて、朝日が差し込み、座敷牢の内部を（不完全にしろ）照らし出していた。

格子のちょうど、中央部分が座敷牢側に開くようになっているが――開けば幅六十センチ高さ一メートルぐらいだろうか――そこだけは南京錠がつけられたままになっている。

「座敷牢のなかには入れないわ。鍵を開けないと」

突然の声に心臓が止まりそうなほど驚いて振り返ると､蔵の入口に朝日を背景に綾香が立っていた。

「ごめん、驚かせちゃった？」舌をちろっと出して見せ、続けて「具合の方はもういいの」と珍獣でも発見したかのように眼を見開いて私を見る。

やはり昨夜は知らない間に寝入ってしまったようだ。生来の顔色の悪さも相手に余計な心配をさせる。いつもの事だ。

黙ってうなずいただけの私の乏しいリアクションに焦れてか、彼女は続けて口を開いた。

「部屋を訪ねたけど、いなかったんで――。やっぱここだったね」

「うん、まずここを覗いてみようと思って」

「なかも見る？」

「いやここからだけで十分だよ」

私はそう言って視線を戻した。

太い角材で作られた格子越しの座敷牢はなかに立ち入ってみるまでもなくひとつのだだっ広い空間だった。前室と同じ板張りの床には剝き出しの、ひび割れた洋風便器が左手奥にあり、その手前に三つ折りの、元は籐製だったと思われる衝立てが倒れている。右手の方には、穴が開きスプリングの飛び出したダブルベッドサイズのマットが無造作においてあるだけだった。その他家具らしいものは皆無で、綾香の話のなかにあった隆一が読んでいたという書物や新聞類も綺麗に片づけられ、シーツをはじめとした寝具類ももちろんない。ただ、マットや床に黒く変色した染みが、陰惨な事件があったことを想起させる。

蔵を改築したといっても、内部は格子を設けただけのことだった。壁も天井も床も蔵造りそのままの殺風景な空間だ。隆一に対する扱いがどういうものだったのか、家長であった豊彦翁の愛情の欠如が見て取れる。

「あの日も今日のように窓は開いていたのかな」

私は右手の白い漆喰の壁に設けられた高窓を指差した。仄かに差し込んだ光の帯のなかで浮遊する塵が白く澱んだ輝きを放つ。

「うん。……でも、あそこからは誰も出入りできない。たとえ子猿でも」

綾香は先回りして答えた。彼女の言うとおり、窓の大きさは人間の幼児がかろうじて通れるくらいの大きさしかないのに、さらにその上、縦に十本ほどの鉄格子が嵌め込まれてあるのだ。人間の大人の腕さえ入れるのは難しい。手首まで挿しこむのがやっとだろう。

「あの鉄格子に何も細工した跡はなかった。思いっきし、動かしてみたんだけど。……調べなくていい？」

綾香は腕を格子に挿しこみ、高窓を指す。

「ああ、君の言葉を信じるよ。当然壁にもこの格子にも異常はないんだろう」

格子は堅木を使ってあるらしく、指の第二関節で叩くと乾いた音がした。

「十歳になったばかりの頃調べたことがあるの。私にとっては人生で最も不思議な出来事だったから。でも、あの窓にもこの格子にも壁にも床板にも細工したような痕跡は見つからなかった」

「でも、十歳になるまでの五年間に、痕跡を隠したということは考えられないかな」

「考えられない。祖父が蔵の扉を釘で打付けて出入りできなくしたこともあって、事件以来五年間は誰も蔵のなかには入っていないの。使用人なんかは元々気味悪がって近づかなかったし」

私は何も答えず、穴の開いたマットから飛び出したスプリングを見つめていた。

*

その日の午後、私は山を下り、麓の村に向かった。山道とはいえ、下りばかりはかなり楽で三十分も歩くと、例のバス停にたどりついた。バス停を駅方向へ戻るように一停留所分さらに歩き、東へ向かうように右手の坂を下りると程なくして須藤病院という年代を感じさせる扁額が目に入ってきた。この村の人口が何人かは知らないが、村の規模にしては大きすぎるような、三階建ての鉄筋コンクリート造の建物だった。最新の設備を誇るというのも、あながち誇張だとは言い切れないのかもしれない。

(さて、ここまで来たはいいが、どうやって聞き出すか)

何も考えてなかったことにいまさらながら気がついた。慎重居士な私なのだが、ときどきこういうことがある。自分でも驚いてしまう。雪入の大胆さが少しは身について喜ばしいことなのかもしれないが……、ではこの後どう対処すべきか、妥当な解答が頭に思い浮かばないのが悔しい。できれば事の完結まで雪入に似てくれれば、といつも思う。

玄関先でうろうろしていると、駐車場に干してあったタオルを取り込みに出てきた七十過ぎと思《おぼ》しき、ピンク色の制服を着た看護婦と目が合う。ふくよかな人間がすべて善良だとは限らないが、どうしてもそう見えてしまう。

挙動不審にしか見えないだろうなと思いながら、

「あのぉ〜、すいません……」

恐る恐る声をかける。

「どっか、悪いんかね」

タオルを持つ手を休め、がらがら声が返ってきた。

「え、……あ、はい」

看護婦はさらに眉をひそめる。いぶかしげな顔つきも心配してくれているように見える。

「具合、悪そうだね」

顔色の悪さが初めて有効に活かされた。

「ええ、ここ一日、二日、ちょっと気分が優れないんですが……」嘘は言ってない。

「構わねえんだよ。ここではどんな病気でもうちに来るんだよ。水虫の患者から、妊婦、学校の健康診断までもね」

そう言って初めて笑顔を見せた。目尻から頬に伝う皺が一本に繋がった。

「いまちょうど大《おお》先生は昼休みやけぇ、ちょこっと待たにゃあなんねえけど」

「あ、構いません。時間だけはありますから」

そう、このときには福岡に行き着くという当初の目的は既に頭の中から抜け落ちていた。

病院の中央を走る廊下は古い板張りの床で、何年も使われ、人がよく通る中央辺りが緩やかに窪んでいた。消毒薬の匂いのする待合室は廊下と同じ床続きで、四人掛けの長椅子が六脚あった。ひび割れたモルタル塗りの壁には、真っ黒になった肺の内部を映した禁煙を勧めるポスターや高血糖が人体に及ぼす悪影響を知らせるポスターなどが一面に張られてある。

他に待っている患者はいない。病院と謳う以上ベッド数は二十以上ある筈だが、入院患者の物音、いや気配すらしない。アメリカのB級ホラー映画なら〝Anybody here?〟と尋ねたくなる雰囲気だ。備え付けの本棚には子供向けの漫画本と女性週刊誌の他に、種々雑多なかなり傷んだハードカバー群がある。一体誰が読むのか、ニーチェの『ツァラトゥストラかく語りき』まである。

そのなかの一冊を手に取り、床材と同じ材質の木製のベンチに腰をかけた。かなり古い洋書で、表紙が捲れいまにも取れそうだ。内容はというと（読めないのでぱらぱらと捲っただけ）西洋の妖怪というか神話の時代の、想像上の怪物――四ツ目の怪物、昆虫の手足を持つ人間、首が無く胴体に目がある人間、等々――が多数描かれていた。病院の待合室にふさわしいものだとは思えない。

人はどうしてこういった怪物を創造するのだろうか。以前テレビ番組で、ヨーロッパの教会や修道院の外壁には、こういった恐ろしい怪物の像が刻み込まれているのを見た記憶がある。ある寺院では、屋根の水落しの樋にキマイラ（獅子の頭、山羊の胴、大蛇の尾を有する）のような怪物が彫り付けられ、また祭壇にもこの世のものとも思われないような蝙蝠《こうもり》に似た怪物が刻み込まれていた。番組ではこれらを芸術品として紹介していたが、何のために作られたのか、には触れられていなかった。

こういった芸術品（？）は、神と悪魔に対する恐れの感情を高めるのに役立ったかもしれないが、他にも寄与することがあったのだろうか。むしろこういった怪物を教会のなかに入れることによって、神を敬う心は損なわれてしまったのではないか。さらにいうならば妊娠中の女性がこうした怪物の姿を見て、その結果として怪物を産み落としてしまうといったようなことを、人々は考えなかったのだろうか。キリスト教はこれら古典的な神話のなかから多くの怪物を借用し、天使や聖者を際立たせようとしただけなのではないか。

ギリシャ神話に出てくる怪物といえば、人間の身体に牛の頭を持つミノタウロス、上半身は人間、下半身は馬のケンタウロス、魚の尻尾をつけた女性マーメイド――つまり人魚――などが有名である。人魚などは童話にもなっているぐらい世界的にも有名で、怪物として恐れられているのではなく、悲劇のヒロインとして、逆に親しまれてさえいる。またヨーロッパに限らず、世界中で怪物《フリークス》は見受けられる。エジプトでは人間の顔を持ったライオンのスフィンクス、日本や中国では鬼に代表される数々の妖怪たち、世界中に存在するといってもいい。

このように人間はさまざまな部分を組み合わせたりして新たな怪物を作り上げてきた。これらの怪物たちをひとまとめにして論じることはできないが、人が異形のものに対して強く引かれるのは間違いのないところだ。こういう本が存在し、こうやって手にとって読んでいるということがその証でもある。

しばらくすると、先ほどの看護婦がお茶を持ってやってきた。

（おいおいここは病院だぞ、喫茶店に時間つぶしに来た客ではない）と、本来なら断るところだ。しかし、件《くだん》の看護婦はひまを持て余しているらしく、籐のテーブルにふたつお茶を置くと、これで最低三十分は腰を上げぬぞという風に、私の向かいにどっかと腰を下ろした。

「ここの人じゃないね」

こういう自分から喋ってくれる人間のほうが私としても話しやすい。

「ええ、東京です。昔こっちに遊びに来た友達がいて、ここの温泉は隠れた秘湯だと聞いていたものですから」

私はさっきから考えていた台詞を口にした。

「残念じゃけど、もう宿はやっておらんけぇー」

「はい、情報が古かったようです。その話もずいぶん昔に聞いたのを、確かめもせず、いきなり来たものですから。と、いうのも――」

「昔はな、ようさん繁盛しとったんじゃけどね。ほら、変な噂が広まってしもうて。ぴたっとこんようになってもうた。ここの先にも土産物屋やら温泉宿やらあったんじゃが」

ええ、突然の休みをもらったものですから、と続く言葉を言わせてもらえなかった。

「人が多いとうちも繁盛してなあ。いっつも、この病院は満杯じゃった。そりゃ忙しゅうてな、あたしの他に三人も看護婦がおった。そうすりゃ若先生も、ここにおればよかった。広島にゆかさんでもよかったんじゃ。それが、温泉が下火になったおかげで、いまじゃこの病院のほとんどの病室ががらっぽじゃ」

病院が繁盛して良いはずはないが、それが本音といえば仕方ないか。目の前の、福顔のおばあさんが言えばそれも許される。

「ここは普通の観光温泉と違っての。湯治場なんじゃ。足や腰の張りを訴える者、リュウマチ、喘息など、慢性の呼吸器疾患に効くんじゃ。うちの大先生はここの温泉医も兼ねていて、湯治だけでは回復しない重症患者で溢れていたもんじゃ」

「僕も昨夜入らせてもらいましたけど、とても効きましたよ。肩凝りがはげしいん――」

「そうか、そうか、それは良かった。じゃがな、一日入ったくらいじゃ、湯治にはなりはせん。温まっただけじゃあ、体内に溜まった急性疲労のもとの乳酸が、一時的に減少しただけじゃ。血行が良くなって、新陳代謝が良くなっただけじゃ。湯治をするには最低でも一週間は必要だよ。一週間ゆっくり浸かって、初めて慢性疲労に効果が現れよる。一日、二日入っただけで、良くなったといって帰るものがおるが、芯から直そうと思ったら間欠的入浴を、ほんとは三週間ぐらい、少なくても一週間続けないと意味があらせん」

そういえば女将もそんなことを言っていた。

看護婦の独宴会は続く。

「お前さんも、大先生の診察を受けて温泉療養指導書を受け取るとええ。そうすれば、医療費控除が受けられる。この灰王温泉は温泉利用型健康増進施設に認定されておるから、温泉医である大先生の――。あ、だめか。温泉はもうやっとらんかった」

老看護婦は本当に残念だと言わんばかりに、こぶしで手のひらを叩いた。

湯治で最低一週間かかるなら、その湯治で直りきらない重症患者なら数週間、あるいは数ヶ月の入院加療が必要となる。そして院長が温泉医でもあるなら……、この病院の規模とそして現在の状態も納得がいくというものだ。

「最近の若いもんは、温泉の入り方も知らん。行楽気分で来て歓楽施設がないことに文句を言う。温泉とは古くは〝神水〟といって病気の治療に利用したものじゃ。奈良時代の昔にその記録が残されとるんよ。温泉の効能は、その科学的成分によるものだけだと思われちょるけぇが、それだけじゃない。日常生活から離れ、普段と違う環境に身を置くことが重要なんじゃ。ほれに、昔はバスも通っとらんで、駅からここまで山を抜け歩いてきたもんじゃ」

外見で判断して申し訳ないが、笑うと顔中皺だらけになる老婆から薀蓄《うんちく》を傾けられるとは思わなかった。

「ところで、昨晩は熱めのお湯に入りゃせんかったか？」

「そうですね、一番湯でもありましたから、少し熱かったのかなぁ～」

「それさ。それがいかん。熱い湯は朝に入って身体を目覚めさすもん。夜は逆にぬるめのお湯に入ってリラックスさせる湯なんじゃ」

ついには看護婦による診察まで始まりかけたので、

「ところで、あのぉー、……あなたは、奥さんではないんですか？」

話の転換としてはお世辞にもうまいものではなかったが、効果はあったようで、老看護婦はあひゃあひゃと大きく声を出して笑っている。隠したつもりなのか、短い指を広げた手のひらの間から金歯が覗く。

「あたしゃ、ただの看護婦だわ。そう見えっかいね」

そういってまたあひゃあひゃと笑う。

「ここは大先生と奥様も先生をやっちょる」

須藤病院は老夫婦が医師で、看護婦は目の前のひとりだけのようである。

「でも、いまは大先生だけだ。奥様のほうは七年前から医者はやってねえ。まあ、暇だから」

「いまは何を」

「さあ、奥様業かな。坊ちゃんも立派に独立なされたし、それに働く必要がねえ、学校の健診があるときだけ手伝っているだけ。人が少ねえから患者さんも少ねえし。……ところで、どこさ泊まっちょるほ」

「灰王さんところです」

「じゃけんど、宿はやっちょらんがぁ」

「ええ、知らずに訪ねたんですけど。そう言われました。でも着いたのが遅かったのと最終バスがなくなってしまって、無理を言って泊めてもらいました」

「やさしい人じゃからのぉ。それにあそこぐらいしか人を泊めれるところはないわな。なんつっても、腐っても鯛、落ちぶれても灰王家じゃ」

「こちらでは名士なんでしょうね」

「おお、先々代の灰王様がおらんかったら、ここはただの寒村じゃ。あのお人が織物灰王の絹糸を広め、先代が温泉を広めたんじゃ。大先生も、なんでも若いとき先代に面倒を見てもらっていた」

「ところで、灰王家には大きな蔵があって――」

と核心に迫ろうとしかけた途端、急に険しい目つきになって、

「さて、そろそろ大先生を呼んできますわ。食事も終わったころじゃけえ」

初めて見せた遮るような物言いだった。

そして診察室に通された。


須藤医師は七十がらみの白髪というか銀髪といってよいほどの毛髪をたたえた、大柄で温和な感じのする男だった。たったいまクリーニングの袋から出したばかりと思われるような糊の効いた白衣を着ていた。足元は厚手の靴下にサンダル履きで、学生時代の担任を思い起こさせた。

背もたれのない円形の回転椅子に腰掛ける。

「昨日は風呂に入ったまま眠ってしまいまして――」の枕詞で始まり、疲れがたまっているのか、知らないうちに眠ってしまったこと、肩から背中にかけてこわばり、ときどき痺れがあることを説明した。

「ぬるめの風呂に長時間入っていると、そういう事がありますな。気分がリラックスしすぎて、一種の瞑想状態になるからですが、気をつけねばなりませんよ。それで溺死してしまう事例もありますからね」

看護婦に言ったのとは反対に、今度はぬるめのお湯にしておいた。事実どちらとも判別しにくかった。

「お風呂の温度と入浴時間は、使い分けるのが良いですね。熱い湯は交感神経を活性化し、人間を活

動的にする。心臓の鼓動や呼吸が促進され血圧や体温が上昇するからで、だから朝が良い。一方ぬるめのお湯は副交感神経を優勢にするので、心拍数や体温を低くする傾向がある。ぬるいお湯で眠くなったりするのはそれなんですよ」

「夜、ぬるい湯に入るのは間違いじゃないですよね」

「そうです。だけど、長時間は禁物ということです。ぬるい湯に入っているというのはリラックスしているという状態で、それは脳からα波が出ている状態を意味するのです」

「ノンレム睡眠状態に入る準備ができたということなんですね」

「そうです」

医師は柔和な顔で頷く。

「でも、おかげで、首筋の凝りはかなりほぐれましたよ」

「そうでしょう。ここの温泉は身体にいいんですよ。それに温泉療法というのは、風呂に入るだけが効果じゃないのですよ。山歩きなどの軽い運動や、森林浴などの付加要素もその効果に貢献しているのです」

樹木の芳香成分であるフィットンチッドや、山や海辺のマイナスイオンが人の疲れを癒すことは良く知られている。また歩くという行為が、穏やかなストレスとなって体に好影響を及ぼすことはいまや常識だ。

医師は遠い昔を懐かしむかのように目線を上げ、

「昔はここから歩いて温泉まで行き、風呂に浸り、土地の人や他所から来た客と語ることが――普段の人間関係や生活空間から離れ、愚痴をこぼしてストレスの発散もできる。そういう癒し効果がかつての灰王にはあった。つまり温泉療法に伴う複合的かつ非日常的ストレスが、人間の神経や内分泌、免疫力に総合的に作用し慢性疲労を回復に導いたのです」

なるほど、老看護婦の蘊蓄の源はここだったようだ。

「慢性疲労というのは、私たち現代人の恒常性がゆがんだ状態のことです。温泉や森林浴、歩行などは現代人が受けることの少ないマイルドなストレスで、この穏やかな刺激を間欠的に神経、内分泌、免疫系へ与えることによって、ゆがんだ状態にある恒常性がやじろべえのように振幅を繰り返し、最終的には正常な位置に持ってゆくのです」

ゆがんだ状態にあるものは単なる入浴や休息だけでは戻らない。別の力を加えて徐々に正常に戻すというのが、温泉療法による疲労回復のメカニズムのようだ。

私は大きく頷いた。

「それに環境ホルモンなどの化学物質が、私たちの慢性疲労——病的疲労を増幅させてもいるのです。ある種の化学物質がホルモン受容体とぴったり納まると、脳が指令をしなくても身体の各組織は反応してしまうのです」

医師はいったん言葉を切ると、私を見つめ直し、

「また精神疾患においても、例えばうつ病患者は、コルチゾールというホルモンが通常の倍以上分泌しています。これはそれだけ多く分泌して身体がストレスに反応しようとしているからです」

私は医師が何を言わんとしているのか分からずにいた。

医師はその後、簡単な触診、問診を行った結果、過労という診断を下した。血液の採取すらなかった。

看護婦から聞いていたのか、どこから来て、どこに滞在しているのかという会話はする必要がなかった。ただ、ときどきこの男の目的は何なのだろう、という懐疑的な視線をくれただけだった。閉めてしまった温泉だと知らずにやって来たというのは、あまりにも嘘臭かったか。

本当のことを聞き出すにはこちらも本当のことをある程度は話す必要がある。GIVEがなければTAKEはない。医師がカルテを書き終える前に、意を決して口を開いた。

「あのぉー、実は私はここの生まれのようなんです」

きっと驚いた顔をすると思っていたのだが、医師は眉ひとつ動かさぬ鉄仮面のような無表情でじっとこちらを窺うだけだった。暫くして出た言葉は、

「ほーう。しかし、鈴木という姓はここらに限って言えば、聞かない姓だが……」

「養子として引き取ってくれた育ての親の名前で、本名は分からないのです」

私は自分の生い立ちを簡潔に話した。

「それで、両親が亡くなる直前、私はここの生まれだと聞かされたのです」

もちろんこの部分は嘘だ。相手を信じ込ませるには肝心なこと以外は真実を言った方が良い。私は院長の顔をじっと見つめたが、医師は相変わらずの表情だった。

「名前は教えてくれなかったのですか？」

「ええ、そこまでは」

「その先はこちらで伺いましょう」

医師はそう言って診察室の奥にある、すりガラス入りのドアを指差した。

室内には年代ものの大きな机と黒い革張りのソファセットがあった。どうやら院長室のようだ。診察中院長の傍で同じように話を聞いている老看護婦に、院長が他の仕事をやるようにと指示しても動じないので、配慮してくれたようだった。

「それで、この村を訪ねてきた？」

「そうです」

私は差出人不明の手紙によってこの村に引き寄せられたということは黙っておいた。

この村では妊娠患者もここで診ていると言っていた。ひょっとしたら私もこの病院で生まれた可能性がある。手紙を出したのが誰かは分からないが、いまはまだ言うべきではない。何か含みのある手紙の真意が分かるまで……、差出人が分かるまで……、カードは隠しておくべきだ。

何か、含みのある……、それは、悪意か？

いや、それだけではない。何か、懐かしいような……？

そのとき突然、インスピレーションが働く。

あの、文字には、見覚えがある。

——あの文字を書く人間を、私は知っている。

「どうかしましたか？」

医師は私の顔を覗き込む。

「い、いいえ、何でもありません」

そう、やっと答え、その先のことは後で考えようと、頭を振った。

「それで、何か分かりましたか？」

「いいえ、何も……。つきとめられるとは、期待はしていません。ただ、一度自分が生まれたという土地がどんなものなのか知っておきたくて」

「その気持ち、分からないでもないですな」

「いま、灰王さんのところにお世話になっているんですけど、……十三年前あそこの蔵で殺人事件が……」

私はどう聞き出していいか、分からず、切羽詰って、あまりにも唐突にそう切り出した。医師はあらかじめ予期していたのか、温厚そうな職業上の表情を些かも崩すことなく、

「あなたのことは女将から聞いて知っているが、その事件のことは、もう大昔の事件だから、よお覚えちょらんなあ」

医師はこのときになって初めて方言を使った。

こんな小さな村だからか、私に関する情報は既に知れ渡っているようだった。

私はこの機に乗じ——どうせ嫌われたって、明日には出て行く身、よそ者の私には問題ない——という気安さから、

「綾香さんから聞いたのですが、密室殺人だとか」

私にとっては自分を鳴女村へ誘い込んだ手紙のこと以上に猟奇殺人事件の方に興味が移っていた。

「ああ、そういうことだったらしい。私が行ったときには、豊彦氏と女将がいて、――確かに密室だった」

と予想に反して答えてくれた。

「死体はばらばらだった」

「……ああ」

「胴体と右足は？　……なかったと聞きましたが」

しばし考えた後、

「なかったよ。犯人が持ち出したのだろう」

「なぜ」

「そんなことは、わしは知らん」

院長室に入ってからというもの、医師の口調は明らかに変わっていた。

「それは間違いなく隆一という人の、切断パーツだったのですか」

「間違いない。事件のことを聞いておるのなら、病気のことも知っておろう。毎月検診に行っていたんだ。体の特徴は覚えておる」

「検死解剖ってやつですか、それはしなかったんですよね」

医師は私の顔を穴のあくほど見つめたかと思うと、次の瞬間には強く目を閉じ首を振って見せる。

そんな行為を二度ほど繰り返した後で、

「知らん。それは警察の仕事だ。じゃが、あれは間違いなく隆一のものだっ」

少し苛立ったような、医師のはじめて感情をあらわにした言葉だった。おかげで解剖が行われなかったことが判明した。監察医でもない須藤医師を責める気はないが、どこか投げやりだ。検死解剖を省いたのは警察の怠慢か、それとも豊彦翁が裏から手を回したのか……。

「君も灰王家に厄介になっているのなら、そのことにはこれ以上触れ回らないほうがよい。女将はその事件でとても苦しんだ。思い出したくない記憶だ。この村の人間は皆、灰王家に世話になっておる。だから誰もその話はせん。若い者にもその話はしないようにしておる。わしらが墓に持って行く。君の質問には十分答えたつもりじゃ。いや、答えすぎたぐらいじゃ。これ以上、女将を苦しめるようなことは聞き回らないようにしなければならない。君にとっては単なる好奇心からかもしれないが、それによって傷つく人間もいるんじゃ」

「分かっています。決してそういうつもりでは……」

医師の言うことは正論だ。しかし、綾香さんの疑問を解いてあげたい。それにいま、灰王家の周りをうろついている隆一の亡霊の正体を突き止めるには、密室の謎を解くことが急務だ。引き下がれない。

「すいません、最後にもうひとつだけ教えてください。左足と両腕からは生体反応が出たそうですね」

医師は口を真一文字に結んだまま身じろぎしない。先を続ける。

「手足は生きている内に切断された——というと、最初の攻撃はどこなんでしょう。左足、それとも腕。左右の区別はあまり問題ではないでしょうね？　そして首を切られ絶命——。なぜ、一思いに殺さなかったのでしょうか」
この時の私の表情には、鬼気迫るものがあったのかもしれない。
渋面の須藤医師は唇をへの字に曲げ、優に一分以上私を見つめ、
一言「診察は終わりじゃ」
沈黙が雄弁に物語るとはこのことだ。医師は綾香の証言を認めたのだ。

部屋を出て行くとき、私はノブに手をかけながら、

「派出所へはどういったらいいのですか」と訊いた。

答えは返ってこないと思っていたが、意外にも、

「駐在に行ってもその当時のことを知っている警官はもういない。やめて故郷に帰ったらしい。どこか知らん北の方だ」

嘘ではないだろう。支障のない答えはしてくれるのだ。

「最後にもう一度言っておく」医師はじっとこちらを見つめ、

「綾嬢からいろいろ訊いたのかもしれんが、全てを知ることが全て良いことだとは限らないんだぞ。綾嬢にとっても……、いや、君にとってだ」

私は力をこめてドアを閉めた。

記録八

須藤病院をあとにした私は、小学と中学が一緒になった学校の、隣にある小さな木造の村営図書館に向かった。バス停でひとつ分駅方面へ下ることになるが、天気も良かったので歩くことにした。道すがら須藤医師が言っていたことを考えていた。

須藤医師が私の質問に答えなかったというのは、認めたと判断してもいいだろう。つまり左足と両腕は、生きているうちに切断された。そして、死の直接原因は首を切断されたことになるわけだ。

時系列に沿って整理してみると、

① 綾香が前室に入ったときには、まだ隆一は生きていた。このとき左足と両腕は切断されていた。
その痛みに耐えるうめき声を綾香は聞いたのだ。

② 綾香が座敷牢の戸を開ける直前に、犯人は首を切断した。

③ 戸を開けた綾香は、切断された首、両腕、左足を発見する。血の海のなかで。そして、胴体と右足はなかった。

――ということになる。幼い頃の昔の記憶だから、蔵の入口に立ってから座敷牢の引戸を開けるまで、数分の時間があったのかもしれない。しかし、それにしても、あまりにも時間が足らなくはないか、一連の行為を行う時間が。

恐ろしい話だが、犯人はなぜ隆一の手足を生きている内に切断することにしたのか。先に心臓を一思いに刺してしまわなかったのか。殺害が目的なら、なぜ確実性を重視しなかったのか。抵抗されたらどうするつもりだったのか。それに、そうした方が、後作業が楽になって逃げる時間だって稼げるというものだ。

もちろん、犯人が鍵のかかった牢にどうやって侵入して、手早く殺害、ばらばらにし、瞬間的にどうやって逃げたのか、その方法はまったく分からない。特に胴体と右足を持ってどうやって逃げおおせたのだろう？　時間的なものを考え合わせると、逃げたというより消失したと表現した方が正鵠を射てもいる。

動機は何だろうか。こればかりは皆目見当もつかないが、生きている内に左足を切断したということは、よほど怨恨があって、苦しむ姿を見届けたかったと考えることができる。だがしかし、ずっと何年も幽閉されていた難病に苦しむ被害者を恨む理由とは何なのだろうか？

また、一番かさになり、かつ重い胴体を持ち出し、隠すことの意味はあるのだろうか？　首や手を持ち出したのであれば、それは身元の発覚を遅らせるためということになろうが、……？

現場に大量の血が残されていたのであるから、座敷牢が殺害及び解体の場所であるのは間違いないだろうし……。

いずれにしても、……不可能だ。綾香は何かを記憶違いしているのではないか。犯人の逃亡方法だけでなく、僅かな時間で首を切断するのは、やはり、どう考えても不可能だ。何か、何か大きな考え違いをしている。何か……。

考え事をしていたせいもあって、図書館へは早く着いた。受付で調べたいことがあると告げると、胡散臭そうな目つきで対応されたが、すぐなかへ通された。

古びた外装の割に中身は比較的新しくコンピュータによる検索システムも整っている。

私は全国紙で十三年前のばらばら殺人事件を探した。次に地方紙まで探してみたが陰惨な猟奇殺人にもかかわらず、どこにもその記載はなかった。

ばらばら殺人事件で被害者が難病の患者、しかも右足と胴体は発見されていない。不謹慎極まりないが、こんな恰好の材料をマスコミが放っておくはずがない。事件が起きたのは、戦争前の時代ではないし、ここは中国の山奥でもない。しかし事件は闇から闇へ葬られた。つまり握りつぶされたのだ。

そもそも被害者が特異な病気で人目を避けて生活していたことで、生前の被害者を知るのは、身内及び杉下を除けば、須藤院長ら病院関係者のごく少数に限られる。灰王館で働いていた仲居や板前にしても蔵に近づくことは禁じられていただろうし、その存在は知っていたとしても見たことはなかったのではないか。

そこに村の名士である豊彦翁が緘口令を敷いたとあれば、事件そのものを葬ることは容易《たやす》い。それがたとえ警察官であったとしても、派出所の職員までであれば……、県警に報告する前であれば……。

須藤医師にしても、事件のことには触れられたくないようだった。当然だろう。立場的には灰王家の一員みたいなもので、秘密が暴かれるのを良し、とするはずがない。

ただ、同時に否定もしなかった。ばらばら死体があったこと、隆一がその被害者であることは認めている。なぜだろう？　いきなり尋ねてきたよそ者に対して、一喝して追い返せば済むものを、積極的ではないにしろ、私の質問には応じてくれた。ある程度に情報を（綾香から聞いて）知ってしまっている以上、むげに否定しても、逆効果になると判断したからだろうか。それとも、時間が経ち、灰王家も凋落したいまとなっては、守っておくべき秘密も風化してしまっているということなのか。

私は図書館を出て、一応派出所の前まで行ったが、明らかに私より若い警官が机に向かって居眠りしていただけなので、そのまま引き返した。須藤医師が言っていたように、当時を知る警官はいそうにない。仮にいたとしても須藤医師によって既に手が回されていることだろう。また、医師の「みんな灰王家の世話になっている」という言葉が引っかかっていたからでもあった。

帰りはバスを利用する。私は灰王温泉前でバスを降り、来たときの山道を通るのを止め、沼の反対側を回って灰王館へ戻るルートを選択した。山道の入口を右手にし、舗装された道を先に進む。十五分くらい歩くと、同じように山へ入る道が分かれている。先の道よりは幅も広く、車も通行できる歩きやすそうな道のようだ。灰王館入口という大きな看板もある。女将の車もこの道を通ったのだろう。さらに十五分くらい歩くと、木立の切れ目から沼の深い緑色の水面が眼下に垣間見える。途中小さな橋を渡るとすぐの右手に手作りの石段があった。沼畔へ続いているようだ。

何か未知の力に誘われるようにそこを降りる。石段は途中で切れ、獣道のような穿たれた坂を下ると沼岸に出た。そこは小さな小川が流れ込んでいて、猫の額ほどの平地が作られている。沼をはさんで灰王館が真反対に望める。目深に被っていた帽子を上げ、風を入れる。腰をかがめ水面に手を触れる。冷たい風が顔全体をなで、気持ちいい。水面は今日も静かで波ひとつない。灰王館が水面に映え逆立ちの館が美しかった。

——そのとき、木の葉が擦れ合う音がした。サングラスを外し、音のする熊笹の藪をじっと見つめていると、蛇が現れた。昨日灰王館へ来る途中に見た、あの絡み合った二匹の白い蛇だった。蛇は私の存在に気づくと、向きを変え背後の藪に消えていった。

私はその後をじっと凝視していた。そのままそうしていると、突然悪寒が走った。重い空気が全身に覆い被さり、私の身体を押しつぶそうとするかのような錯覚にとらわれる。何かが私を見ている
——そう感じた。

少しずつ視線を上げる。すると蛇が逃げ込んだ藪の、すぐ後ろの茂みのなかに混じって、ふたつの眼が光って見える。と次の瞬間、全身黒い布を羽織った人間が、ばっと飛び出すや、奇声とともに襲いかかってきた。そして、手に持っていた棒のようなものを横殴りに振る。

私はとっさに登山用杖でそれを払うと、次の攻撃に備えるため両手で構えた。しかし、相手に二の手を仕掛ける様子が見えない。そこで杖を振りかぶり、威嚇するようにぶんぶん振り回した。喧嘩は先手だと雪入に教わったことを思い出したのだ。

すると、敵は身を翻し、藪のなかに逃げ込む。雪入の教えが功を奏したわけだ。そこで止めておけばよかった。しかし私は、威嚇の意味を込めて、追いかけようと大きく一歩を踏み出した。それがいけなかった。私は苔むした岩場に足を取られ、転倒し、腰と頭を強く打つはめになった。

私の目の前を逃げていく敵は、身体を極端に右側に傾けて茂みのなかへ消えていった。そのお尻の辺りはウエストポーチでも覆っているのか、大きくふくらんでいた。

――ここから百キロほど離れた岩国市には白い蛇がいる動物園があると聞く。この辺(山口県東部)では珍しいながらも、結構生息しているのかもしれない――水のなかで尻餅をついたまま、何故かそんな呑気なことを考えていた。

*

敵の攻撃は力強いものではなかった。落ちていた枯れ枝をただ振り回しただけのようで、杖で分断された残骸は、足で踏むと簡単に潰れた。

濡れたジャンパーを絞り、灌木に被せるようにして乾かす。そして岩場に腰掛け、転倒した際できた頭のこぶを、痛みが引くまで濡れたハンカチで冷やしていた。何度も、何度も。

日が翳《かげ》り始めた頃、「おい、大丈夫か?」という涼しい聞き覚えのある声に振り向くと、そこに雪入がいた。

っていた。

雪入は首をやや右に傾け、いつものようにスタジャンにジーンズといういでたちで、夕日を背に立
窮地になると必ず現れてくれる私の頼もしい友人である。彼の姿を見るだけで不思議と元気が湧い
てくる。

「さあ、手を貸そう」

雪入はそう言って、手を差し出した。

「ありがとう。でも、大丈夫だ」

私は断って、腰を上げた。

「よく僕がここにいるって分かったな」

「お見通しだよ。全てね」

「でも、なぜ」

「肝心な手紙を忘れていっただろう」

雪入はポケットから一枚の紙を取り出した。私はもう何も言わなかった。ただ首を二、三回横に振ると、これまでの経緯——その差出人不明の手紙によってこの地に呼び出されたことから始まり、灰王館に死んだはずの男が出現すること、その灰王館で起こった十三年前のばらばら密室殺人のこと、須藤病院での聞き込み調査のこと、そしてさらにいままた隆一らしき謎の人物——黒い布に覆われていたため正体は不明——が現れたことなど、いま現在自分がおかれている状況も含めて全て話して聞かせた。

雪入は私の話が終わるまで、ずっと黙っていて——彼はいつもそうだった——最後まで聞いてくれた。

「そうか、それは大変だったなあ」

彼の口をついて出たのは、密室の謎でも、ばらばらにされなければならなかったことの疑問でもなく、私の身体を心配してくれた言葉だけだった。

「仕方なかったんだ。いきなり襲われて、踏み込んだら足が滑ってしまって」

「で、その人物の顔は良く覚えてないと」

「フードにすっぽり覆われていたから、良く見えなかったんだ。でも痩せている雰囲気だった。目はかなり落ち窪んでいたし……。でも、眼光は鋭かった」

「身長も良く分からない?」

「ああ、腰をかがめるというか、右側前方に傾けながら逃げていったから」

雪入は謎の人物に関心を持ったようで、盛んに首を振りながら眉間に皺を寄せた。

「襲われたっていったよね」

「木の枝を持っていて、それで殴られ——」私は辺りを見回し、「ああ、これだ」と言って水際に落ちている残骸のひとつを拾い上げた。

「思ったより、細いな。それなら、まともに受けても大した怪我はしそうにないな」

雪入の指摘どおり、枝は親指程度の太さしかないし、枯れていてかなり軽い。しかし、それはいまだからいえることで、

「あのときには、そんな余裕はなかった」

とっさの出来事にびびってしまったのだ。後悔するときは、いつも手遅れなものなのだ。

「ん、別に責めているわけじゃない。それよりその人物は右利きだった、それとも左利きだった?」

「え、たしか……」

私は雪入と同じように腕組みすると、

「左だった。右手でブロックしたから、間違いない」

「で、どこを狙っていた」

「えっ」——頭、上半身ではない。持っていた杖は最小限の動きだった。

「太ももから、膝の辺りかな……」それがどうかしたのだろうか?

「そうか」

雪入はそう言ったまま黙り込んでしまった。何かを盛んに考え込んでいる様子だった。彼のこんな姿を見るのは初めてだった。

「……あの人物はここで何をしていたのだろうか」

雪入の思考の邪魔はしたくなかったが、しばしの沈黙に耐えかねて、私は口を開いた。

「水面に接することができるのは、ここと灰王館のある庭しかない。他のところは無理だろう」

たしかに見渡す限り、沼は急な斜面とせり出した木々が邪魔で、人間が近づけるところはなさそうだ。

「人間の本能って奴じゃないかな。君がここに降りてきたのと大して変わらない」

言われてみればそうだ。私もなぜかここにいる。昨日だって山道を歩いていて、小川に惹かれていった。

「強いてあげるなら、ここからなら灰王館が良く眺められるということか」

雪入は呟いた。

そのとき私には突然思い出したことがあって、思わず叫んでしまっていた。

「そうだ、蛇だよ。あの白い二匹の蛇だ。昨日、沼の反対側にいた蛇が今日はこっち側にいたんだ。それに気をとられていて、黒い布をまとった人間に気づくのが遅れたんだ。だから……」

雪入はあっけに取られたような顔をしていた。

「白い蛇というだけでも珍しいのに、二匹同時に、しかも二日に渡って目撃するなんて。あんな生き物がいるなんてびっくりだ。突然変異なんだろうけど……。ダーウィンの進化論ではどういう判断を下すのかな」

私の興奮を他所《よそ》に、雪入はすでに晴れ晴れとした表情をしていて、

「『種の起源』なんてものは一八五九年に発表された、一世紀半も昔の理論だよ。ガラパゴス諸島で同じ種類の鳥なのに、嘴《くちばし》が生息する場所によって変形しているのに気がついただけのしろものだ。環境に適応した鳥の嘴を見て閃いたものにすぎない。海にえさを求める海イグアナと丘のサボテンを食料とする陸イグアナも然りだ。もちろんわれわれ人類の進歩は、そういった先達の閃きによる。それは事実」といったん言葉を切り、のどを鳴らして、

「ある方向性を打ち出したということでならダーウィンの功績も大きい。メンデルの行った実験は多

いに意義のあるものだったとは思うが、現在ではＤＮＡの発見、解析と目覚しい進歩を遂げている。遺伝の仕組みが、解き明かされるのも時間の問題だ。しかし、進化論ほどあまりにも長い間に渡り、しかも広く一般の人々に信じ込まれた理論も珍しいよ。遺伝子変化がランダムに起こり――突然変異というが――その異なる遺伝子を持つ固体同士のうち強いものが生き残り、弱いものが死に絶えていくという自然淘汰が続く。このような遺伝子変化が少しずつではあるが長期的に見れば進化となる。これが進化論の論法だ。えっ、疑問を感じないか？」

雪入はポケットから取り出したガムを口に含むと、

「突然変異なんていうのはほとんどの場合、生物にとって悪影響を及ぼすものではないのだろうか。しかもそれが優れているとは言いがたい。白い蛇にしたって目立つだけに敵の標的になり易く生き残る確率も低い。しかも強いわけではないだろう。自然淘汰にしたって、本来バランスを保つ現象であって弱い生物を強い生物が滅ぼすことではないだろう。同じ生物間では仲間同士は総じて助け合って生きているものだ。さらに一番の疑問は、キリンの中間種の化石がなぜ発見されない。遺伝子のランダムな少しずつの変化の積み重ねが進化をもたらすなら、進化はひとつの個体群ではなく複数の個体群に平行して起こりうるはずだ。爬虫類《はちゆうるい》然り鳥類然りだ。進化の過程にある中間種が生存していないのはなぜだ。それらの化石が発見されないのはなぜだ」

雪入は口のなかのガムを舌で転がし、謳うように喋る。

「また、進化というなら人間の体毛がなぜなくなったのだ。被服したからというのでは、進化論でいう時間軸では、短い時間のスパンであり、説明できない。オランウータンの染色体は人間に最も近いらしいが、では人間との間の中間種は？　猿人や原人は進化の過程で自然淘汰されたというのか？　犬や猫、ライオン、イルカ、そんな動物でもいいから、ガラパゴス諸島とまでいわないにしても、もう少し中間種があって然るべきではないか」

雪入は腕を組んだまま喋り続ける。オールバックに固めたヘアーの一筋が額にかかって風になびく。

「僕に言わせれば、進化論よりも創造論の方が、とても興味をそそられるね。……そう全てはひとりの創造者たる神が設計したというものだ。ＤＮＡの遺伝暗号は、全生物で同じメカニズムであるという統一性類似性は、だから共通の祖先から進化した証拠であるとする進化論よりも、突然変異という偶然の連続に支配された理論よりも、ひとりの創造主、神が設計したと考える方が、まだましではないかな」

雪入はひときしり講釈を終えると、ぷっとガムを吐き出した。太い眉の下で少し垂れ下がった眼が笑っている。彼自身創造論を信じているわけではなく、またダーウィンの進化論を完全に否定しているわけでもなさそうだ。口にしたからといって、それが必ずしも彼の主張や思想であるというわけではない。そんなことは長い付き合いのなかで十分承知している。

私は「ウィルス進化論」なるものも昨今話題になっているぞ、と心に思ったが口にはしなかった。したが最後、私はまた彼の講釈を聞かされかねないからだった。雪入は私の知っていることは、必ずといって良いほど全て知り得ていたからだ、過去において。ちなみに「ウィルス進化論」とはウィルスが生物に変異をもたらすという理論である。

私は濡れた髪をかきあげながら、黙って見つめていた。するとややあって雪入が口を開いた。

「かなり行動的に調べ上げたんだね」

「須藤病院のことかい。でも、あまり新しい事実は聞き出せなかった。他にももっと調べたかったんだけど、なんと言って切り出していいか分からなかったし、ここの住人はみんな灰王家の世話になっているというし、灰王家にとって不利な話はしてもらえないんじゃないかと思ってしまって」

「そんなに卑下することはないさ。須藤医師の尋問だけで十分さ。他の誰に聞いても同じだろう。新聞に載っていなかったという事実は、何を物語ると思う？　事故や自殺ならともかく、強盗殺人でも新聞に載る世の中だ。しかもそれがばらばら密室殺人だというのに、なぜどこの新聞にも載っていないんだろう。こんな寒村であっても、そういった猟奇殺人事件は、マスコミの恰好のえさにならないはずがない。しかも死体の検分をした医師が多くを語らないというのは……、一目瞭然だ。しかし、須藤医師は事件があったことを否定しなかった。いくらその娘が――綾香といったかな、目撃していたとはいえ、知らぬ存ぜぬを貫き通せば良かったのに暗に認めたってことは、灰王家の影響力が弱まっている、いやなくなっているということではないのかな」

　風が強くなってきた。ジャンパーだけでなく、トレーナーとジーンズも濡れていたので、体温が奪われてしまったのか、私は軽い頭痛を覚えた。

「慶四郎はよくやったよ。早く帰ったほうがいい。単なる客人だといっても、灰王家の人は心配していることだろう」

「君も一緒に行こう。泊まれるように頼んでみるよ」

「それはやめとこう。もう旅館はやっていないのだろう。見知らぬ人間がふたりもいたのでは、相手も迷惑だろうし――。僕は駅前の旅館に泊まることにするよ。それにいまは身を隠していた方が何かと動きやすいからね。今後まだ何か起こりそうな気もするし……」

「何かって」

「それはまだ分からない。だけど君の見た黒い影が何なのか。とりあえずそれを突きとめよう」

雪入はそう言うと、踵を返しかけたが、急にその動きを止めると、向き直り、真剣な眼差しで再び語り始めた。

「人間は、ダーウィンの説が主張しているような猿の子孫ではない。霊長類の猿はある生物の完成の域に達した一形態にしか過ぎず、人間はその不完全な形態――胎児の状態にあるんだ。体毛を例に取ってみよう。下等な猿では新生児は完全に体毛に覆われている。手長猿では腹部に毛はなく後になって生えてくる。チンパンジーやゴリラなどさらに進化した霊長類では頭髪以外に毛はない。生後二～三ヶ月してやっと体毛が生えてくる。人間は生まれたときは頭髪以外に毛はない。そして部分的な毛は除き体毛は生えてこない。同じことが生殖機能にもいえる。生き物は全て生殖機能の成熟する時期と形態の成長が止まる時期が一致しているものなんだ。ところが人間は、人間だけは例外で、性的成熟が生殖腺のレベルでは四、五歳で完成するにもかかわらず、肉体的には交接が不可能な唯一の存在なのだ。五歳の幼女と十八歳の少女では卵巣の大きさに違いがないのだよ。他にも外耳の形態、脳の重量、泉門の残存など枚挙に暇がない。これらの特性が示す共通の特徴は、それら全てが永久の胎児の条件あるいは状態を示している。極言するなら、人間は、出産前の発生的に安定した霊長類の胎児と考えられる。下等な猿から人間まで霊長類のこの徐々に進行する遅れの結果は何を意味するものなのか。少なくとも自己保存能力を弱めることにはなる。しかし——」

頭痛がひどくなった気がする。

「こうした成長の遅れが進行した結果、人間は変異する存在になったのだよ」

私にはもうわけが分からなかった。

そして、なんとなく不安げに雪入を見た。

「僕はいつでも君のピンチには現れただろう」

雪入はそう言って微笑んだ。

記録九

　雪入と別れた私は、そのまま沼を一周する形で灰王館へ戻った。着いたときには、日はとっぷりと暮れていた。久しぶりだったので、事件以外のことも話し込んでしまったのだ。途中、車でも通りかかれば乗せてもらおうと、後ろを気にかけながら歩いたが、その心配（？）は杞憂に終わった。一台の車も通らなかったからだ。おかげで三十分以上、夜道を歩く羽目になったが、風も止み、また雪入がスタジャンを貸してくれたおかげで、寒さを感じることはなかった。灰王館の裏山に聳える竹林が見える頃にはうっすらと額に汗を滲ませるほどだった。

　ここまで来れば迷うこともない——そう思った私は竹林を横断して館までの最短距離をとることにした。

　ところが竹林に入ってすぐ後悔した。舗装された道路は外灯こそまばらであったが、よく晴れていたため月明かりがあって暗さを感じなかった。しかし、竹林のなかは高く伸びた竹が月を隠し、道（それが道と呼べるような代物であればの話だが）は闇に融けていた。おまけにいままで感じなかった風が、竹林に入った途端、ざわざわと笹の葉が触れ合う音がし始め、視覚とともに聴覚まで封じられ、自分がどこに向かっているのか分からなくなってしまった。

そんなに大きな竹林ではない。迷うはずがない。迷ったって歩き続ければ、必ずどこかに出るはずだ――そう考え、歩を早める。しばらくすると、竹と竹の隙間から明かりが漏れてくるのが見えた。灰王館の光だ。

方向を修正して歩きかけたとき、どこかで声がした。最初は梟の鳴き声かと思えたが、なにやら人間の話し声のようだ。言い争っている風にも聞こえる。耳を澄まし、音源の方へ向かって歩き出す。といってもそれは館の方向と一緒だったが。

落ち葉を踏みしめる自分の足音は、幸いにも風に揺れる笹の葉同士の触れ合う音でかき消される。相手に気づかれる心配はなさそうだ。

声の主はふたりとも女性のようである。ざわざわとした音に邪魔され、話の内容は聞き取りにくいが、綾香と女将のふたりに間違いない。

ゆっくり歩を進め、距離を詰める。なにやら強い口調で言い争っている。厳密には金切り声に近い高音でまくし立てるように喋っているのが綾香で、落ち着いて諭すように話しかけているのが女将のようだ。

「あの人は誰なの！　……今日も会ったのよ！　隠さないで教えて。私の……」

「あれは、……隆一よ……」

「でも、隆一兄さんは……。確かに……隆一兄さんだった。特徴のある声は……隆一兄さんの……。母さん！　何か知っているんでしょ」

「あれは……隆一よ。死んだのは…………」

「……どういうことなの」

「あなたが隆一と思っていた……………………」

「どうして………いえるの」

「あなたには…………」

どういうことだ。隆一は十三年前に死んでいるのではないのか？

綾香は一体、誰に会ったというのか。

例の黒装束の男か。歪《いびつ》に身体を右に曲げ左足をかばうように歩く、あの男のことを言っているのか。あの男が隆一だというのなら……。

……十三年前の、ばらばら死体は誰のものなのだ？　綾香が現認し、須藤医師が隆一だと上書きしたのではないか。


突然、言い争う声が止み、綾香のすすり泣く声だけが耳に届いた。女将は娘をなだめているのか、何か小声で盛んにささやき続けている。

私は詳しく聞き取ろうとさらに一歩を踏み出したとき、

「違う！　母さんは騙されている。それは嘘だわ」

綾香が叫んだ。

「そんなこと言わないで、……だって苦しんだ……」

「……違う」

「……どうして、そんなこと言うの」

「ちゃんと覚えてる。いまでも……のように思い出せる。お兄ちゃ……」

「……」

「それに、私、……訊いたのよ」

葉のざわめきが一段と強くなった。

「……黙ってて、否定しなかった。……だから、あの男は――」

「もう、止めなさい。いまは……」

「……いまは、なんなのよ」

ざわめきが、この瞬間だけ止んだ。

「いまは言えないの。でも、いいこと、誰も死んでなんかいないのよ」

とそのとき、背後から強烈な光を浴びた。ざわめきの復活と共に。

「鈴木さんっ！」

懐中電灯を手に持った杉下だった。

恫喝されたかのような張りのある声だった。同時に女将たちの話し声も止んだ。

「どこに、おっとったですか」

手にした懐中電灯の光が大きく揺れている。えらの張った顎と口から吐く白い息が蒸気機関車を思わせた。たったいままで駆け回って捜していてくれていたようだ。

「す、済みません。ご迷惑をおかけして」

声が少しうわずる。盗み聞きしていたことを知っているのかどうか分からないが、綾香たちに気づかれたのは間違いない。やばい。彼女が追っかけこっちへやってくれば……。

「心配しちょったが。お嬢さんもあっちこっちを捜しておったでした。奥様にも連絡しなければと、考えておったとこです」

とりあえず、申し訳ない、と肩で息をする杉下に手を合せて謝る。

(どういう意味だろうか、女将がすぐそこにいることを杉下は知らないのか)

幸いなことに綾香たちがやってくる気配もない。ここは流れに身を任せよう。

「女将さんは?」

と、とぼけて訊ねる。

「奥様はまだお帰りになっておりません」

杉下は憤然とした調子で言う。

ということは、女将は出かけたままでいて、帰ってきているのを知らないのだ。

「すみません」

私は杉下の目を見つめ、また頭を下げた。

「どうしちょったんですか」

声は手の平を返したように、穏やかな口調に戻った。

「はあ……。急に昔からの友人と会っていて時間を忘れて話し込んでしまって……、申し訳ありませんでした。できればこのことは女将さんには黙っておいてください。余計な心配をかけたくないものですから」

自分自身のことで、他人に迷惑をかけるのはひとりでも少ない方が良い。これは本心だ。

私の話を信じてもらえたのかどうか疑わしいが、杉下は少し怪訝そうに首をひねってみせただけで、

「もちろん、言わんですよ」

とだけ言うと、水先案内人よろしく懐中電灯の明かりで足元を照らし、先頭にたって歩き出した。

竹林はすぐに抜けたが、綾香たちに出会うことはなかった。すでに館へ戻ってしまったのだろう。

やはり聞かれたくない話をしていたのだ。私と杉下の会話は耳に届いていたはずなのに、姿を現さなかったのがその証だ。


私はいったん客室に戻り、泥のついたトレーナーを着替え、忘れないうちに今日の調査結果を書きまとめてから居間へ降りた。

居間には女将がいた。食事の準備はほぼ整っていた。

「いまお呼びしようと思っていたんですよ」

女将が言う。昨日と変わらぬ振る舞いだ。

席についたとき障子が開き、綾香が入ってきた。風呂上りだ。三十分前泣き叫んでいたとしても、桜色に染まった頬が、その痕跡を完全に覆い隠していた。

綾香は無言のまま席についた。話をしたかったのだが、視線を合わせてくれなかった。

夕食は静かなものになった。

幸いなことに、私のことに（竹林で立ち聞きしていたことも含め）話が及ぶことはなかった。というより、ふたりは心ここにあらずといった雰囲気で、ほとんど口を開くことがなかった。

私は綾香に沼の反対側であった隆一らしき人影のことを聞かせたく、食事中何度も視線を投げかけたのだが、彼女は避けている感じで目を合わそうとせず、しきりに母親の方を気にかけるように何度も流し見ていた。綾香は私ではなく、女将に何か話がある様子だった。

食事も終わろうとするころ、女将は電話のベルに呼び出された。綾香はそれが終わるのを待っているようだったが、長電話のようで十分経っても電話は終わりそうになかった。綾香は諦めたのか、ふーっとため息をつくと、意を決したように立ちあがった。その間も私の視線には無反応だった。

「綾香さん」

私は階段を三階へ上って行こうとする綾香を背後から呼び止めた。

「話があるんだけど」

彼女は、少し振り返るのをためらうように、ゆっくり振り向くと、寂しげに、

「どうぞ」消え入りそうな声だった。

綾香の部屋は十代の女の子らしい、イエローを基調とした改装を加えた洋間だった。

彼女とは机兼用のテーブルを挟んで腰掛け、早速私は話しはじめた。

沼の反対側で黒装束の不審人物を見たこと、その人物は身体を極端に傾げ、片足を引きずるようにしていたこと、そして、追いかけようとして、足を取られ転倒し見失ったこと。但し、須藤病院に聞

き込み調査したことは黙っておいた。もちろん竹林で立ち聞きした話についても、私から一切触れるつもりはなかった。

彼女は足を組んで腰掛けたまま、相槌を打つこともなく、黙って聞いていた。いや、ひょっとすると何も聞いていなかったのかもしれない。彼女はただじっと虚空の一点を見つめ、爪を嚙んでいたからだ。

そして、ややあって返ってきた言葉は予期せぬものだった。

「やっぱり、きのこ採りの人かもしれない。裏山には本シメジが採れるところがあって、そういう人たちが勝手に採りに来ているらしいの。家の山に無断で入ってきているから、見つかるとまずいから隠れるようにしているんだわ」

「いや、そんな風体じゃなかった。きのこを採る恰好じゃなかったよ」

「もういいの。……どっちにしたってあまり意味のないことだもの」

そう言って回転椅子を回し、背を向けると、

「ごめんね、期末試験が近いの。これからやらなければならないことが……」

全てを拒絶するような冷たい声だった。

私は引き下がらざるを得なかった。

やはり何かあったのだ。竹林で女将と言い争っていた話の内容と関係あるに違いない。あそこで彼女は母親から不審人物の正体を聞いたのだ。そして、それは……。

部屋に戻って、妻に宛てて手紙を書いた。妻には福岡を訪ねることは内緒にしていたから、問題はないが、休暇を取っていることは知っているはずなので、ひょっとしたら自宅に電話でも入れて、誰も出ないことに心配をしているかもしれない——そう考えたからだった。電話で済ませてもよかったが、この村に滞在していることの説明を順序だててしたかったので手紙にしたのだ。もっとも、この手紙が妻の手元に届く頃には、福岡に着いていたいものだが……。

妻宛ての手紙を書き終え、見比べるように、改めて差出人不明の手紙を読んでいたら、軽い頭痛が始まった。大した怪我ではなかったので、頭を打ったためだとは思えない。おそらく、濡れた身体で夜道を歩いたのがいけなかったのだろう。歩くことで身体が暖まっていたから大丈夫だと思ったのが油断の始まりだ。いま風邪を引くと、明日からの調査に支障がある。雪入にも迷惑をかけそうだ。早速風呂に入って暖まって寝ることにしよう。

*

風呂には先客（?）がいた。杉下だった。

アルミサッシの引戸を開けると、シャンプーをしている杉下と目が合った。誰もいないだろうとかってに思い込んでいたので、あっという声を漏らしてしまった。

「ひ——、鈴木さん。まだ、入られてなかったのですかっ」

杉下も驚いたらしく、声が引きつっている。だが、「ひ」とは何を言いかけたのか？　まさか悲鳴ではあるまい。

「え、ええ。これからです」

「こっ、これは失礼をしました」

杉下はそう言うが早いか、桶に溜めた湯をざばっと一気にかぶり、泡を洗い流すと、さっと立ち上がり、手ぬぐいを持って出て行こうとする。

「待ってください。どこへ……」

「すいませんでした。お客様がまだ入っておらないうちに浸かってしまいまして」

頭を下げ、また出て行こうとする。

「待ってください。私は客ではありませんから、気を、気を使わないでください。一緒にどうですか」

元来私は、自分の裸を晒す行為は、できるなら避けて通りたい方だ。だけど一度全裸を見られている以上、いまさら恥ずかしがっても仕方がない。

「いえ、そういうわけにはいきません」

「それでは、私も入るわけにはいきません」

決然と放った一言が効いたのか、杉下は動きを止めた。

「私が原因で他人に迷惑がかかることは、私にはできないのです。人生訓というか、信条というか、そういうこだわりが私にはあります。ですから杉下さんが上がるというのなら、私も入るわけにはいかないんです」

杉下はゆっくりこちらに向き直った。

「風邪のひき始めかもしれません。少し頭痛がするのです。早く温まって休みたいのです。お願いします」

「ありがとうございます。それでは、お言葉に甘えまして」

杉下は初めて笑顔を作ると——ほんの微かな笑顔ではあったが、
私たちはようやく湯船に浸かることができた。

杉下はこの十二月で七十歳になるといった。洋服の上からでは分からなかったが、顔に刻まれた深い皺に比べれば、首から下の肉体はしみひとつない若々しい肉体を保っていた。まだ五十代と言っても十分通じる。痩身だが、ぴんと伸ばした背筋がより若くみせるのかもしれない。

「今日はご迷惑をおかけしてすみませんでした」

「いいえ、わしも大きな声をお出しして……。女将の留守にお客様にもしものことがありますと、申し訳が立ちませんで。……そいで、どちらへ」

「ふもとの方へ。散歩して、沼を廻ってきました。天気が良かったものですから」

「ほうですか」

杉下はそう言って、両手で顔を二度叩いた。

「女将さんは出かけてらしたんですか？」

「へえ、所用で広島の方へ」

「綾香さんも一緒に」

「綾お嬢さんは、わしと一緒にきのこを採りに行きました」

「何が採れるんですか」

「お嬢が、シメジを採りまして、かさの大きいいい形のシメジじゃった。お嬢は見つけるのがほんとにうまい」

杉下は我がことのように喜んでいる。

「今夜の夕食に出たのがそうだったんですね。僕も一緒に行きたかったなぁ」

私はお湯のなかで思いっきり背伸びをした。

「出かける前にお部屋をのぞいたんですけえが、みえんかったもんで」

少しずつ杉下の言葉に方言が混じり始めた。話し易くなった。

「はい、すいません。断って出かけるべきでした。ただ、僕自身もこんなに遅くなるとは思っていなかったもので。昼過ぎには戻るつもりだったんですが」

「お嬢も心配しておったですよ。わしらが戻っても、お部屋にはおりませんし、ほんで手分けしてあちこち探しちょりました」

「本当にすみません。ご迷惑ばっかりおかけして」

昨日から謝ってばっかりだ。

「だけど、綾香さんはとても素直ないい娘さんですね」

「ぶち気立てのいい娘です。お母さん思いじゃし、わしらみたいなもんにも、分け隔てなく、ようしてくれる」

杉下はお湯に顔を沈めんばかりに大きく頷く。

「実のお孫さんのようですね」

「もったいなぁ、そんなこと。じゃが、身寄りのないわしには、ほんまの孫子のように思えてならんのですよ。小郡に行ったいまでもこうしてときどき帰ってきてくれよるし、嬉しい限りです。ほんまあの娘のためなら、なんでもしてあげたいと思っとります」

私は目の前で心底嬉しそうに話す杉下が、なぜかうらやましく感じられた。

「少しお湯を足しましょうかね。風邪のひき始めは暖かくして眠るのが一番です」

そう言って赤いマークのついたレバーを上げた。

「そうですね。夜はぬるいお湯にゆっくり浸るのが良いとは教わったんですが、今日は少し熱い湯に浸かりたいですね」

「ほうです、首までしっかり浸かってください。最近では半身浴なるものが流行っておりますけえが、わしら年寄りにはどうもいかん。やっぱ温泉は、顎が浸かるまでしっかり入って、温泉の効能を身体にしみこませにゃならんですよ」

ふたりで同時に首まで浸かると、お湯が一気にあふれ出た。

「杉下さん。灰王温泉では鬼が入って傷を治したという伝説があるそうですね」

「へえ、よお、知っておりますね」

「今日図書館に行ってきたんですよ。そこの郷土資料のコーナーでちょっと見たんですけど」

杉下老人は、両手で顔を洗うように撫でてから、灰王温泉に伝わる鬼伝説を話して聞かせてくれた。

＊

「じゃからこの温泉には、鬼に限らず、人をも再生させる力が秘められとる、というわけですじゃ」

杉下はそう言って、『鬼伝説』を締めくくった。

両面宿難《りょうめんすくな》という鬼は有名な鬼で、その名は日本書紀に出てくる。飛騨の千光寺《せんこうじ》には円空の彫った宿難像が祭られてもいる。宿難は飛騨の人たちから見れば国を開いた徳のある超人で、全国を統治しようとしていた大和朝廷から見れば邪魔な怪人でしかなかった。そういった二面性が、その名の由来ではないかと私は思っている。

「その後、鬼は復活しなかったんですかね」

昔話としてほかの地方にも良く似た話はあるが、なんとなく最後の方が尻切れトンボのような感じがしたからだ。

「話はこれで終わりじゃが、昔は『あの沼で遊ぶと鬼に喰われるぞ』とゆうて子供らをしつけておったもんです」

こういった昔話はどの地方でも子供のしつけに使われる。

「――おじいちゃん」

突然、脱衣室の方から声がした。綾香さんのようだ。

その声を聞きつけた杉下は、

「はい、はい、ただいま――」といって湯船から出ると、タオルを腰に巻いて出ていった。

脱衣室と廊下でガラス戸越しになにやら話しているらしかったが、浴槽にいる私にはもう一枚のガラス戸があり、何を話しているのか聞こえてこなかった。

そして杉下は、そのまま戻ってくることはなかった。

私は浴槽にひとり残された。

記録十

その夜はなかなか寝つけなかった。

目を閉じると回転性の眩暈《めまい》を生じ、蟻地獄に落ちた羽虫の如く、わが身が渦巻く砂に吸い寄せられ、果て無き地獄へ埋もれていく。

激しい目眩の原因は、いままでに経験したことのない心身の疲れが、臨界点を迎えていたからに違いない。

布団を頭からかぶり、輾転反側を繰り返す。

何度目かの羽虫の体験を繰り返している内に、疲れ切った肉体だけが眠りの領域に入り、精神は取り残された状態——このままいくと金縛りに遭うのが明白な状態——に陥り、引き込まれてなるものかと強い意志を持って身体を動かそうと抵抗する。現実と悪夢の世界の境目——そんな危うい微妙なバランスの頂点に立ったとき、キーンという耳鳴りが突然聞え、目が醒めた。凍えるような冷気に全身を貫かれ、布団の上で直立している自分がいた。

鬼のうめき声とでも形容すべき声が、外から聞こえたような気がした。

私は急いで着替えると部屋を出た。

向かった先は離れの座敷牢だった。いま思い返してもなぜそこに向かったのか思い出せない。うめき声も本当に聞えたのかは定かではない。夢のなかの出来事だったのかもしれない。ただ、そこへ向かえという意志だけがあった。

渡り廊下は冷気を吸い取っていて、足の裏から突き刺すような痛みが全身を駆け巡る。思わず足を止める。

いつのまにか雲が月を隠し、辺りは暗闇が支配していて、竹林のざわざわという音だけが耳に届く。この世の生物は全て死に絶え、得体の知れない新しい異形の生物が生まれつつあるような、そんな思いで竹林を凝視した。

冷気が頭の天辺から抜けて、やっと焦点を蔵へと移すことができた。

すり足で渡り廊下を歩き、蔵の前で佇む。特に異常はない。

聞こえるのは竹の葉の擦り合う音だけ。うめき声は聞えない。

深呼吸してから、蔵の引戸を少し持ち上げ気味にして開ける。こつを覚えたので一回で開けることができた。

前室は外の闇と同じように暗かったが、そのおかげで、姿見に映るもうひとりの自分に驚かされることはなかった。目が慣れるまで待ち、座敷牢へと繋がる引戸に手をかけ、少しだけ開ける。高窓が開いているせいなのか、なかの空気が開かれた戸の隙間から一気に吹き出すような勢いで流れ出て全身を包む。

少し生ぬるい。

私は呼吸を整えるようにふーっと小さく息を吐くと、残りを一気に開けた。何かに当たり、ごとっと床に落ちる音がした。

その瞬間なぜここへ来たのか、明確に意識が戻った。

私を出迎えてくれたもの、それは、暗闇に浮かぶふたつの鋭い眼光と、格子の向こうに散らばったばらばらに解体された人間だった。

戸を開けたときに落ちたものは、ごろりと不規則に転がり、いま私のつま先に当たり止まった。

それは切り離された頭部で、乱れた頭髪から覗く黒くくぼんだふたつの眼窩と目が合った。いや、眼球だけはくり抜かれ、私の目の高さに、格子を形成する横桟に載せられていたのだ。

一瞬何か滑稽な、まるでコントのワンシーンを見ているようだった。


やがて心臓が早鐘のように鳴り出した。いまにも逃げ出したい衝動にかられたが、もうひとり冷静な別の自分もいて、じっと辺りを見回している。警察がやってくる前に、何か証拠となるものはないか、いまのうちにしっかり目に焼き付けるべきだと思い直したからである。特に雪入に詳細且迅速に報告することが出来るのは私しかいないからでもある。

私は緊張に身を震わせながら、座敷牢のなかに視線を這わせた。警察がやってくれば、ここはもう二度と見せてもらえないかもしれないのだ。

高窓は開いている。昨日見たときのままだ。

蔵の入口と、前室と座敷牢を繋ぐこの戸にも鍵はかかっていなかった。

格子は――、格子の入口には、いまも南京錠がかかったままになっている。

座敷牢のなかは見る限り昨日から何の変化もない。ばらばら死体は両腕と片足――右足だけであることと、若干の血痕があることを除けば。

くり抜かれた眼球と目を合わせないように格子をもう一度よく見る。ふたつの眼球の置かれてあるすぐ右隣の升の横桟に、血痕が付着している。頭部はここに置かれてあったと思われる。戸を引いた拍子に顔のどこか、鼻とかに接触し、それで落ちたのだ。

私はそーおっとすり足で半歩分後ろへ下がる。これ以上頭部が転がりださないように注意しながら。

そしてもう一度焦点を座敷牢のなかへ移す。

切り離された両腕が座敷牢のなかに無造作に置かれ……、その手前に一本の足が……。

――!!　――やはり、ない。胴体と左足が見当たらない。

十三年前と一緒だ。座敷牢のなかで隠すようなところはない。埃っぽい床の上には、白くて細い、しかし男のものであることを示す、骨ばった腕と右足だけが転がっている。

ふたつの戸に鍵はかかっていないし、格子の升目も中肉中背の人間までなら何とか出入りできるくらいに大きい。だから、犯人がどうやって侵入し、どうやって逃げたかなどと、密室を考える必要はない。

それよりも血糊が少ないところから見ると、どこか他で殺され、ばらばらに解体されたのを座敷牢のなかへ投げ入れたと考える方が自然だ。解体された両腕や右足も放り込まれたように雑然と置かれている。うっすらと積もった埃もそれを裏づける。

格子升は生身の人間が出入りできるほどの大きさだ。ならば、解体された胴体なら、仮に少し太った胴体であっても投げ入れることは簡単だ。切断された手足から想像するに被害者は痩せていたと思われるので、胴体を座敷牢に放り込まなかったのは物理的な問題ではない。運ぶ手間を惜しんだだけなのかもしれない。理由はつけられる。

しかし、逆に考えて、ではなぜ両腕と右足と頭だけは、運ばなければならなかったのか?

――このとき、あることが脳裏を掠める。

十三年前の事件では、切断された左足しかなかった。右足が見つからなかったのだ。いまその右足はここにある。しかし、左足がない。この点が十三年前と逆だ。

まさか、十三年前に見つからなかった右足がいまになって現れたのか。馬鹿な、そんな馬鹿なことがあるわけない。

そのとき高窓から一陣の風が吹き込み、桟に置かれた眼球が足元を見つめるようにころっと転がり、落ちた。最初の一個は転がった頭部のくわっと開かれた口のなかにすっぽりと嵌まり、続けて二個目が板の床へ落ち、生卵を落として割ったときのように、ぐちゃっという音とともにつぶれた。その飛沫がただでさえ凍えそうな足にはねた。それがきっかけで、それまで持ちこたえていた精神が降伏点を超えた。

私は多分、大声を出していたんだろう。正気を取り戻すには、杉下老人に頬を叩かれねばならなかった。蔵を出た渡り廊下でのことだった。

女将と綾香も杉下の背後で心配そうに顔を覗かせていた。私は綾香に向かって「見てはいけない」と言いながら、震える手で蔵を指差さずにはいられなかった。

三人は殆ど同時に蔵に入っていった。程なく女将か綾香のものか分からないが、甲高い悲鳴が闇夜を劈いた。私は渡り廊下に座り込んだまま耳を塞いだ。

杉下は女将と綾香を両脇に抱えるようにしながら飛び出してきた。「大丈夫、大丈夫」何度も叫びながら、杉下は崩れそうになる女将と綾香を連れて、へたり込んでいる私のすぐ傍を通り、母屋へ戻っていった。

私はそのままどうしていいか分からず——動けず——ただじっと、蔵を凝視していた。

そのままの状態で——十分ぐらい——いただろうか、その頃には徐々に冷静さを取り戻しつつあった。すると、懐中電灯の明かりが踊り、続いてどたどたという足音と同時にやってきたのは、先導する杉下に続いて、派出所の若い警官と須藤医師の姿だった。

「あのあと、なんか?」

私の傍を通り過ぎるとき、杉下が尋ねてきた。

「いいえ、何も……」

私はそのあと何の変化もないという意味のことを言ったつもりだったが、慌しく駈けていく三人に聞こえたものかどうか。

少し遅れて私も後を追った。

若い警官が戸口の壁あたりを手でまさぐっている。照明のスイッチを探しているのだろうが、あいにくこの蔵に照明はない。須藤医師はそんな警官の手から引っ手繰《たく》るように懐中電灯を奪うと座敷牢を照らした。

三人は照明の下に明らかにされた陰惨な光景に思わず手を翳した。

明かりの下《もと》に照らし出された状況は、十数分前に私が網膜に映した白黒画像をより鮮明にカラー画像に映し変えた。両手は肩関節あたりから、右足も股関節から切断されていて、格子からそう離れていないところに無造作に投げ込まれた様子である。血痕も手足がある辺りに残っていて、その他には、例えばここで殺されたことを示唆するような血だまりだとか血飛沫の痕は見受けられない。やはり、他で殺され、ばらばらにされ、ここまで運び込まれたのに違いない。胴体と左足だけはやはりどこにも見当たらない。何らかの理由で運び入れるのを断念したのか、最初から運ぶ予定になかったのか解らないが。もうひとつ解らないのが、何故、眼球はくり抜かれたのか。異常な心理によるものなのか、それとも何か特別な理由があって……。

だが、そんな私の思考を中断させたのは新たなる謎だった。それは医師の一言によってもたらされた。

杉下が格子戸の南京錠をがたがた揺さぶり扉が開かないことを確認しているとき、若い警官が驚いて腰を抜かして唇を震わせているとき、――そのとき、須藤医師ははっきりとこう言ったのだ。

「りゅういち……」

――？――

隆一は十三年前に殺されているのではないのか？

やはり十三年前の事件の被害者は隆一ではなかったというのか。隆一でなかったとすれば、十三年前ここで同じように解体されたのは一体誰なのだ。

十三年前、ひとりきりしかいない座敷牢のなかでひとりが死んだ。しかし、いまここで無残な死を遂げている男が本物の隆一だとしたら……。十三年前の消失トリックとどういう関係があるのか……。

「須藤先生、いまなんと――」と言いかけたところで、医師は突然腰をかがめ、慌しく切り離された頭部の検分を始めた。私の質問には答えていられないといわんばかりに眉間に皺をつくって。

いま目の前で起こった事件と十三年前の事件は、一見すると良く似ている。しかし、今回の事件は密室でもなんでもない。そこが決定的に違う。

殺人はこの座敷牢で行われたのではなく、どこか別の場所（沼の辺りか？）で行われ、わざわざばらばらにして運んできたのだ。ばらばらにしたのは、十三年前の事件を模倣したからに違いない。運びやすくするためという実行上の理由もあったことだろう。ただなぜ右足だったのか、十三年前の事件を真似るのなら左足を遺棄しなければならないのに。ただ単に間違っただけなのか、それとも左右に頓着しなかっただけなのか。

もうひとつ十三年前と違うのは、眼球がくり抜かれていたことだ。強い怨恨が動機なのかもしれないが、ばらばらにしただけでなく眼球まで抜かねばならない強い怨恨ってあるのだろうか？

私はいったん外に出て、新鮮な空気を吸い込んだ。あのまま座敷牢のなかにいたのでは、頭のなかが変になりそうだった。

深呼吸も二度ほどすると、かなり落ち着いてきた。私は思考を再開した。

被害者は沼で見た黒装束の人物に違いないだろう。顔をはっきり見たわけではないが、顎の細い顔の印象は良く似ている。また黒装束の人物は足を引きずるようにしていた。つまり左足に何か障害――義足か――があるのかもしれない。もし右足だけしかないとすれば、左足が発見されないことの説明にはなる。

……ここまではいい。ここまでは理解できる。大きな間違いはないだろう。胴体はいまごろ沼の底か、山のどこか地中にでも埋められているはずだ。

問題なのは、被害者が誰かということだ。

隆一の顔を知っているのは女将、杉下、須藤医師ぐらいのものだろう。若い派出所の警官はもちろん、当時五歳だった綾香も明確には認識できないはずだ。しかし、医師ははっきりとこう漏らした〝隆一〟と。小さな声だったが間違いなくそう言った。懐中電灯の明かりが頭部を捉えたその刹那、そう言い切ったのだ。そしてすぐ傍で私が見つめていることに気づいた医師は、慌てて口に手を当て、わざとらしく死体を検分し始めた。

十三年前に殺された人間が、いままた殺されるなんてことがあるはずがない。

十三年前にあの座敷牢で殺されたのが隆一ではなかったのか、それともいまあそこで晒された死体が隆一のものではないのか、どちらだ。須藤医師か綾香のどちらかが思い違いをしているか嘘をついている。

現在、目の前にある死体が本物の隆一であるならば、綾香が見た十三年前の死体は誰だったのか？犯人がどうやって侵入し、どうやって逃げ出したのかも謎だが、被害者は誰だったのか？

隆一は蔵から逃げ出すために、その身代わりとなる死体を用意したというのか。自分は死んだと思わせて、自由になるために。

否、そんなに簡単に死体が手に入るはずもなければ、自分に似た死体など都合良くあるはずがない。それに死体を検分すれば、それが当人のものなのかそうでないかは、ＤＮＡ鑑定など一般的でなかった当時でさえ、簡単に分かるはずだ。

次に、本物の隆一は十三年前に死んでいたとしたら、今度の死体は隆一のそっくりさんとなる。この場合の疑問点も、やはり同じで、似たような死体を用意することなんて簡単にはできない。

最後に十三年前の消失トリックに至っては誰が被害者であっても、その難易度は変わらない。戸を開けられる直前まで生きていた（うめき声をあげていた）被害者が、一瞬の内に首を切断され、一ヶ所しかない戸には綾香がいたというのに、犯人は忽然と姿を消す――そんなことが可能なのか？？？

……分からない。……分からない。本物の隆一はどっちなんだ。

……分からない。……分からない。犯人はどうやって消えうせたんだ。

県警と救急車の赤色灯が到着するまで、私はそのことばかりをずっと考えていた。

イントルーダー

「はじめまして、慶四郎の友人で雪入と申します。突然で驚かれたかもしれませんが、僕は、一連の事件について、極秘裏に調査にあたっている者です。あなたを十三年間悩ませている不可解な密室の謎はもちろんのこと、今回のばらばら殺人事件をも、必ず解決してみせましょう」

勢いよく開け放たれた部屋の戸口に立ち、早口でそう宣言する男を、綾香はただ呆然と見つめていた。

「驚くなという方が無理なことかもしれません。が、ここは僕のことを信頼してください。本当は慶四郎から得た情報だけで、密室の謎さえ解明すれば十分だと考えていたのですが、そうも言っていられなくなりました。まさか目の前でまた殺人事件が起こるとは考えてなかったものですから、こうやってあなたの前に姿を現すことになってしまいました」

自らを雪入と名乗る男は、己の不明を恥じ入るように頭を下げる。

「……」

「ここ灰王館の座敷牢では十三年前の事件と併せて二度のばらばら殺人事件が発生しました。この館の周りには現在も猟奇的な殺人者が潜んでいる可能性があります。一刻も早く事件を解決する必要があるのです。協力してください。慶四郎からは、あなたは信頼のおける女性だということをうかがっております。ですから僕に全てを話して欲しいのです。僕は難問を解くための統括思考力――とりわけ想像力と分析判断力に秀でているのです。あといくつかの情報さえ揃えば、事件はすぐにでも解決できるでしょう」

「慶四――」

綾香に最後まで言わせることなく、すぐに引き取ると、

「彼はいま眠っています。昼間の調査だけでも疲れていたのに、さっきのばらばら殺人事件に関わったからでもあります。ショックと警察の尋問で疲弊してしまっているのです。ですから僕がやってきました。ええ、もちろん分かっています。あなたもきっとお疲れでしょう。部屋に電気が点いていなければ、明日にしようと思っていたのですが、電気が点いていたので、失礼を承知でやってまいりました。今回の事件は、十三年前のあなたが遭遇した事件と密接な関係があると思われます。その事件を解き明かさねば、今回の事件も解明されません。いえ、逆に十三年前の事件さえ解明できれば、今回の殺人事件の犯人は難なく特定できるでしょう」

綾香は大きく目を見開いたまま、彼の顔を穴の開くほど見つめていた。

「なに、そんなに時間はとらせません。ほとんどのことは慶四郎から聞いて知っているのです。あとは、二、三確認するだけです。僕の頭のなかには十三年前の事件のからくりがおぼろげながら見えてきているのです。あと一歩のところまできています。さあ、いいですか」

「……慶四郎さんは、……大丈夫なんですか？」

綾香は慶四郎の身を案じた。

「大丈夫です。ここのところ体調不良が続いていますが、それは疲れからくるストレスと不運なアクシデントと、温泉源から発する硫黄分並びに炭酸ガスでちょっとした酸欠状態に陥ったためだと思います。心配要りません、ぐっすり眠れば明日には回復しているでしょう」

時刻はそろそろ闇夜が白み始めようかという頃で、警察が引き上げてから、まだ僅かばかりの時間しか経っていなかった。

女将は気が動転したまま、警察の取調べもままならず、須藤医師の投与した精神安定剤でやっと寝ついたばかり。その須藤医師も帰り、杉下が女将の傍にいてくれるというので、綾香は部屋に戻ったばかりだった。

横になって休みたいと思っていた。母が倒れなければ、綾香自身が倒れていたかもしれない。――そこへ突然、雪入と名乗る男の訪問。

綾香は思った。話すことなど何もない。

ただならぬ叫び声を聞きつけて、杉下と母と蔵に行ってあの死体を発見しただけだ。ばらばら死体だというのは暗がりのなかでもすぐに分かった。あとはただ早く、一刻も早く蔵から逃げ出したかった。少しでも遠くへ離れたかった。渡り廊下で慶四郎さんが放心の体で腰を抜かしていたのに気がついたが、どうすることもできなかった。

ひとりにして欲しい。これ以上苦しめないで欲しい。それなのに目の前のこの人は……。頭のなかが混乱している。

「十三年前の事件で座敷牢にいたのは、隆一に間違いなかったのですか？　誰か他の人と入れ替わっていたという可能性は」

「……ありません」

「本当に？」

綾香はただ頷く。

「間違いない？」

雪入と名乗る男は、顔を近づけ、念を押す。

「兄はあそこに何年も閉じ込められていたんです。簡単に出入りできるならとっくに——」

「事件の遭ったあの日だけ、誰かの手引きによって入れ替わったという可能性は」

「考えられません。——床に転がった、あの首は誰のだったというんですか」

嫌な記憶が蘇ったのか、綾香は眉間に皺を寄せ、首を振る。

「隆一兄さんには兄弟はいなかったのかな。例えば双子の……」

突然の質問に綾香はすぐには意味が飲み込めなかったが、

「——いません」きっぱりと言い切った。

「どうして断言できるのかな」

「……どうしてって、……じゃあ、いままでどこにいたんですか」

「それもあなたは知らないんだ？」

「厳密に言えば、母から何も聞いていませんし、何も知りません」

「正確な回答をありがとう」

「嫌味な言い方はやめてください。もし兄に兄弟がいたとして、兄か弟か知りませんけど、その彼はいままでどこにいたんですか」

「さあ、それは分からない」

「無責任ですね。血を分けた兄弟が殺しあったとでもいうんですか」

「動機は何にでも当て嵌めることができる。残念ながら」

「ひどいことを言うんですね」綾香はきっと睨むと、

「それが誰であったって、座敷牢からは逃げ出すことはできなかったでしょう？　密室の問題が解決されるわけではないですよ」

「そのとおりです。ただ、ふたりのそっくりさんがいれば、須藤医師が今回のばらばら死体を見て『隆一』だと漏した理由の説明はできる」

「じゃあ、どっちなんですか？　本物の隆一兄さんは」

「さあ、それも、いまは分からない」

綾香はいらいらしたように首を激しく三度横に振ると、

「双子を使ったトリックなら、なぜ首のほうを持ち去らなかったの。あなたの言うことが事実だとして、兄弟のうちひとりしか認知されていないという前提で話を進めると、殺したほうが被害者に成りすますというのなら、双子のトリックも理解できるけど、首を残していたのでは、犯人自身の存在も消し去ってしまう結果になる。これでは双子であることを利用したことにならないわ。十三年前と今回と、似た顔を持つふたつの頭部が切断されていたんです。似たふたりの人間が殺害されたんです。それだけが事実です」

「なかなか鋭い分析です」

「それに胴体はどこにいったのでしょう」

「まさしくそのことこそが一番の謎なのです。だが、それも時間の問題です。もうじきことの真相は僕の頭のなかに閃いてくる」

綾香はじっと見据えた。

「十三年前、幼い頃のあなたが会っていた隆一兄さんと、首だけになってしまった隆一兄さんは同一人物だったのかな?」

「…………」無言で睨み返す。

「では、今回の死体はどうです。あなたの知っている隆一兄さんなのかな」

「……それは」

「分かるわけがないですよね。十三年も経っている上に目をくり抜かれていたのだから。しかし、須藤医師は『隆一』と呼んだ。十三年前の死体が隆一であることを、誰より熟知しているはずの須藤医師が再び『隆一』と呼んだ。なぜでしょうかね」

「……」綾香は答えられずにいた。

「医師にとってはどちらでも良かったか、あるいはどちらも同じだったか、でしょう」

綾香には言っていることの意味が分からなかったが、その真意を問う気力も萎えていた。

(私にはこの男は理解できない)

そんな思いが沈黙となり、しばらく場を支配した。

ややあって、

「殺人とはどこからが殺人になるのでしょうか」

「……」何のことか意味が分からない。

「切断された手や足が発見されても、その人物が死んでいるとは限らない。それはつまり、その段階では殺人とは決めつけられない。重大な犯罪ではあっても、殺人までには至っていない。では、首ならどうだ。当然、これは殺人だ。首を切り離されて生きているわけがないからだ。では、胴体だけが発見されたらどうだ。これもまた、首がないことで死んだとみなされる。つまり、切断された手足だけでは殺害は成立しない、証明できないこととなる」

綾香は目の前で腕組みをし、とうとうと喋る男を不思議そうに見上げていた。

「全ての鍵を握るのは頭部ということになるわけだ。切り離された頭部が発見されれば殺人。手足だけでは確定できない。胴体は？　これも頭部が付いているかどうかが判定の基準だ。つまり胴体そのものはどうでも良いのだ」

「……」

「うーん。本当にそれで良いのか？」

綾香は男が一人問答に耽っていると思っていたので、次の質問にすぐ反応できなかった。

「本当に兄弟はいなかったのかな」

「……ええ、そうよ」

また同じ質問だ。

「うーむ」

雪入と名乗る男は強く目を閉じた後、片目だけをこじ開けるように開くと、綾香を凝視した。

「私が嘘でもついていると……」

「そうは言ってない」

さらに上目遣いに綾香を見つめる。

「慶四郎さんなら信じてくれるのに……」

綾香の声はいつしか涙声になっていた。

「彼は、よく言えば、人がいい。それに……」

「……それに……」

「あなたの言うことを信じ過ぎる傾向がある」

「……？」

「まあ、いいでしょう、そのことは。それよりも、綾香さん。目に見えるものなど何の意味もありはしないのですよ。そこに事実など存在しない。ただ解釈あるのみです」

そう言って、垂直に立てた人差し指を大きく左右に振って見せる。

「あなたは目に見えたものが強烈過ぎて、ものの本質が見えていないのです。網膜というモニターに映った映像を、脳というハードディスクで処理して初めて、解析に値するのです。任せておいてください。僕が、あなたが不可思議と思っていることを白日の下にさらして見せますよ。データは揃いました。あと、少しばかり僅かなピースをつなぎ換えれば、全てが明らかになるでしょう。僕が証明して見せますよ。もう暫くお待ちを」

と自信たっぷりに宣言すると、さっと身を翻し部屋を出ていった。

綾香は、開け放たれたドアをじっと見つめていた。

記録十一

目が醒める。腕時計を見ると十時半を指している。遅い目覚めとなったが、眠りに入ったのが、空も白み始めた六時半頃だから四時間しか寝ていない計算になる。

起き上がろうとすると頭が痛む。頭蓋骨を締め付けられるような痛みだ。

布団のなかで上体だけを起こし、こめかみを押さえ、激しく頭を振る。

昨夜の記憶を呼び起こすのに、数十秒の時間が必要だった。

――そうだ、昨夜また殺人事件があったんだった。

頭痛の原因は睡眠不足ではなかったようだ。

彼女――綾香はもう目覚めただろうか、たしか明け方まで部屋の明かりが点いていた。彼女も遅くまで眠れなかったに違いない。あんな悲惨な殺害現場を目の当たりにしたのだ。ショックは想像を絶したことだろう。彼女自身が泣き叫びたいほどであろうに、健気にも母親を介抱していた。

犯人が憎い。どんな理由があるにせよ、人間の肉体をばらばらにしたうえに晒すなんていうことは精神異常者の仕業だ。怨恨だけなら、殺しただけで晴れるものではないのか。

ばらばらにしたのは、証拠を隠滅するために持ち運びやすくするとか――それはそれで冷血漢のやる仕業だが——まだ、百歩譲って納得できる。しかし、今回はわざわざ晒すために座敷牢まで運んだとしか思えない。犯人の精神は尋常ではない。

犯行は誰の仕業なのだろう？

あの死体が隆一だとして、母親である女将や兄として慕っていた妹綾香が犯人であろうはずがない。また女将に、灰王家に人生を捧げた実直そのものの杉下であるとも思えない。

それとも、この沼には異常者が潜んでいて、誰ということなく殺しを楽しんでいるのだろうか。切り裂きジャックのような異常者が棲んでいて、十三年の時を経て、再び活動を開始したとでもいうのだろうか。——考えられない。そんなことは……。

ただ、これで少なくとも隆一の亡霊騒ぎが消滅するのは間違いないことだろう。綾香を脅かす隆一の亡霊はもう二度と現れることはない。それだけが、せめて……。

私は布団から抜けると、澱《よど》んだ頭のなかを浄化するために洗面所に向かった。

顔を洗い、タオルで拭いているとき、

「あまり入れ込むなよ」

ふいに雪入の声が聞こえた。

「いつ来たんだ！」

鏡に映る雪入に思わず声が裏返る。

「慶四郎が目覚める前からいたんだけどな」

「相変わらずだな」

「あまり顔色が優れないから、声はかけずにいたんだ」

「いつも突然現れる」

「迷惑だったかな」

「そうは言ってない」

「らしくない君が心配でね」

「……何のことだ？」

「あまり入れ込むのは良くないということさ」

「……言っている意味が分からないな」

「慶四郎の考えていることは、僕には全てお見通しだ。視線の移動、瞬きの回数、唇を舐める頻度、それらで君の嘘はすぐばれる」

「……」

「まあ、恋愛は自由だが、君には愛妻がいて、もうすぐ子供が生まれるんだ。そのことをもう少し認識すべきだよ」

「な、何のことを言っているんだ！」

「よせよ、俺に誤魔化しなんかするな。いいか、何も君を非難するつもりで言っているんじゃない」

「そんなこと言われるまでもない。別に恋愛感情を持っているわけじゃないんだ。……いや、広い意味ではたしかに彼女を愛しているといえるだろう。だけど、それは……いや、だからといって彼女をどうこうしたいと考えているわけじゃない。ただ、ただ、なんというか……、彼女から笑顔を奪う奴が許せないだけだ。ただ……、それだけだよ」

「それが愛ってやつだよ。ふふふ、照れることはない。恋愛はすべきだ。いくつになっても人を好きになるのはいいことだ。ただでさえ、歳を重ねるごとにだんだん恋愛はし難くなる。環境がそうさせるということもあるが、多くの人と接してきた経験が素直に愛するっていう感性を曇らせる。いや、臆病になるって言ったほうが正しいかな」

「どっちなんだよ。さっきは窘《たしな》めるようなことを言っておいて」

「どっちでもいいんだよ。俺が言いたかったのは、君の恋愛も自由だが、君が愛されるのも自由だということさ。愛されないということもまた同様にね」

「……」

「君が誰かを愛し始めるってことは、君を愛している人を裏切るっていう行為を前提として、それを受け入れる覚悟が必要だってことさ」

「分かっているさ。そんなことは。僕は良子を愛している。嘘じゃない」

「だが、それ以上に綾香を愛し始めている」

「……」

「図星のようだな」

「……」

「どうするんだ」

「分かっているさ。……もう少しでここを出て行くんだ。そうすれば――」

「忘れられる——か。そうしてまた悔いを残していくんだ」

「おい、焚きつける気かよ。どうかしてたんだよ。……十歳以上も年下の子を好きになって僕はどうかしてしまったんだよ」

「ゲーテは七十歳を超えて、十七歳の娘に告白している」

「僕はゲーテじゃない」

「ああ、君はまだゲーテほど年をとっちゃあいない」

自分の気持ちに正直になろう。私は綾香を女性として愛している。女房がいて、新しい生命まで宿しているのに。——会って二日しか経ってないのに、愛してしまっている。

初めは歳の離れた妹に対する感情のようなものだったはずだ。それがいまは愛してしまっている。どうかしている。でも、どうしようもない。

この気持ちが、感情が永遠に持続するなんて思わない。しかし、いやだからこそいまこの瞬間の感情を大事にしたい。

人の一生なんて短い。いまもこの一瞬一瞬が過去の記録となっていくのなら、誰にも残された時間は少ない。結果を怖れず伝えるべきだ。いまこの気持ちを。感じるままに。

……だが、やはり自分のエゴか……。相手の気持ちは……。良子は……。

また、常識的な判断を、無難な選択を……、繰り返してしまうしかないのか……。

「だが、それでも君は彼女から手を引くべきだ。それだけはやってはダメなんだ」

「これ以上、僕をもてあそぶな。分かっているよ。くそっ」

私は蛇口をいっぱいに開き、もう一度激しく顔を洗った。

そうして顔を上げたとき、雪入の姿は既になかった。その代わりテーブルにメモが置いてあった。

［調査を頼む。内容は十三年より前にこの辺り――竹林はもとより、沼や裏山まで――で不思議なものを見たという目撃情報を集めてくれ。この地に伝わる〝鬼伝説〟にかこつけて訊くのが聞き出しやすいだろう］

どういう意味なのだろうか？　調査の内容はあまりにも漠然としすぎている。不思議なものの目撃情報とは？　雪入は一体何を想定しているのだろうか？

もう一度メモを見る。見慣れた癖のある文字が躍っている。私は何か引っかかるものを感じた。何かが分かりかけたような、薄皮一枚剝けばぱっと目の前が明るくなる――そんな直前の感じがするのだが……。


着替えを済ませ、廊下に出、階段を下りる。庭先に制服姿の警官が数名見え、昨夜私を尋問した私服刑事もいた。いったんは県警に戻ったのだろうが、そのまままたやって来たと思われ、昨夜と同じネクタイにスーツで、顔には無精髭が目立つ。雪入が突然姿を消したのも頷けた。

一階に下りて、居間を覗いてみると、綾香と杉下が警察の取調べを受けていた。

私は戸口で軽く会釈だけ済ましたが、取調べ中の刑事は一瞥をくれただけで何も言わなかったので、すぐその場を離れた。部外者である私の尋問は、昨夜だけで十分なのだろう。

離れの屋敷に向かおうとして、厨房の前を通ったとき、聞き覚えのある声に呼び止められた。須藤病院の話好きの看護婦だった。灰王家の惨状を聞きつけてやって来たらしく、彼女は大皿いっぱいのおにぎりを作っているところだった。女将の姿が見えないので、どうしたのか訊いてみると、ショックから抜け出せなくて、部屋でまだ臥せっているとのことだった。

「こういうときに少しでも恩返しをせにゃいかんわね」

そう言って張り切る看護婦は、嫌がる私に強引におにぎりを一個握らせると、大皿を持って居間へ向かった。喜ぶのは警察関係者だけだろうなと思いながら、渡されたおにぎりをお茶で流し込んだ。

私は離れの屋敷へ行くのを諦めると、踵を返して再び居間の前を通り過ぎ玄関に向かった。靴紐を結んでいるとき、玄関戸が開き、先ほどまで庭に見えた私服刑事が入ってきた。

「お出かけですか？　えー」

「鈴木です」

「おお、そうじゃった。鈴木さんでしたなぁ、これは失礼。ほんで、どこへお出かけで」

「いえ、特に……。ちょっと外へ……」

「ほう、それはええことです。昨日あんな光景を目の当たりにしたんじゃから、そのほうがええでしょう」

そう言う刑事の作り込まれた笑顔に、私は無言で（会釈代わりに）帽子のつばに手をかけ、傍を通り過ぎようとした。そのとき、

「その前にひとつお伺いしたいことがあるんですがぁ」

「ええ、構いませんが……、なんでしょう」

「うーん、そうですな。ここでもええんじゃが、ちょこっと現地まで来てもらえますかな。その方が、話が早いもんじゃから」

断る理由もない。というより殺害現場を再確認しておきたかったので好都合だった。

私は言われたとおりに刑事の後をついて行く。

庭を抜け、蔵へと向かう。蔵には出入りする人影が見えた。農紺色の服装の感じから鑑識課員のようだった。

しかし、行き先は蔵ではなかった。蔵を右手に過ぎ、真裏の竹林へ入って行く。山口県警のネーム入りの立ち入り禁止テープをくぐり、奥に進む。少し進むと、先ほどより多い鑑識課員たちの姿があった。そして、そこは昨夜女将と綾香が言い争っていた場所だった。

「これは……」

「落ち葉で隠したつもりなんじゃろうがね」

刑事の指し示す指先の延長線には、不自然な落ち葉の山がある。

「被害者はここで殺され、ばらばらにされたようなんじゃ」

刑事はかがみ込むと、指先で落ち葉の山を崩してみせた。そこには竹の根元あたりに茶色く変色した血の跡が残っていた。見渡すと付近の笹の葉にもそれらしき茶色のシミが見てとれる。

「この土もかなりの血液を吸っておってな。掘り返して混ぜたんじゃろうな」

「血液型は？」

刑事は一瞬怪訝そうに眉をしかめたが、すぐに教えてくれた。

「……AB型のRHマイナス」

十三年前、殺された隆一も同じ血液型だ。

「胴体もここに埋められていたのですか」

「いや、ここにはなかった。あくまで血だけ隠すために、掘り返しただけのようじゃ。胴体は多分、沼の方じゃろ。沼へ向かう途中に、僅かじゃけど血痕が発見されたからの。いま一生懸命に探しとるとこじゃ」

なぜだ。てっきり沼の辺りで殺されたと思っていたのに、ここは蔵のすぐ真裏だ。十メートルも離れていない。沼までの方が直線距離にしても二十メートル近くある。ここで殺し、解体作業が行われたのなら、犯人は胴体も座敷牢のなかに運んだ方が早かったはずだ、沼まで運ぶくらいなら。

犯人は手足、頭部を晒している以上、犯行の隠滅を図ってはいない。積極的にアピールしているといっても良いくらいだ。とすると、切断した胴体は、この竹林に放置したままにしておくか、埋めておくかだろう。現に血痕を隠すために掘り起こしたと言っていた。そのときに埋めてしまえばいい。しかし、そうはせず、沼に運んだと刑事は言う。分からない。何のためだ。何のために胴体だけ距離のある沼まで運ぶ必要があったんだ。

「昨晩。ん〜、晩といっても、早い時間じゃけど、ここで、何か見なかったかな」

刑事の質問に慌てて首を振る。

「渡り廊下からは死角になっていますから、何も見えなかったというか、何も感じませんでした」

私は死体を発見してからの後のことに限って正直に答えた。

「ほうですか」

刑事は疑った風もなく視線を私の顔から、忙しく立ち働く鑑識課員の方へ移した。

綾香と女将はここで何を話していたのだろうか。綾香はかなり興奮しているようだった。何かがあったんだ。それは間違いない。しかし、それが殺人――ふたりが共謀してあるいはどちらかの犯行をどちらかが咎めていた――だとは思えない。ふたりの会話は、そんな風ではなかった。そもそもこの場所だったのか。非常に近くではあったろうが、竹林なんてどこも同じ風景だ。

「あの、殺されたのはいつ頃のことなんでしょうか」

訊いたところで教えてくれるはずもないと、言った後で後悔していたら、意外にも――刑事はじろりと嫌な目線を投げかけたが――教えてくれた。

「昨夜の午後十一時から午前二時までの間ですな」

良かった。それなら綾香と女将は関係ない。ここでふたりの会話を聞いたのは七時を過ぎたばかりの頃だったし、死体を発見したのは午前三時だ。少なくともふたりが言い争っていたときはまだ被害者は生きていた。

「何か思い出しましたかな」

刑事には何か思いついたようにみえたらしいので、私はまた慌てて首を振ると、

「いいえ、さっき言ったとおりで。何も」

刑事もまた「ほうですか」と繰り返し、

「被害者の灰王隆一氏とはどこか、以前に、面識がおありでしたかな」

「いいえ、この二日間それらしき姿を見たというだけで何も……」

と答えながら、私の頭のなかはぐるぐると疑問が渦巻いていた。

いま、刑事は「被害者の灰王隆一」と言った。隆一は十三年前に殺されたのではなかったのか、同じ座敷牢で同じように首を切断されて。……どうなっている？　この刑事は間違っているのか、それとも十三年前の殺人事件の解釈が間違っているのか？　隆一はどっちが本物なのだ？　……何者なのだ？

私は多分焦点の定まらない目をしていたのではないかと思う。

「まあ、何か思い出したことがあったら、教えてください」

刑事は最後にそう言って背を向け、鑑識課員と話をし始めた。グレーのコートのお尻辺りは土で汚れていた。

私は警官の誰かに「もういいですよ」と言われるまで暫し佇み続けてから、踵を返した。わざと音が立つように枯葉を蹴散らしながら歩いたが、それ以上呼び止められることはなかった。

立ち入り禁止テープを潜り抜けるときだけ、制服警官に声をかけられたので、少し散歩をしてくると告げた。あとでまたお聞きすることがあるので、あまり遠くへ行かないでと言われたので、三十分程度で戻ってきますと答えた。

竹林を迂回するようにして沼の辺りへ出ると、数人の男たちがいて、なにやら沼を指差しながら、打合せをしている風だった。沼の底を浚って胴体を捜す算段でもしているのだろうか。私の姿を認めると私服の刑事——さっきの刑事よりは若くて皺のないコートを着た——がやって来て、どこへ行くんだと、同じことを聞く。同じように答えたら、今度は、あまり歩き回らないでと注意を受けたうえに、部屋に戻って大人しくしているようにと指示までされた。

仕方なく私はまた踵を返した。

玄関口まで達したところでガラス戸越しになかを覗くと、幸いにも警官たちは老看護婦のおにぎりをほおばっている最中で、私のことは目に入っていないようだったので、そのまま園路を抜け、門を出た。

バス停へと向かう山道へ歩を進めた。こんな陰惨な事件さえなければ、心地よい日差しの午後だった。

一昨日、ここへ来た日に白蛇を見た沢へ出る小径に差し掛かったところで、向こうからやってくる人影が見えた。木々の間から漏れる昼光に映し出された長身のシルエットは須藤医師だった。向こうも私に気づいたらしく、一瞬動きが止まったが、それもほんの瞬間で、すぐにまた動き始めた。お互い認識しながら、声をかけられる距離に縮まるまで、視線の置場が定まらない。いやな時間だ。

十メートルを切って、こちらから声をかけた。

「こんにちは」

「やあ、こんにちは。……もう、いいのかね。かなり堪えていたようだが」

「ええ、もう大丈夫です。眠ったおかげでだいぶ楽になりました」

医師はいつもの微笑みを湛えながら、

「そうか、それはよかった。だけど、あまり歩き回らない方がいいでしょう」と言った。

「ええ、でも、あそこにいるより、少し運動した方がリラックスできそうな気がして」

「うむ、まあそうかもしれませんな。適度な運動は常に必要だ」

気遣ってくれるのか、心配げに私の顔を窺う。

「先生こそ、車で行かれるわけではないんですね」

「健康のために歩くようにしてましてね。それにあまり気の進まない仕事だし……」

医師は不謹慎なことを言う。

「検死結果は出たのですか」

「昨日の今日だ。そんなに早くは出ませんよ。それに仏さんは私のところではない。山口市のちゃんとした設備の整った病院に運ばれた。私の仕事ではないんですよ」

「でも、昨夜死体を見たとき、はっきりこうおっしゃいましたよね『隆一』と」

医師は肩から下げていたショルダーバッグを重そうにかけ直すと、

「……さあ、覚えておらんのぉ～。もし、そう言ったとしても、それは十三年前の事件を思い出したからでしょう。同じ場所で、同じくばらばらにされておったのだから……」

もっともらしい言い訳に聞こえる。訊かれることを予想していたのか、いつものゆったりした喋りがさらにゆったりとしたものになっていた。

「隆一が十三年前に殺されたのは、間違いない事実ですよね。ばらばらにされたのは隆一だと」

「私がこの手で、この目で確認した。間違いない」医師は即答した。

「では、昨日の死体は誰なんでしょうか」

「そんなことは分からんよ。警察だ、警察に聞きなさい」

そう、強く言った後、医師は早くこの場を立ち去りたいのか、一歩踏み出した。

「血液型はＡＢ型のＲＨマイナスだそうですね」歩を止めさせるため口早に訊く。

「ええ」医師は足を止めずに答える。

「おかしいですね。私はどちらの死体のことか明言してないのに、先生は即答されました。どうしてですか」

「どちらも同じ血液型だから。訊くまでもないことでしょう」

すれ違いざま、そう答える。

「そうですか。いや、そうですよね。でも、同じ血液型ではなくて、同じ血液だの間違いではないですか」

「君は——」そう言ったきり、医師は足を止め、肩越しに私を見つめたまま絶句した。

しばらく沈黙が支配したが、医師は一向に口を開こうとしなかったので、私は質問を変えた。

「死体の胴体は何処にあるんでしょうか」

「知らん、知らん。警察だ」

「胴体を見られるとまずいものがあるからではないでしょうか」

「それはどういう意味かな」

ショルダーバッグが肩から滑り落ちる。医師は明らかに動揺している。

「死体をばらばらにするのには、どういう意味があると思いますか」

「……」

医師はすぐに飛びついてくるものと思ったが、また沈黙した。仕方なく私は続けた。

「一番考えられる理由は解体し、持ち運びやすくするため。これは主に死体を処分することが目的です。しかし今回は他所で殺されたものをわざわざ特定の場所――座敷牢まで運んでいる。持ち運びという点では同じだから解体したのは分かるとしても、なぜ座敷牢に運び、晒すような真似をしたのでしょう」

「犯人は仏さんに恨みを持っていたんでしょう。だから、運んだ。胴体を運ばなかったのは頭部だけ運べば、それだけで恨みを晴らすのには十分だったからじゃないですか」

沈黙することで、いつもの冷静さを取り戻したようだった。

「手足を運んだことの意味の説明にはなっていないですね」

「手足を運んだのは、頭部と手足で一回に運ぶ量として、ちょうどだったからでしょう。胴体を運ぶにはもう一回運ぶ必要があった。それには危険が伴う」

「何で運べばちょうど一回なのか分かりませんが、運びやすさだけ考えれば、頭部だけ運ぶのではないですか」

医師の言っていることは論理的ではなかった。私は畳み掛ける。

「それに、胴体だけでなく、まだ左足も残っている。そのふたつで残り一回分なのですかね」

「……」

「ちなみに、胴体は沼に沈められたようですよ」

私は医師に向き直り、見つめた。

「さ、左様か。まあ、異常者の心理なんて理解できない。わ、私の専門外だ」

「犯人は異常者なんでしょうか」

「あんな、あんな犯行を犯すんだ。何らかの異常があるに決まっている」

医師は何故かどもりがちだった。

「犯人に何か心当たりでも——」

「ない。あるわけがないでしょう」

医師は自分に言い聞かせるように言った。

「では、なぜ座敷牢に運んだのでしょうか」

「……」

医師はまた沈黙を返した。

「十三年前の事件を知っている犯人がそれを真似たか、灰王家に怨恨を持っているかのどちらかでしょう。前者の場合、犯人は異常者で、後者の場合は灰王家の関係者ということになるのでしょうね。しかし、いまさら十三年前の事件を模倣するものでしょうか」

「ないとは言い切れない。犯人にとっては最近何かで知ったということは十分考えられる」

「そうでしょうか。新聞を調べましたが、当時の事件は猟奇的な、マスコミの好みそうな事件にもかかわらず報道されていません。当時の灰王家当主豊彦氏が押さえ込んだのだと思います」

「……」

医師は言葉を挟まなかった。

「ということは、今回の事件は、灰王家の関係者――それもごく身近の関係者が犯人であるということです」

「なんてことを言うんだ、君は。自分の言っていることを分かっておるのかね。正気の沙汰とは思えん」

医師はつばを飛ばした。

「正気の沙汰でないのは犯人ですよ、須藤先生」

私は憤慨する医師の顔を逆に見据えた。こんなにも大胆にものが言えるもうひとりの自分がいた。新しい発見に自分自身興奮していた。

「先生、犯人は胴体をなぜ隠したのだと思いますか」

「……君はなぜだと思うのかね」

「胴体は隠す必要があったのです、十三年前も今回も。犯人にとってはのっぴきならない理由がね」

「それは、何だね」

「例えば、胴体に刻まれた痕跡を知られたくなかったからとか」

「な、何のためにだ」

医師はショルダーバッグの肩紐をぎゅっと握り締めた。

「殺害方法の痕跡というのはどうです。殺害方法はまだ不明です。ばらばらにされる前にまず殺されねばならない——その殺害方法が特殊なのだとしたら。それが判れば、犯人まで特定できるような何かなんです」

「……それは、……何」

医師は私の言ったことが余程意外だったらしく、呆けたように口をぽかんと開けていた。

「いまは分かりません。ただ服毒の場合だと、手足などにもその影響が出るのではないでしょうか。ですからもっと物理的な方法でしょう。例えば特殊な凶器であり、それを持ち得たのは犯人しかいないと——そういった凶器の痕跡が、なくなった胴体に残されているのかもしれません」

「例えにしては、ずいぶん曖昧ですな。……だけど、なかなか良い線いっているのかもしれない」

医師はなぜか笑みを取り戻していた。

「それが判れば、十三年前の事件も解決できるのではないかと思います」

私は杖の先を天に向けてみせた。

「十三年前の事件も同じ凶器で殺人が行われたというのかね」

「さあ、そこまでは……。でも、いまの私にはこれ以上のことは分かりませんが、友人の雪入ならきっと解決してくれるはずです。彼はあとほんの少しのところまできているのです」

「……………………」

医師は長い沈黙の後、ショルダーバッグを再び肩に掛けると、

「まあ、その雪入という友人に頑張ってくれと伝えてください。君の推理は警察にも伝えておきましょう。ではまた」

そう言って立ち去って行った。その歩みは、すれ違う前より幾分早くなっているようだった。

医師と話している最中、私自身かなり核心に迫っているという自信があった。ただ、あと少し、最後の部分で何かもうひとつの、インスピレーションが欠けているような気がしてならなかった。あとひとつの単語さえ分かれば、連鎖的に正解を求められるクロスワードパズルを前にしている——そんな感じだった。

記録十二

〔七十歳を越す女性：駅舎にて、小郡の病院へ行くための電車を待っていた〕

あたしだけじゃないよ。本家のおばあだって見とるし、乾物屋の美佐《みさ》ちゃんだって見とらす。他にもいっぱい見とらす。この村のほとんどが見とる。

どんな姿かだって、そりゃあもう鬼そのものやがね。角がぬーっと二本突き出ていて、大きな鳴き声を上げるんじゃ。背筋がぞっとするもんじゃね。ぶちおとろしくって足が十分あまりも動かんかったっちゃ。あれは宿難が生き返ったんじゃ。

——にいさま、笑うとらんで。ちゃんと聞いとるほ？

顔は見たかって。とんでもねぇ。声を聞いただけで竦んじまって、あとは手をすり合わせてお祈りするだけだわね。見えたのは後姿だけじゃ。

どんなだったって。そりゃあ、こう大きゅうて黒うて、そういやあ、短いけど太い尻尾があったっちゃ。

〔五十代後半の男性：駅前の金物屋の店主。洗車しながら妻と思しき女性との会話より〕

ありゃ、牛だ。牛鬼だ。四本足で鬣《たてがみ》を靡かせながら歩いてんだ。御山の、火の神の化身だよ。あんた、何言うとるほ。違うさ。火の神さんは綺麗なおなごだ。あれは鬼を召使として連れて歩いとったほ。

ただの鬼じゃねえよ。牛鬼だ。ああ、牛鬼だ。

孫悟空に出てくる牛魔大王みたいなやつかって。そんなん見たことねえからわかんね。じゃけど、牛の鬼だ。

いつ頃見たかって、そうだなぁ、十四、五年前だな。おいっ。

雅夫が二歳だったから、十五年前だ。

そりゃ、そのとき一度っきりだ。

うん、父ちゃんと一緒さ。

〔二十代前半の男性：実家に用事があって山口市から来た学生。やはり電車を待っていた〕

小さかったからなあ、あの頃は。でも、いまでも間違いないと思うよ。あれは宇宙人だよ。人間の女の人が先導していたんだけど……、いや、あれも宇宙人の変身かな、あるいは洗脳されていたんだと思う。

どんな姿かって、毛布のようなものをまとってて、姿を隠すようにしていたから、よう分からんかったけど、あの動き方は地球上の生物では考えられない動き方だったたな。

しいて言えばって……。うーん、何か蟹のような——もちろんそんなに大きな蟹はいないよ。動きだよ。動き方が節足動物の動きに似ているんだよ。

でも、もう、十四、五年近く前の話だから……。

〔三十代の男性：広島ナンバーの車に乗っていた保険会社営業マン。この近くの生まれで米子へ行く途中、立ち寄ったとのこと。自動販売機で缶コーヒーを買っているところを〕

何処の地方でも鬼の話ってあるでしょう。あと、天女や天狗の話も。おそらく発祥はひとつではないんでしょうか。それが人々の口に端に乗ってさまざまな場所へ飛んでいって、そして時間の経過とともに、さらにまた人々の口に移って話が伝播したんだと思いますよ。

私なんかね、本来、天女も鬼も一緒だったのではないかと思っているんですよ。人の口に移った時点で変わっていったんですよ。

親のいうことを聞かない男の子には、悪いことをすると鬼がさらっていくといって怖がらせる必要があっただろうし、女の子には脅かしすぎて泣かれてはいけないから、天女が天上界へ連れて行くといったのかもしれません。この村に伝わる鬼伝説も元はそんなものなんですよ。

ええ、友達の母親が山菜採りに山に入ったとき、お化けを見たって聞いたことがありますが、それだって人間の先入観が生んだ幻視だと思いますよ。道に迷って、日が落ちかけていたときだって聞きましたし、そんな不安な心理状態のときだからなおさらでしょう。

どんな姿かって聞かれてもねえ、たしか黒っぽくて、大きな身体をゆするように歩いていたって……、そんなんだと思いますが。でも、そんなこと調べてどうするんですか。

〔隣町へ通う女子中学生：文化祭で早く帰宅したところを駅前で〕

ちっちゃい頃良く聞かされたよ。おばあちゃんに。あの山には入るなって。でもね、あそこはほんとはね、マツタケが採れるところなんだって。だから、あんな子供だましみたいな話が伝わるんよ。ほら、他にもあるでしょう、この先熊が出没しますから注意しろっていう看板が。あれも同じだよ。要は山へ入らせたくないんよ。

もうひとつあの沼に近づくと、鬼が毒ガスを吐いて、それで眩暈がして、意識がなくなって、溺れるんだって聞いたこともある。

あれはね、水遊びにきた子が溺れ死んだことがあって、近づけさせない為に、学校の先生が言ったことなのよ。みんな大人の都合で、勝手なおとぎ話が創られるのよ。

私は見てないわ。友達だって見たことある子はいない。

いくつって、歳のこと？　今年で十三よ。

記録十三

三十分の予定を大幅にオーバーして帰ってきても、咎められることはなかった。

警察はとっくに引き上げていて、蔵の入口にも見張りをしていた警官の姿もなく（代わりに南京錠がかけられていた）、入口に張られた警察の名前の、立ち入り禁止表示だけが事件のあったことを窺わせるだけだった。警察に見咎められるのが嫌で、昨日と同じように沼をぐるりと周り竹林側から帰って来たのだが、無駄な運動をしただけだった。

私の帰りが遅くなった――時刻は五時だったが初冬の日の入りは早く、既に夕闇が訪れていた――のは、駅前で調査にあたったためだ。駅前を中心にすれ違う人、片っ端から訊ねてみたのだが、いかんせん人通りが少なすぎる、五人から聞き出すので精一杯だった。

「だけど、あんな調査結果で本当にいいの」

「ああ、十分だとも。この調査結果は、直接的な証拠とはなりえないものだけど、事件を暗示させる非常に重要な要素を含んでいるんだ」

直接的でないというのが少し引っかかる。

「謎のほとんどはもうすでに解けている。ただそれをより確実にする必要があるんだよ。それほど座敷牢で起きた密室事件はエキセントリックってことなのさ」

「やはり、君にはもう解けているんだね」

「ああ、だけどね、事件は過去のものだし、証人、証拠はほとんど残されていない。そういう場合に警察を納得させるには、根拠となるものは多いほどいい。たとえそれが状況証拠であっても、証拠ともいえない婉曲的なものであってもね」

そういうものなのかとも思うが、それより先に訊きたいことがある。

「それで、真相は？　教えてくれるんだろう」

「ああ、もちろんだ。今回の事件は、君の協力なしでは到底解決に至らなかった。だから一番に知る権利があるよ」

「やっぱり鍵を握っていたのは医師だろう」

「今日の昼前、山道で会ったんだってね。医師から聞いたよ」

「えっ、君も会ったのかい」

「多分、君が会ったそのすぐあとだよ。どうしても二、三確認したいことがあってね。君から鋭い質問を受けたって苦笑いしていたよ」

「そ、それで――」私は興奮を隠し切れずに訊いた。

「まあ、彼がキーパーソンであることは間違いないな」

雪入は急き込む私を余裕の笑みでかわし、

「まあもう少し待てよ。さっきも言ったように、より確実にする必要があるんだ。だからこうしてここへやって来たんじゃないか」

私たちはいま、竹林を前に立っていた。雪入のたっての願いで殺害現場を確認に来たのだ。

現場は屹立する竹を支柱にして器用にブルーシートで囲われたままだった。

雪入はポケットからカッターナイフを取り出すと、躊躇《ためら》うことなく一筋の切込みを入れた。

「おい、まずいよ」と言う私に対し、

「まずいのは警察の対応さ」と一向に意に介さず、なかに入り込んだ。相変わらず行動は大胆だ。

ブルーシートに囲われた中央辺りは掘り返され、搬出された土の痕をうかがわせる小さな穴があった。血液を吸い取った土を回収したものに違いない。雪入はポケットからマグライトを取り出すと、その場に屈み込み、辺りを丹念に調べ始める。

穴から少し離れたところで、血液を吸い込んだと思われる褐色のシミのある落ち葉が幾つか見つかったが、そこで殺人が行われたと思われるような証拠はすでに回収された後だった。当然といえば当然である。殺人事件となれば警察もそんなに杜撰《ずさん》ではない。

「何もなかったね」残念そうに声をかける。

「そうでもないさ。土嚢五、六袋分の土が運ばれているんだ。それだけの土に血が染込んだと考えるなら、殺人は正しくここで行われたのに違いない」

雪入はどこまでも前向きだ。

「それに、僕の目的は別なところにある」

彼はそう言うと、枯れ木を手にとり、地面の上を左右に引っかくように動かしながら後ずさりを始

めた。自ら残した足跡を消しているのだ。そうやって落ち葉が重なっているところまで来ると、立ち上がり、

「殺人が行われたときは一面の落ち葉だっただろうから、足跡は残されていないはずだ。型取りのための石膏も残っていないから、警察も足跡は確認できていないのだ」

彼は警察が足跡を確認できたかどうか、確認しに来たのだ。

雪入はそのまま考え込むように腕組みをして二、三分佇んでいたが、さっと身を翻すとシートの外へ出、来た道を引き返そうとする。

「どこへ行くんだよ」

「腹減ったしな、帰るんだよ」

「帰るって、……何か分かったのか」

「ここで殺されたってのは、間違いないみたいだな」

「それだけ？」

私は切り裂かれたシートの切り目を、なんとか繋げられないか、押さえながら聞く。

「ああ、それだけさ。それだけ確認できれば十分だ。あとは君に任せるよ」

「任せるっていったって」

「昨夜の事件は、僕が出張るまでのことはない。独立したありきたりの事件だ」

後ろを振り返りながら、

「独立したありきたりの事件だって……、十三年前と何か関係があるはずじゃ――」

「もちろん無関係じゃない。僕が独立したありきたりの事件だと言ったのは、そこに何の知略も見られないからさ。まあ、早い話が、興味が湧かないんだな。これは君の事件だよ。だけど安心するなよ。警察も具体的な物証は得ていないはずだから、ことは慎重に運ばなければならない。そうしないと……」

「ち、ちょっと待ってよ。そんなこといわれても……。せめて殺されたのは誰なのか教えてくれよ」

私は諦めて手を離す。

「もちろん隆一さ。正真正銘の」

シートが風にあおられ、ばたばたとうるさい。

「えっ、それじゃあ、十三年前の——。十三年前の事件の真相は教えてくれるんだろう」

「あっ、そうだったな」

雪入はほんの数分前に約束したことを、本当に忘れていたらしく、ごめん、ごめんと頭を掻きながら話してくれた。頭を整理するために視線を落として聞いていた私が顔を上げたときには、雪入の姿は闇夜に溶けていた。

雪入はやはりすばらしい男だった。

彼は十三年前の密室殺人事件を解決してみせたのだ。密室の謎を、消失の謎を、見事解明し、犯人と本当の被害者の名を言い当てたのだ。

驚きだった。どうすればああいう発想ができるのか、凡人には到底、理解の外だ。

生来、頭の構造が違うのだろうが、あそこまで見事に看破されると、反論する気持ちも湧き起こらない。自分の狭い常識が恥ずかしくなる。事件解決の情報としては、綾香からもたらされたものしかないのに――。いやそれだけあれば、彼には十分過ぎた。雪入という人間は、理解を超越した存在として認めるしかないのだ。

そして昨夜の事件もやはり十三年前の事件と連動していた。それは今回殺されたのが正真正銘の隆一だったからで、今日の夕刊ではまだ身元不明となっているが、明日の朝刊には被害者の名前は〝灰王隆一〟と載ることだろう。駅前で列車を待っていたマスコミ関係者が、はばからずに公言していたというのだから間違いないようだ。須藤医師がなぜあれほど頑なに否定したのかもいまとなっては分からなくもない。

しかし昨夜の事件だけは未解決のままだ。犯人の名も犯行動機もまだ分からない。雪入自身にも本当に分かっているかどうか怪しく、何度尋ねても「犯人を特定するのは君に任せる」を繰り返すだけだった。

たしかに昨夜の事件は、単なるばらばら殺人死体遺棄事件で、十三年前のようなめくるめく謎は秘めていない。雪入の手を煩わせることなく、彼のアドバイスに従って、自分ひとりで解決にあたろうとは思う。彼の言うとおり、これは私の事件なのだ。さあ、あとは女将に――灰王マリネに話を聞いてみるとしよう。女将が何か知っているはずだ。女将と話さえできれば、光明が見えてくるに違いない。

玄関戸をそおっと開ける。框を上がり、カウンターの奥を、首を伸ばして覗く。

——ない。なくなっている。ここに置いてあったかなり大きめの南京錠がふたつなくなっている。やはりいま、蔵の戸にかかっている南京錠はここに置いてあったものなのだ。かなり大きめであったことからあの南京錠は特注だ。施錠するに当たって警察は替わりの鍵がすぐには調達できなくて、元々蔵で使っていた南京錠を使うしかなかったのだろう。

——そうすると鍵は警察が預かっている可能性大だ。是非とも蔵に行って確認したいことがあったが、諦めるしかないか。まあそれも、雪入の推理をより確実なものにするために、あればあるに越したことはない程度のものだし、なくても根底から覆るものでもない。

廊下を進む。居間の襖から明かりが漏れている。と同時に嗚咽を我慢しているような声も漏れ聞こえてきた。

綾香か？　襖の隙間に顔を近づけ、なかを覗く。

女将の背中越しに杉下の姿まで見える。杉下は下を向いて突っ立ったままだ。そのままここにいて様子を窺いたかったが、離れの屋敷に行くには絶好の機会だったので、私はそのまま居間を通り過ぎ、廊下をさらに奥へと進んだ。

目的は離れの屋敷に行き、そこの台所から隠してある南京錠の鍵を持ってくるためだ。確率は低いが、確認してみる意味はある。

台所は離れの屋敷の入ってすぐ右手にあった。音を立てないように忍び足で入ると、シンクの真正面にある床下収納庫の蓋を引き上げた。果たしてその裏には、三本の真鍮製の鍵が掛けられていた。十センチ近くある長い鍵であることから、あの大きな南京錠の鍵であるのは間違いない。形状も前方後円墳型の鍵穴にぴったり嵌まりそうだった。

私はすばやくそれらをポケットに忍ばせると、蓋をもとに戻し、そそくさと本館へ引き返した。

再び居間の前まで来たとき、襖がすっと開き、綾香が飛び出してきた。彼女は泣き叫びながら、私に気づくこともなく階段を駆け上っていった。後を追うように女将が出てきたが、私と目が合ったからか、追うのを諦めてしまうと、青ざめた顔のまま私の傍をすり抜け、廊下を突き当たりまで進み、たったいままで私がいた離れの屋敷に消えていった。板戸を閉めるピシッという音が全てを拒絶する音に聞こえた。

綾香——彼女は声を出して泣いていた。目からは大粒の涙が溢れていた。女将もたったいままで泣きはらしていたのか、また目を赤く充血させていた。

私は廊下に立ち止まったまま、何があったのか考えていた。昨晩の竹林での言い争うような親子の会話、そしていままた親子の悲しむ顔。ふたりの間にどんなやりとりがあったのか？

数瞬後、歩を進め、開け放たれたままの襖からなかを窺う。

居間にはうなだれた杉下が立っていた。杉下は足元の一点を微動だにせず見つめている。その足元にはいくつかの水滴がはっきりと見て取れる。彼もまた涙を流しているのだ。私は声をかけることもできずにじっと杉下を見つめていた。

かなり長い間、私は見つめていた。杉下は一晩中でもそのままそこに突っ立っているのではないかと思えたので、私は一歩部屋のなかへ踏み入り、息を吸い込んだ。

しかし杉下は話しかけようとする私を、きっと睨むような視線で遮った。いまはなにも聞くな、言うな、静かにしていてくれ、と訴えているようだった。

杉下は滑るように私に近づくと、

「奥様とお嬢様はいまとても悲しんでいます。そっとしといてあげてください」

「殺されたのが――、本物の隆一兄さんが亡くなったことを知ったのですね」

杉下はびっくりしたようでなにも言わなかった。図星ということか。私は続けて、

「大丈夫ですよ。私も彼女の悲しむ顔は見たくありません。それだけは間違いありません」

「…………」

杉下は目に涙を浮かべたまま、睨むようにじっと私を見つめていた。そして、

「食事は用意できています」

そう言い残し部屋を出て行った。

数瞬後、玄関戸のガラガラッという音が二度響いた。

私は、食事は摂らず、自分の客室へ戻っていた。そして三本の鍵束をかざしてみながら、物思いにふけっていた。

しかし、警察も杜撰なものだ。南京錠をそのまま利用したのは百歩譲って分からなくないとしても、鍵を残してきたのでは意味がない。管理していることにならない。あれだけの事件があったというの

に、灰王家の人間を信じきってしまっているからなのか。いまでも灰王家の力は隠然と力を保持しているのか。それとも犯人は外部犯だという確証でも摑んでいるからだろうか。女将に話を聞くことはできなかったが、仕方ない。先に蔵の方を調べておこう。もう少し夜が更けてから。

しかし、やがて私は不覚にも寝入ってしまった。そして、最後の惨劇はその夜遅く起こった。

記録十四

「いつまで寝ているんだ。早く起きろ」

そう耳元でささやく雪入の声で起こされたような気がした。夢だった。

山の冬の訪れは街より一ヶ月以上早く、部屋は肌寒いくらいに冷え切っていた。そのうえ椅子に座ったまま眠ってしまった所為か、頭が軋むように痛く熱っぽい。

昨夜もあまり寝付けなかった。綾香がすすり泣く声がずっと聞こえてきていたからだ。泣き声が途切れるたびに彼女の部屋を訪ね、ドア越しに声をかけたりしたのだが、言葉を返してくれることはなかった。そのまましばらく戸口に佇んでいると、またすすり泣く声が聞こえてくるのだった。ある意味それで私は安心し、また自分の部屋に戻ることができた。そういうことが四度続いた——そこまでは覚えている。しかしその後、不覚にも寝入ってしまったのだ。

灰王家にきてからというもの、体調の優れない日々が続く。睡眠障害に頭痛と耳鳴りと眩暈、全てが連動しているのは明白だ。こんな最悪の状態はいつ以来だろうか？　たしか、雪入と知り合う前もこんな調子だった。あの頃も今日のように寝入ったかと思うと目が覚め、またうとうとと知らぬ間に寝入ってしまう日々の連続だった。

本来なら、日々の煩わしさから解放され、精神的にもリラックスしていいはずなのに、どうして優れないのだろう。日常と変わったことで、精神が逆に異常をきたしたのだとしたら、なんとも貧乏性な、泣きたくなるような寂しい精神構造をしている。

テーブルの上に外して置いた腕時計を見る。四時半を指している。綾香のすすり泣く声はおろか辺りから何の物音も聞こえてこなかった。彼女のことが気がかりだったが、泣き疲れて眠っているのだとしたら、起こすわけにはいかない。

私は蔵の調査を先に済ませることにした。早くしないと杉下が起き出してくるかもしれない。老人は朝が早いものだ。

音を立てないように廊下に出、階段を下る。

窓の外は靄が発生していて、何も見えない。かなり濃い靄だ。一階の廊下を奥へ進み、渡り廊下へ続く戸を開ける。戸車の僅かな音さえも立てないように数ミリ単位で開いていった。開かれた隙間からスーッと白い靄がまるで生き物のように侵入し闇夜と混じりあった。

渡り廊下の先は一、二メートルしか視界が届かないほどの靄だった。マグライトも役に立たない。両手を泳ぐように動かしながらすり足で前進する。女将の寝室も近い。さらに慎重にゆっくりすり足で歩く必要があった。足の裏から冷たい冷気が上り詰め、蔵の戸口に到達する頃には全身が冷水を浴びたように冷え切っていた。

ポケットから出した鍵のうち一本を差し込む。間違っていたらしく右にも左にも廻らない。二本めも同じ。残りの一本が当たりのようだ。もともとくじ運も悪い。いまさら気にもならない。そしてその鍵を差し込もうとした瞬間、落ち葉を踏みしめる音がして靄のたゆたう流れが乱れた。

——誰かいる。誰かが、この靄のなかにいる。誰だ、何をしているんだ。

私は身構え、じっと耳を澄ます。

——確かに誰かいる。蔵の角を曲がったすぐそこに誰かが息を殺して待ち構えている。

私は鍵を差し込んだまま戸に身を寄せ、ゆっくりゆっくりと身体を滑らせ角まで近づく。

犯人がいる。隆一殺しの真犯人がすぐそこにいる。

顔を出せば、すぐそこに犯人が見てとれるに違いない。格闘になった場合、自信はなかったが——。

いや、いまさら逃げるには遅すぎる。逃げ始めたら最後、犯人は背後から襲ってきて、私は一撃のもとに殺されてしまうだろう、きっと。そうなったら犯人の顔さえ拝めない……。

汗がしずくとなって頬を伝う。高鳴る心臓の鼓動を抑え、小さく深呼吸をすると、勇を鼓して蔵の角から顔を出した。

その瞬間、目から火花が散った。何かに額を衝かれたのだ。

私は反動で反対側の手すりまですっ飛び、仰向けに倒れた。額が熱い。流れ出る鮮血が汗に代わって頬を伝い、ぜいぜいと息をする度に口に入る。傷の具合を確かめる間もなく、今度は隠そうともしない、ごそごそという大きな音がし、靄が乱れた。何者かがいままさに手すりを乗り越え、こっちにやってこようとしていた。手には何か棒状のものを持っている。凶器だ。このままではやられる。

「うっ」

私はとっさに立ち上がると、全体重をかけて突進した。

という男の声のあとに、がさがさと、落ち葉の地面の上を転がる音がした。男はいままさに手すりを乗り越えようとした瞬間、私の体当たりを浴びてもんどりうって倒れたのだ。

今度は「うっ、うーん」という低いうめき声が聞こえる。

――いまだ、いまのうちに安全なところに身を隠すんだ。

私は這うようにして蔵の戸口に近づき、差し込んだままになっていた鍵を廻した。がちゃがちゃ二度三度廻すが、手ごたえがない。何かに引っかかったようでカチッと廻らないのだ。反対に廻してみるがやはりだめだ。この鍵ではなかったのか。三本とも違った鍵だったのか。そんなはずはない。このなかの鍵のどれかに間違いないはずだ。

がさっ、がさっ――男が立ち上がった。

早くしなければ――。母屋に引き返すには距離がありすぎる。ここを、この戸を開けて蔵に逃げ込むしかない。もう一度やり直すんだ。恐怖が焦りを増幅させ、焦りが運動神経を麻痺させる。

――抜けない。今度は抜けないのだ。やり直そうとしてもあらぬところに力がはいってしまうのか鍵が抜けない。そうこうしているうちにも男は再び手すりに手をかけた。

――汗ばむ手でガチャガチャ廻しながら引き抜こうとした刹那、カチッという手ごたえがして鍵が開いた。

私は南京錠を外すと、引戸を開けた。そして、這いずるようにしてすばやく室内に身を入れ戸を閉めると室内から心張り棒をかった。

外では、荒い息遣いの男がどんどんと戸を叩く。

タッチの差だった。あともう少し遅れれば、男の毒牙にかかっていた。

男はさらに強く叩いたかと思うと、今度は戸を摑んでがたがた揺すり始めた。私は心張り棒が外れないように押さえるのがやっとだったが、それも僅かな時間のことで、諦めてしまったのかすぐに静かになった。

私はほんの少しだけ安堵することができた。しかし、本当の悲劇はこれからだった。


戸口にしなだれかかるようにして外の様子を窺っていた私は、気配がなくなったのを感じると、そのままそこに、横に――板張りの床の上に大の字になった。流れ出る血を抑える意味もあったが、何より意識が朦朧としてきたからだった。

そして、首をごろんと廻すと、そこには、なんと、私と同じように額を割られ、且つ首を切断された雪入の亡骸があったのだ。


――――!!!!!!!――――


私は声にならない叫びを上げた。信じられない、信じたくない。両手で顔を塞ぐ。見たくない。見たくなかった、友の死に顔を。嗚咽がこみ上げる。泣きたい。涙を流して、全てをきれいに流してリセットしたい。……でも、でも、……うっ、ううぅーっ……死んじまった。雪入が死んだ。雪入が死んだ。雪入が死んだ。雪入が死んだ。あの雪入が殺されてしまったんだっ!

馬鹿な、あの雪入が殺されるなんて――ありえない。ありえない。ありえない。これまで私の窮地には必ず姿を現し、難題を解決すると静かに姿を消す――あの雪入が死ぬわけなんてない。今度も私の最大のピンチなんだ。助けてくれ、助けてくれ!! 雪入よ。

出血のせいなのか、意識が遠のいていく。傷はかなり深いようだ。

このまま雪入と一緒に永遠の眠りにつくのも悪くない。このまま目を閉じよう。二度と開けまい。そうすれば、いずれ……。

——いや、だめだ。敵《かたき》をとるんだ、雪入の敵を討つのは私しかいないのだ。しっかりしなければ。このまま死んだんじゃ、誰が十三年前の事件の真相を解き明かすというのだ。雪入が死んだいまとなっては、私しかいない。私だけが密室殺人の真相を知りえている——雪入に真相を教えられた——唯一の人間なのだ。伝えなければならない、雪入の功績を後世に。雪入のために。

もし万が一、このまま死を迎えるとしても、前向きに、一歩でも前に向いて死ぬべきだ。座して待っていてはいけない。目を開けよ。そして立ち上がれ——そう己を鼓舞して、目を開ける。物音はしない。男の気配は完全に消えていた。ポケットからハンカチを取り出し、額に当てる。首を廻して辺りを見回す。

——違和感——

なんだろう。何かがおかしい。もう一度見回す。戸には心張り棒がしっかりかかっている。侵入はこれで防げる。座敷牢へ通じる戸にも南京錠はしっかりかかっている。右手には三本の鍵束がしっかり握られている。昨日夕方五時に帰館してからずっとポケットにしまっておいた。ずっとポケットに……。ずっと……。

おかしい！！！！！　……密室だ。また密室だ。ここへは誰も入れなかった。夕方雪入と蔵を見たときには、南京錠はしっかりかかっていた。そして、玄関のカウンターにあった南京錠がふたつなくなっているのを確認し、居間に向かった。居間には女将、綾香、杉下の三人が揃っていた。私は居間の前を通り過ぎ、離れの屋敷で鍵を手に入れた。雪入が殺されたのがいつか分からないが、夕方五時以降、蔵には誰も入れなかったのは間違いない。鍵に複製がない以上、蔵に入れる人間は誰もいやしないはずだ。

それに、なぜ蔵なのだ。なぜ密室にしなければならないのだ。なぜ首まで切断しなければならないのだ。なぜ、雪入が殺されなければならないんだっ！！！！！

――だめだ、頭が痛い。犯人にやられた額がずきずき痛む。もう少し、もう少しで真相に到達できそうな予感がするのだが、それ以上の思考へと進まなかった。

さらに事態は考える猶予を与えてはくれなかった。

突然、男の「うゃーっ」とも「ひゃーっ」とも区別のつかない喚声が響いてきたからだ。

何だ、何が起こったんだ？　何をしたんだ？　誰だ、誰の声だ？　考えるまもなく、座敷牢から、前室の引戸の隙間から薄黒い気体が流れ込んでくる。靄ではないもっと毒々しい流れが、部屋の壁を伝い、天井に上り、どんどん大きな渦を形作っていく。

煙だ。どこかで燃えている。

火事だ。パチパチという音が座敷牢の方から聞こえる。

火を放ったんだ。犯人が、雪入殺しの犯人が蔵に火を放ったんだ。

くそっ、なんて卑劣なことをする奴だ。私の口を塞ぐことと証拠となる全てを焼き払ってしまおうとしているのだ。

——どうする？

心張り棒を払って、ここを出た途端、待ち構えていた犯人にとどめを刺されてしまうのではないか。しかし、あまり考えている時間はない。

そうこうしているうちにも、とぐろを巻いた黒い煙はそのレベルをどんどん下げてきている。

外へ出るべきだ。このままここにいても死ぬのは目に見えている。ならば、一か八か外へ出てみるしかない。

私は立ち上がる決心をした。が、思うように立てない。眩暈がし、天と地が逆さになったように、目の前の景色がぐるぐる廻って見える。

げほっ、げほっ。煙を吸い込み、のどが咽《むせ》ぶ。振り回した手が何かに当たり、カランという乾いた音がする。心張り棒が外れた音だ。音のする方向にもう一度手探りで引戸を探し当てると、思い切り引き開けた。

炎が巻き起こした風が視界を開き、続けて熱気を帯びた煙が全身を包む。熱い。が、男はいなかった。火の回りが思ったより速かったのか、既に逃げ出したのかもしれない。

私は戸に凭れるようにして立っていた身体を、残った力で押し出し、渡り廊下へ踊り出た。足がもつれて前のめりに倒れこむ。

そのときだった。私の名を叫ぶ声とともに綾香の姿が見えた。彼女は一瞬驚いた表情を見せたが、すばやく私のもとに駆けつけると、衣服に燃え移った炎を自分のコートを脱いで、はたくようにして消してくれた。そして、倒れた私の両手を握って、渡り廊下を母屋の方へと引きずっていく。

私の記憶はそこでついえた。

私は記憶が途切れるその瞬間まで赤々と燃え盛る炎を見ていた。

記録十五

意識が戻ったとき、白いシーツにくるまれたベッドの上で、天井ボードについたシミをじっと見つめていた。辺りに人の気配は感じられず、空調機から吐き出される温風が頰を撫で心地よかった。左足の膝から下と頭に包帯が巻かれていることは、鏡を見なくてもその感触で分かった。そしてここが須藤病院であることも。

記憶を呼び起こすことは容易だった。むしろ、思い出したくもない記憶だと十分承知していたので、ゆっくりゆっくり重いものを引きずるがごとく記憶をたどりたかった。

雪入を殺し、私を殺してしまおうとした動機は分かる。事件の真相に近づきすぎたためだ。そして、雪入は犯人の毒牙にかかり、私まで命を落としてしまうところだった。

雪入は油断し過ぎてしまった。彼にとっては、今回の事件はただの殺人事件であって、彼の好奇心を駆り立てるものではなかった。十三年前の事件がどうやって行われたのか、だけが彼の関心事であって、誰がやったのか、何のためにやったのか、といったことにはあまり関心を示していなかった。だから犯人の突然の襲撃に対処できなかったのだ。

本来彼は秘密裏に行動していた。犯人を警戒させるような大胆な行動をとったのは、隆一解体現場である竹林のシートを切ってなかを覗いたときだけだ。さらにあのとき、十三年前の事件の真相を私に話していたのを盗み聞きされていたとしたら——否、そうとしか考えられない。だから犯人はいずれ雪入に全てを解明されてしまうと恐れたのだ。

涙が溢れ、視界がぼやける。竹林で密室の謎の答えされ求めなければ、雪入を死なせずにすんだのかもしれない。唯一あの時だけ雪入も私も油断してしまった。小さな油断が一生の後悔を招く。悔やんでも悔やみきれない。

しかし悲しんでばかりはいられない。雪入は私に託したのだ、事件の解明を。考え、突き止めるのだ、真犯人を。

私は両手を胸の前で組み、目を閉じた。

雪入はどこか別の場所で殺され、首を切断され、その死体を前室に運ばれたのだと思う。雪入ほどの男がどんな狡猾な方法を用いられたにせよ、あの前室に誘い出されて、おめおめと殺されるはずはないし、前室が血で濡れていたという記憶もない。だから、竹林で別れた後、不意を襲われたのに違いない。風で擦れ合う笹の葉のざわざわという音は、忍び寄る気配を封じてしまうには十分だ。

では、雪入殺害が私と別れた後すぐに行われたのだとして、どうやって雪入の死体を鍵のかかった蔵の前室に入れることができたのか。雪入が私に十三年前の密室の謎を明かしているとき、犯人が蔵の鍵を先に手に入れていたとしても、別れた後すぐに雪入を殺し、解体し、蔵に運び、再び鍵を元の場所に戻しておくことは不可能だ。

私は夕方五時過ぎに鍵を手に入れてから、翌朝四時半過ぎに蔵に行くまで、鍵は私のポケットに入れっぱなしだった。途中何度か転寝《うたたね》はしたが、私はジーパンにジャンパーは一度も脱がなかった。だから犯人が鍵のかかった蔵に入れたはずはないのだ。前室は窓もない完全なる密室状態だったというのに、まったく不思議でならない。

しかし、不可能犯罪に異常な関心を持っていた雪入が密室で殺されるなんて、なんて皮肉な結末なのだろう。事件直後に比べれば精神はかなり落ち着いているはずなのに、思考は一向に進まない。赤い炎を見ながら考えていた迷路から一歩も脱却できていない。だめだ、だめだ、こんなことでは。雪入に笑われる。私は当事者であり、全てを見ていたはずだ。思考のアプローチを変えてみよう、雪入がよくやっていたように。

火を放った犯人が上げた喚声は誰のものだったのか？　男の声だったと思うが、叫ぶような甲高い声は、良く考えれば女の声の可能性も否定はできない。それが分かれば犯人は特定できる。そうすれば……。

私はもう少し考えていたかった。それが叶わなかったのは、須藤病院の老看護婦が姿を現したからだった。

彼女は私の僅かな衣擦れの音を聞きつけ、

「よお、眠りんさったね。丸一昼夜ねむっとったんよ。気分はどうやね」

と声をかけてきたのだった。

私は軽く首を振り、大丈夫だとの意思表示をした。ただもう少し、ほんのあと五分考える時間が欲しかったので目を閉じた。

「そうそう、ゆっくりねむっとったらええ。なあんも心配することないよ。女将さんもお嬢さんも無事だからね」

ふたりは無事だったか。……ふたりは？　杉下はどうしたんだろうか？　使用人であるために、名を上げなかっただけなのか。目を閉じていられなくなった。

「あんたはなあんも心配しなくてええんよ」

「杉下、さんはどうしたんです」

「まあだ、見つかっちょらんが、きっとどこかで、無事でおるよ。いまはなあんも考えんで、養生しなさい」

「どういうことです。行方不明っていうことですか」

私は首だけ起こして、懇願するように見つめた。

「……」

「私は大丈夫です。それより教えてください」

老看護婦は困ったように首を振ってから、

「……いんや。多分死んじょる」

——死んでいる？　どういう意味だ。

私は伸び過ぎてしまった口髭に手をやって考える。

「蔵からな、焼死体が出たんじゃ。真っ黒で身元はまあだ分かっちょらんが、あの仏さんが杉じいさんじゃ。なあにも灯油かぶって死なんでもえかろうに……」

――違う。焼死体は雪入のものだ。この看護婦は知らないんだ。しかし、火の回りが速かったのは灯油を撒いたからだったのか。それは証拠隠滅と私にとどめをさすことが目的だったのだろう。

証拠隠滅……、何の証拠だ？

――！――そうだ、犯人は杉下だったのだ。雪入の死体を身代わりにし、そして、身元が割れる頃には杉下はどこか遠くに逃亡してしまっている。

「こらっ、まだ動いちゃだめだ。ほれ、言わんこっちゃねえ」

私は身を起こそうとしたが、全身に痛みが走り、看護婦に押さえつけられるより早く敷布団に沈み込んだ。

「いまさら行っても、蔵はもうなくなっとる」

そんなことではない。警察に知らせなくては。

「杉下のじいさんはな、灰王家を守るために自殺したんじゃ。あまり責めてやるな。兄さまのことが憎くてやったんじゃない」

看護婦は私の顔を覗き込むようにして話し掛ける。

私のことはいい。杉下は雪入を殺したのだ。それが許せない。灰王家を守るため、灰王家の名誉を守るためなら、杉下は何でもしたことだろう。だから奴の動機は分かる。愚直であるがゆえに、灰王家に対して恩義を感じているがゆえに、灰王家にとって不名誉になる事実を隠そうとしたのだ。十三年前の事件を暴き、明るみに出そうとしている私たちの抹殺を図ったのだ。そこまでは百歩譲って分かる。理解しよう。しかし、奴はいままだ生きていて、雪入の死体を自分の自殺死体だと思わせておいて逃亡しているのだ。それだけは許せない。みんなあの献身的な杉下老人が犯人であるはずがないと思い込んでしまっているのだ。

「まあだ、大《おお》先生の許可が下りんことには、だめだって」

看護婦は掛け布団を持つ手をいきなり放すと、後ろを振り返った。

「まあ、そう難しいこと言わんと、ちょこっと合わせちゃりぃな。院長には後で断っておくけえ」

老看護婦の制止を振り切って、刑事がふたり入ってきた。ひとりは私を尋問した刑事だった。

「少し聞かせて貰っていいかな」

そう言って手帳を開く。有無を言わせぬものがある。

「須藤医師はいま大学病院に行ってましてね。あなたがＯＫしてくれれば、話をしてもいいことにはなっているんですよ。いいですね」

私に対しては標準語を使い分けるようだ。まだ頭のなかの整理がつかないでいたが、私としても望むところだ。こちらから話したいことがあるくらいだ。

私は大きくひとつ頷いた。

「あなたは一昨日の晩、蔵で何をしていたのかな？　そこで何があったのかな？」

多忙で早く片付けたいのか、それとも私が覚醒するまでかなり待たされ苛ついているのか、質問は遊びのない単刀直入なものだった。

「蔵にはある実験に行ったのです」

「……実験?」ふたりの刑事は顔を見合わせる。

「そうです。座敷牢の格子を抜けられるかどうかの実験です」

「それを君がやったと」

「いえ、そうする前に事件が起きて、結局できませんでしたけど。――それが目的で蔵に向かったのです」

私はそう言ったあと、玄関のカウンターに南京錠がなかったこと、灰王家の住人の様子がおかしかったこと、鍵は床下収納庫にあったのを失敬し、ポケットに忍ばせたままずっと持っていたことを説明した。

「実験というのは、十三年前の事件で、幽閉されていた隆一が、なぜ逃げ出さなかったのかを証明するためです。あの事件では不可能犯罪ばかりが、密室の謎ばかりが注目されがちですが、一番重要なのはそれ以前のこと、すなわち隆一は格子から、なぜ逃げ出さなかったのか、ということなのです。綾香さんの話によれば、当時隆一はまだ十四、五歳で、幽閉されていたために色白で痩せていました。そして外へ出ることを希望してもいました。ご存知のようにあの格子はかなり大きめで、太ってさえいなければ大人でも何とか出入りできそうな大きさです。しかし隆一はそれをしなかった。蔵の出入り口や座敷牢と前室との引戸の施錠については検討する必要がありません。当時五歳になる綾香さんが、鍵の隠し場所を知っていて何度も出入りしていたからです。隆一はそんな綾香さんをうまく騙して逃げ出すことは造作もなくできたはずです。もし私があの格子から出入りできれば、隆一なら楽々出入りできるのです。ですが、隆一は逃げ出さなかった。いいえ、逃げ出せなかったのです。彼にとっては三十センチ角のあの格子が密室を構成する大きな壁だったからです。母である女将が、綾香さんが鍵を持ち出して――格子戸の鍵だけは女将自身が肌身離さず持っていましたが――出入りしているのを見て見ぬふりをしていたのも、隆一にはあの格子を抜けることができないということが分かっていたからなのです」

「まあ、まあ、鈴木さん。昔の事件については、あとでゆっくり聞かせてもらいますよ。あまり長いこと話もできませんしねえ。まだ、病み上がりでしょう。それよりも一昨日の夜、何があったかだけ先に話して貰えませんか」

刑事にとっては昔の事件など関心事ではないのか。自分の成績に関係ないことには手を煩わせてはおれないとでもいうのか。

私は憤慨しながらも、ここは従うことにした。というのも刑事は本当に、いますぐにでもここを出て行きたそうにそわそわし始めたからである。それに、十三年前の事件は雪入によって既に解き明かされていることでもあるし、いまは雪入殺害事件の解決の方が最優先事項でもある。

私は靄で視界の悪いなかを蔵まで行き、そこで不穏な気配を感じたこと、いきなり襲われ額を割られたこと、体当たりで反撃し、蔵の前室に逃げ込んだことまで話した。

「それで君の額を割った犯人の顔は見たのかな」

「いいえ、暗かったこともありますが、濃い靄で、何も見えませんでした。それにいきなりでしたから」

「時刻は何時ごろ」

「午前四時半をそんなに廻ってはいなかったと思います」

「そうですか……」

刑事はそう言うと手帳を仕舞い始めた。私は慌てて、

「それよりも、もっと大事なことがあります。十三年前の事件は既に解明済みですが、今度の事件はもっと厄介な完全なる密室殺人事件なのです」

私は身体の痛みをおして半身を起こすと、逃げ込んだ前室で雪入が首を切断されて殺されていたこと、そのすぐあとで喚声を上げながら火を放った犯人が、いまものうのうと生きていることを話した。そして最後に、

「犯人は使用人の杉下です。杉下は隆一殺しの犯人でもあるのです。雪入と私が事件の真相に近づいたのを知った杉下は身の危険を感じ、雪入を殺し、私をも殺そうとしたのです」

しばしの間、ふたりの刑事は呆然とした面持ちで私を見つめていた。看護婦も刑事の後ろから一緒になって私の顔を覗き込んでいた。

ややあって、灰王館で取調べを受けた方の刑事が口を開いた。

「ほう、灰王隆一殺しも杉下氏が犯人だと言うんですね」

「そうです。ほかに考えようがありません。半年ほど前から鳴女村に出没しはじめた隆一は、亡霊騒ぎを起こして綾香さんを恐怖に陥れました。それを知った杉下が、綾香さんを守るために殺害したのです」

「ではなぜ、解体したのですかね」

「そ、それは……」

「どうして、ばらばらにした手足を蔵に運んだのだと思いますか」

「…………」

「杉下が犯人だとして、わざわざ綾香さんを怖がらせるようなことをするものでしょうか。事実、彼女もばらばら死体を発見する羽目になりましたよね」

「そ、それより胴体は発見されたのですか。それと、凶器も？」

　刑事は薄い眉を大きく吊り上げた後、

「沼の底から発見されましたよ。鉈と一緒にね」

「ほらやっぱりそうだ。鉈は杉下が竹を切るのに使っていた」

「確かにそうですが、杉下氏は古井戸近くで使ったのを仕舞い忘れたといってましたよ。それに離れ屋敷にある彼の作業部屋に仕舞っていたとしても大して状況は変わらないのです。なぜならそこは鍵などかからない部屋なんでね」

「と、とにかくもう一度よく調べてください。私の方も――、これから推理をして解明しようとしたところで今回の被害に遭ったのです。もう少し時間をください。それより、いまは雪入殺しの方が先決で重要です。ただ犯人は杉下以外に考えられません。密室の謎は解明に時間がかかりそうですから、とりあえず杉下を押さえて欲しいんです。逃亡される前に」

「いや、君ね、杉下老人は焼死体で見つかったんだよ」

もうひとりの刑事が困ったような顔つきをする。

「そんなはずはない。よく調べてください。あれは雪入の死体なんです。まだ、検死の結果は出ていないのでしょう」

「確かに検死結果はまだだけど、君の言う……えー、雪入氏は、さっきの話だと首を切断されていたんだろう。だけど発見された死体はかなり炭化が激しく、身元確定には時間がかかるが、発見されたとき少なくとも首は繋がっていたんだよ」

「えっ!」私は絶句した。

どういうことだ。焼死体は雪入ではないというのか。だとすれば、雪入はどうしたのだ。彼の死体はどこにいったのか。

思考が空回りし始める。

「……それに、雪入っていう人、どこにいたんだね」

――そうだ、警察は雪入の存在を知らないのだ。秘密裏に動いていたからその存在を知られていないのだ。何とかしなければ、雪入は闇に葬られてしまう。

「雪入というのは私の旧い友人で、十三年前あの座敷牢で起きた密室殺人事件を解くために駆けつけてくれたんです。彼は駅前の旅館に泊まりこみ、表立って動くことはありませんでしたが、私が集めた情報で事件を推理していたのです。こういった閉鎖された空間では目立たない方が良いと言って。彼はいつも私がピンチの時に助けてくれ――」

「その雪入さんが首を切られて殺されていたというんだね」

ふたりの刑事はお互いの顔を見合わせながら目を白黒させていた。

「そうです。さっきも言ったように、私と同じように額を割られていました。油断したんです。十三年前の事件を解決したことで、安心しきっていたのかもしれません。あんなに深い靄さえなければ、こんなことにならなかったのかもしれません。実直そうなあの杉下老人が、こんなことをしでかすとは考えてもいなかったのです」

私がやるしかない。雪入がいなくなったいま、事件を解決できるのは私だけだ。私は使命感に燃えた。

「その雪入氏が殺されていたと――」

ふたりの刑事は眉根に皺を寄せている。

「そうです」

「しかも鍵がかかっていた――密室で」

刑事たちもここに至って事態の不可思議さが理解できたようで、盛んに首を捻ってはお互いの顔を交互に見ていた。

「間違いありません。南京錠の鍵は前日の夕刻から、私のズボンのポケットに入れたまま持っていたんです。その僅か数分前まで雪入は私と一緒だったのです。殺人が前室で行われたのであれば、犯人はどうやってそこに出入りしたのか。雪入はどうしてそこにいたのか。他所で殺されたのなら、どうやって死体を運び入れることができたのか不明なんです。前室に血糊は少なかったという記憶がありますから、他所で殺されて前室に運び込まれたと思うんですが――。それを特定できるような証拠は残されていなかったんでしょうか」

「……残念ながら、全焼でして。土でできた外壁の一部を残して完全に倒壊してしまっているんですよ」

「鍵は他にもあったのではないですか」相方の刑事が聞く。

「いいえ、なかったと聞いてます。女将さんにでも確認してください」

「ええ、そうしましょう。ですが、不思議な話ですねえ」

「まったくです」

「で、何故、首を切断されなければいけなかったんでしょうね」

「それも、分かりません。他所で殺されて持ち運ぶのが目的なら、もっと細かくばらばらにするでしょう。そう考えれば雪入はあの前室で殺されたことになる……。そうだ、凶器は発見されなかったんですか」

「焼死体の傍に火かき棒が落ちてました。あなたの額を割ったのはそれでしょう」

「私と雪入のです」

「ああ、そうでした」

「首を切断した凶器は発見されていないのですか？」

「いまのところそれらしきものは……」

雪入殺しの証拠は何ひとつ残されていないみたいだ。

「とにかく雪入を探してください」

「ところで、その、雪入さんというのは、どこにお住まいで」

「それは——」私は諳んじている横浜馬車道の住所を言った。

「でも、彼は独身で、あちこち気ままに生きている自由人ですから——」

考えてみれば私は雪入のことを何ひとつ知らなかった。写真すら持っていない。

「そうだ。それより、駅前の旅館をあたってください。そこに彼は泊まっているといっていましたから。見た感じは私と同じ中肉中背で、身長も同じくらいです。あと、年齢も。着ているものはジーンズにスタジャンです」

刑事のひとりは、手帳にメモする手を止めると、

「その横浜の住所は——」と言いかけるのをもうひとりの刑事が肩を叩いて制した。そして、

「解りました。調べておきましょう」

と言ってコートのボタンをかけ始める。

だめだ、ここへ来た時のような熱意が感じられない。彼らは私の話を信じきっていない。ここは、とりあえず、十三年前の事件だ。これを説明すれば警察も雪入のことを、雪入の能力の高さを分かってもらえる。そうすれば、私の話も信じてもらえるはずだ。あの密室こそ雪入が解き明かしたのだから。早く消失事件の真相を話さなければ——。あの不可思議な事件の真相を。

しかし刑事たちは私の話を聞こうとしなかった。急いで話そうとして興奮しすぎたのがまずかったのか、その話は傷が回復次第また聞かせてもらうといって……。既に終わった事件だから、慌てることはないと諭されただけだった。私は看護婦によって鎮静剤を打たれ、意識が遠のくまで訴えていた。私の身体を押さえつける刑事たちに向かって。

東京の病院にて

私は一週間ほど須藤病院で手当てを受けた後、都内の病院へ移送された。傷口は塞がりかけているものの、場所が場所だけに精密な検査が必要だということだった。

東京へ移ってからも、何度か警察が訪ねてきたのだが、それもいまはなくなった。ただ、時間の経過に伴って、いろいろな事実が明らかになった。

蔵から発見された焼死体は、杉下老人のものであると判明した。歯の治療痕が一致したらしい。焼死体には首が繋がっていたようだし、何より焼死体は蔵の傍ではあったものの、あくまで外部であったようだ。そうすると雪入の死体はどうなったのだろうか？　焼けて完全になくなってしまったのだろうか……そんなはずはない。火災で骨の一片まで消え去ってしまうとは考えられない。雪入は、雪入の死体はどこに消えてしまったのだろうか。

また、やはり十三年前のばらばら死体は、隆一のものではなかった。本物の隆一は死んだと見せかけて蔵から逃げ出していたのだ。もちろんそれは少年ひとりだけでできることではない。豊彦翁の指示のもと、須藤医師と女将が協力していたのだ。三人は共謀して隆一を匿ったのだ。事件後すぐに須藤医師の母校である広島の大学病院に運び、健康が回復するまでしばらくそこで匿っていた。その後、片足を失っていたこともあって養護施設に預けたのだ。須藤と女将がそう証言した。

豊彦の死後も、女将は須藤に指示して隆一を匿わせていた。身障者であったから専門の施設の方が良かっただろうし、死んだことにしてしまっている以上、仕方なかったのかもしれない。だから女将は、綾香に隆一の存在を隠しつづけねばならなかったのだ。考えてみれば病院関係者や駐在、そして杉下までも事実を知っていたことになる。事実を知らされていなかったのは綾香だけなのだ。

女将は隆一を座敷牢から逃がした後も、定期的に広島にある施設に会いに出かけていた。それが一年ほど前から、ときどき隆一の方から灰王家を訪れるようになった。成長し体力がついたこと、質の良い義足が開発されたこと、さらには特注の車を与えられたことが、隆一の行動範囲を広げた。隆一本人は灰王館に戻りたいという強い希望をもっており、女将としてもいつまでも隠しておけないと考え、そろそろ娘に真実を打ち明けようと、タイミングを計っていた矢先での事件だったのだ。


その隆一を、本物の隆一を殺した犯人は杉下ということで落ち着いた。雪入を殺し、私をも襲ったのも杉下に違いない。杉下は覚悟の自殺で、遺書は見つかっていないが、動機は灰王家を守るためだったと思われる。

女将は一年ほど前から灰王館を訪ねて来るようになった隆一と密かに会っていた。その度毎に小遣いも与えていた。またその過程で早く妹に会わせろと女将に迫ったこともあったのだろう。そういった事実が、女将を悩ませる恐喝者と考えるように至らしめたのだ。女将としては、杉下をはじめとして誰にも話さずに、全て秘密裏にことを運ぼうとしていたのが間違いだったのだ。

また綾香に近づけさせたくなかったのも犯行の動機だろう。愛する綾香を怯えさせ、平穏な灰王館での生活を乱す不穏な異分子を排除せねば、と考えたとしても、誰も杉下を責めることはできないだろう。杉下はあくまで灰王家を守ろうとしたのだ。彼のように昔気質で過去に縛られて生きているような人間にとって、外部からやって来て、これまでの平穏を乱す輩は、隆一に限らず雪入や私などもじゃまな異物にしか映らなかったのかもしれない。

雪入を殺害し、私をも殺そうとしたのは、自身の身の安全を図るというより、過去の事件とはいえ、灰王家の威信を貶め、それが広まることを恐れたのだ。杉下は竹林で雪入が十三年前の事件の真相を話しているのを立ち聞きしていたのに違いない。


これらの事実を知り得たのは、東京の病院へ移送されて、しばらく経ってからで、古い新聞を与えられて初めて知った。

私には、まだ刺激が強すぎるだろうとの病院関係者の判断で、新聞をはじめ全ての情報を一定の期間閉ざされてしまったのだ。私は何度も情報を求めたが受け入れられなかったのである。

しかし、気に入らないのは、そんなことではなく——今回の事件では灰王隆一が殺されたことについては大々的に取り上げてあるにもかかわらず——、十三年前の密室殺人事件においては失踪していた隆一が離れの蔵に住まわされていたという事実以外には一切触れられていないこと、そしてもうひとつ、雪入殺害に至っては何ひとつ触れられていないことだ。

特に十三年前の密室殺人事件は、是非明確にしなければならない。雪入の功績を世に知らしめる必要がある。

病院を訪れてくる刑事に、私は何度も雪入の推理を聞かせてやったのに、「ああそう。よく推理できたね」といなすだけだった。ある刑事などは、「もう時効が成立した事件だから」と人を馬鹿にしたようなことを言っていた。殺人事件の時効が十五年であることは、いまや知らない人間などいない。まったく、警察はやる気があるのだろうか？

雪入殺しについても同様だ。まともに取り合おうともしない。死体は発見されたのか、訊ねてみても、「それはまだ捜査中だ」とか「何も進展してない」とかの返事ばかりだった。雪入が宿泊していた旅館についても「彼はどこにも泊まっていなかった」「駅前には十人も泊まればいっぱいになる程度の小さな旅館が二軒だけあるが、七年も前から営業していない」とも言っていた。

彼が一体どこに泊まっていたのか？　そしてなぜ私にまで嘘をついたのか？　それは疑問だが、警察に本気で捜す気さえあれば見つかるはずだ。

成果に見合わない事件には捜査もしないってことなのか。この国の警察機構には問題があるといわれるのも頷ける。

結局、県警の刑事たちは解けぬ密室の謎に業を煮やしたのか、私の話を適当にあしらってしまったのだ。県警には本気で雪入の死体を捜す気はないのだ。ここへきて雪入が姿を隠し、秘密裏に行動していたことが仇となってしまった。このままでは雪入が浮かばれない。何とかしなくてはいけない。

いま私は警視庁のある警部に手紙を書いた。以前、難解な密室殺人事件を解決したことで有名になった警部だ。彼なら関心を持ってくれることだろう。地方の、灰王家の息のかかっている警察ではだめなのだ。そして十三年前の密室殺人事件を解き明かしたのが、雪入という稀有な存在なのだと訴えるのだ。そうすれば、警察も重い腰を上げてくれるはずだ。そうでなければ雪入の死は無駄になってしまう。彼の非凡なる才能を世に知らしめ、雪入の死体を発見してもらうのだ。

とにかく十三年前の密室殺人だ。この密室トリック、消失トリックさえ白日の下に引っ張り出せば、きっと衝撃を受ける。さあ、この手紙を読んでくれ、ここに全ての真相が記してある。私の、雪入の導き出した結論がここにある。

警視庁にて　一

「係長、手紙が届いていますが……」

「んー、……誰からだ」

パソコンのモニターに顔をくっつけるようにしてマウスを動かしている警視庁捜査第一課の係長は、目だけをぎょろっと動かした。

「ええーと、……ああ、鈴木慶四郎名探偵からの手紙ですね。いつものやつでしょう」

小脇に抱えた書類群のなかから、一通のかなり大きな封筒を取り出し翳してみせる。そして、

「……どうします」

係長は表情も変えずしばし考えた後、

「ふーっ、そうだな」と言って、身体を反らせた。ぎーっという椅子のスプリングが軋む音が一際大きく鳴った。

「……そうだな――」もう一度繰り返すとその出張った腹を撫でながら、

「どうもこうも、また同じ内容の手紙だろう」

「そうですね。この厚さですから、いつものでしょう。でも、分かりませんよ……。開けますか」

「いや、その必要はない」

「では、資料室に――」

「ん、いや、それもいい。あくまで個人宛だからな」

そう言って係長は机を両手で押し、キャスター付き回転椅子が机ごとすっぽり納まっていた下半身を引き出した。

「これで、トータル何通になるんですかね」

封筒を手渡しながら尋ねる。

「忘れたよ。十通目までは数えていたんだがな」

「捨てるんですか」

封も切らずに封筒ごとゴミ箱に捨てようとする様を見かねて言う。

「しょうがないだろう」

「送り返したらどうです」

「いままでの分は二度に渡ってそうしたよ。そうしたら、もう結構ですと言われたんだ。向こうさんも、辛そうだからな」

「そうだったんですか」

「係長。もし宜しければ、私がそれを読んでも構いませんか」

少年のような面差しを残した刑事が割って入った。

係長は小首を傾げ、声のする方を見つめる。

「それは、山口県で起きたばらばら殺人に関与した鈴木慶四郎からの手紙ですよね」

「ああ、そうだが」

「自分が警察に入りたての頃の事件で、興味があったものですから……。いけませんか」

係長はゆっくり瞬きをしてから、

「ん、まあ、構わんが、あとは――」

「はい、責任を持ってシュレッダーしておきます」

既に係長の机の前で直立していた童顔の刑事は、神妙な面持ちでそれを受け取った。そして自分の机に戻ると早速封を開いた。

中身はバラの便箋数枚と綴じ紐で綴じられた百枚はあろうかと思える――記録一から記録十五と記された用紙の束だった。便箋には右肩上がりの癖のある文字が躍っていた。

捜査一課係長、川崎省吾《かわさきしようご》警部殿

前略
突然の手紙で失礼致します。
さて、私は、二〇〇〇年十一月五日深夜に、山口県鳴女村で起きた殺人事件にかかわった鈴木慶四郎というものです。今回の事件――灰王隆一ばらばら殺人において、灰王家の使用人、杉下義男《よしお》が離れ奥の竹林にて殺害解体し、胴体を近くの沼に、頭部と両腕、並びに右足を蔵の座敷牢に遺棄しました。そして、滞在客であった私、鈴木慶四郎に危害を加えた後、焼身自殺を図った、と報道されております。

被害者である灰王隆一は、十五歳までこの蔵で育ち、その後広島市内の施設で十三年間生活しました。そして事件の一年ほど前から灰王家の辺りを徘徊するようになります。その目的は当主であり母親である灰王マリネに会い、不遇の十三年間を清算し、灰王家に復帰するためでした。一方マリネの方も一日でも早く隆一を迎え入れたいと考えていましたが、娘である灰王綾香の受験が控えていたりと、何かと多感な十代の娘の、情緒の安定するタイミングを見計らっている間に、一年という時間は瞬く間に過ぎてしまいました。

その一年の間、マリネは訪ねてくる隆一と密かに会っていました。いつのことかは不明ですが、マリネが証言しているとおり、多少の口論——といっても通常の親子喧嘩程度のもの——はあったのでしょう。

その光景を杉下義男がおそらくは目撃していたのではないか。小遣いとして渡していた金銭を、金品を強請《ゆす》り獲っていたと勘違いした可能性もあるでしょう。

また姿を隠すようにして徘徊する隆一を、偶然目撃した綾香は、その不審な動作と風貌——黒っぽい布を纏い、義足の所為でぎこちない歩き方——から、恐怖を覚えていた。そしてそれが杉下に犯行を起こさせる動機となったようだ……云々、というのが公式の見解とされています。

これらの事柄について、私は異議を挟むものではありません。動機の点についてはいくつかの齟齬はあるものの、事実関係については私自身も山口県警によって明らかにされたこれらの事実を真実として受け入れています。

しかしながら、次にあげるふたつの事柄においては、警察関係者はおろかどのマスメディアでさえ一言も言及しておりません。私にはそれが不思議でならないのです。

そのひとつは十三年前隆一が蔵から逃げ出すことになった、偽の隆一ばらばら殺害事件の真相についてです。

今回殺害されたのが本物の隆一である以上は、十三年前に殺されたのが隆一でないことは明白です。その身代わりとしてばらばらにされた被害者が存在するはずです。それは一体誰なのでしょうか？

しかも犯人は二重に鍵のかかった密室から忽然と姿をくらましたのです。警察はその事件について再捜査し、その結果を公表すべきです。謎の多い不可能犯罪だからといって、事件そのものを隠すことはあってはならないことです。面子《めんつ》の為でしょうか、解らないと宣言することは辛いことですが、かといって事実を闇に葬ってしまっていいのでしょうか。これだけ前例のない不可能犯罪なのです。何も恥じることはないのです。

しかし、心配することはありません。この歴史上類を見ない不可能犯罪も、私の友人である雪入という、これまた人類史上稀有な才能を持つ男によって解決されたのです。彼は一度現場を見ただけでこの難問を解決してみせたのです。

残念ながら蔵は既に焼失し、その原形をとどめておりませんが、あれだけの事件です。当時警察も捜査にあたったということですから、写真ないし図面は残されているはずです。詳しく状況を知りたければ、山口県警からでもお取寄せ下さい。

ではまず事件当日（一九八七年）の状況を説明いたします。全ては灰王綾香さんから聞いた情報がよりどころなのですが、彼女にはいま以上の辛苦を味合わせたくありません。悲惨な過去を思い出させ、彼女を苦しめたくないのです。ですから、彼女に裏づけ調書を取るのは遠慮していただきたいのです。どうしてもという場合は、須藤医師から事情聴取を行ってください。それだけで十分だと考えます。


倉庫として使用していた土蔵造りの蔵の外観は、開口部といえば厚い板戸の入口と換気の為の小さな高窓があるだけです。その高窓は地上より高さ三メートル以上の高さにあり、大きさは子供がやっと出入りできるかどうかの大きさです。しかもその外部には細かいピッチの縦格子が嵌っています。およそ人間はおろか猿でさえも侵入できるものではありません。手で触れてみましたが、簡単に外れるものでもありませんでした。

入口にも大きく特注の南京錠が取り付けてあり、鍵は灰王家当主灰王豊彦、女将灰王マリネ、使用人杉下義男の三人だけが管理していて、その他の使用人をはじめ、他の誰にも鍵には触れさせなかったのです。合鍵もありませんでした。当時五歳の綾香さんは鍵の隠し場所を知り、ときどき母親の目を盗んで蔵に幽閉されている兄の隆一に会いに行くことがありました。このとき蔵に住む隆一の存在――本当の隆一たち――を知っていたのは灰王家の三人と杉下はもちろんとして、他には医師の須藤だけでした。灰王家のその他の使用人や家庭教師もその存在は聞かされていたかもしれませんが、はっきりとその存在を認識したものはいませんん。いえ、誰にも見せなかったのです。絶対君主であった豊彦翁が他人を信用しなかったということもあり、使用人たちにもその権力を使って緘口令を敷いていたのです。

色素性乾皮症なる難病を持ち出し、紫外線に当たれば病状が悪化するからとしたのは良い方法です。これによって照明設備もない蔵に隔離しても不自然ではなくなります。使用人にしても聞いたことのない病名を知らされて、感染性はないと分かっていても近づきたくはなかったでしょう。それにこの村で絶対の権力を持つ豊彦翁に逆らうということは、この地では生活できなくなることを意味しますから、誰も豊彦翁の逆鱗に触れるような真似はしなかったはずです。

考えてもみてください。紫外線に当たると皮膚がただれてくる病気なのに、なぜ高窓は塞がれていないのでしょうか。少なくとも紫外線を遮断するフィルムが窓ガラスに貼られていなくてはならないはずです。それが疑問の第一でした。

それと綾香さんが蔵を訪れていたのは、少なくとも日の落ちた夜ではありません。蔵には前室が造られているといっても、引戸は厚い板を粗に打ち付けただけの板戸であり、僅かな光さえも通さないほどの精度の高いものではありません。座敷牢を繋ぐ引戸も同じようなものです。それを五歳児の綾香が開け閉てするのです。完全に閉まりきった状態でないこともあったのではないでしょうか。しかし、隆一の身体に悪影響を及ぼすには至らなかった。

しかも母親である女将が、わが娘が蔵を訪れていることに気づかないものでしょうか。誰よりも早く気づいていたのではないでしょうか。手のかかる五歳児を抱えている母親が気づかないと考える方がおかしいのです。

事実女将は娘が蔵を訪れていることは知っていました。知っていて黙認していたのです。妹が兄と遊ぶのを拒む母親はいないでしょう。妹にとってはもちろんのこと、孤独な日々を強いられている隆一にとってもです。兄妹にはむしろ仲良くなって欲しかったのです。

それよりも母親として心配しなくてはならないのは、紫外線を浴びられない隆一への配慮の方ではないでしょうか。蔵の入口の戸をしっかり閉めずに、座敷牢の戸を開けるといったようなことがないように、注意を払うことの方が重要なのです。しかし女将は綾香さんの行動を見て見ぬふりをして、どちらかといえば温かく見守っているのです。

隆一がもし本当に色素性乾皮症なら母親は綾香さんが蔵に行くのを止めさせるか、あるいは一緒に(共謀して?)行ったのではないでしょうか。

もうお分かりでしょう。隆一は色素性乾皮症という病気ではなかったのです。もっと別の、人には見せられない病気だったのです。特に選挙を控えた豊彦翁には、余計な醜聞を避ける必要があったからでもあります。

また、ちょうどそのころ鳴女村では鬼を見たという目撃情報があります。私自身が十人の人に聞いたところ五人の人が答えてくれました。五人全てが体験でなく伝聞であったり、情報には一見関連性はないのですが、共通している事柄もあります。それは何か見たこともないような生き物を見たという点です。これが唯一のキーワードです。もともと鬼が棲んでいたという民話も残っていて、そういった民話とあいまって、話に尾ひれがついたり膨らんだりしたものと思われます。

そして象徴的なのは、事件後は鬼の目撃情報はぴたっとなくなっている点です。鬼を見たという目撃情報は事件の起こる二、三年ぐらい前から事件までの間に集中しているのです。

お分かりでしょうか。これら目撃情報は、座敷牢に閉じ込められ運動不足になりがちな隆一を、夜な夜な外へ連れ出していたのを目撃されたものなのです。隆一の外へ出たいという強い希望もあったでしょうから、目撃されたからといって夜の外出を完全に止めてしまうことはできなかったのだと思います。そしてこの外出に付き添っていたのが女将なのです。鬼の目撃情報のなかに黒い衣をかぶった鬼を先導している女性の目撃情報があります。これが女将なのです。黒い衣を羽織ったのが言うまでもなく隆一で月の明かりを避けるためでなく、人目をはばかるために羽織っていたのです。衣を羽織ったぐらいでは紫外線は防げません。もっと宇宙服ぐらい機密性の高いものでないと無理なのです。このことからも乾皮症が虚偽であることは明らかです。

それともうひとつ真相にいたることになったきっかけを記しましょう。先ほど記したことと関連するのですが……、それは、長年閉じ込められて逃げ出したかったはずなのに、なぜ隆一は逃げ出さなかったのかということです。

チャンスは何度もあったのです。そう、綾香が訪ねてきたときに逃げ出せたのに、そうはしなかった。五歳児の綾香さんに適当なことを言って鍵を奪い取ることもできたでしょうに、隆一は逃げ出さなかったのです。逃げ出そうともしなかったのです。それと鍵は三つあったのに綾香さんにはふたつしか――蔵の出入り口の鍵と、前室と座敷牢を繋ぐ引戸の鍵――手にすることができなかった。残りのひとつ――格子戸の南京錠の鍵――は女将が肌身離さず持っていたのはなぜでしょうか。

女将が綾香さんの行動を半ば黙認していたのも、隆一にはあの格子は抜けられないことが分かっていたからです。大人の私でも抜けられる格子を、痩身で十代の隆一はなぜ抜け出さなかったのでしょうか。肥満児でなかったことは綾香さんの話から分かります。青白いやせ細った指先をしていたのです。痩せていたとは断言できませんが、太っていなかったとはいえるでしょう。

お分かりでしょうか。答えは簡単です。隆一は物理的な理由であの格子を抜けられなかったのです。そしてそれこそが原因で、豊彦翁は隆一の存在をひた隠しにする必要があったのです。

さあ、これで全てのヒントは出揃いました。回りくどく勿体をつけた書き方をいたしましたが、ご勘弁ください。これも友人雪入が私に教えてくれたことをなぞるように順序どおりに記した方が、説明しやすかったのと、彼というものを少しでも理解してもらえると考えたからなのです。

では、そろそろ答えをお教えしましょう。驚かないでください。答えはとても信じられないものなのです。ですが、いままで記した全ての事実を、蓋然性を持って受け入れるには唯一の答えなのです。必ず裏づけの捜査をしていただいて、この事実こそが真実なのだと証明してください。では、真実を……。

隆一には双子の、一卵性双生児の弟（兄なのかもしれませんが、便宜上弟とさせていただきます）がいたのです。それもただの双子ではありません。ふたりは腰と片足を共有する結合性双生児、シャム双生児だったのです。

そう考えれば全てのつじつまが合います。一卵性双生児なら顔は瓜ふたつです。暗がりのなかで、しかも切断された首を隆一のものと見間違えたとしても当然でしょう。胴体と片足が見つからなかったことの説明もつきます。そしてなにより三十センチ角という格子にしては大きすぎる枡の意味もそこにあるのです。座敷牢は隆一が生まれてから倉庫として使用していた土蔵を改築されたのです。隆一兄弟を幽閉隔離するために造られたのです。兄弟が逃げ出せないようにするためにだけに、あの格子は造られたのです。

被害者は弟で、犯人はもちろん隆一です。十五年もろくに光もあたらない座敷牢に閉じ込められ、逃げ出したかった隆一には、兄弟といえど、殺してしまうしかなかったのです。兄弟の間に何があったかは解りません。ふたりは憎しみあっていたのかもしれません。切断された弟の両腕と左足に生体反応があった事実が、弟に対する怨恨の情があったことを示唆するのではないでしょうか。首を切るなどして息の根を止める前に、痛みを与えてから殺してやろうというのは、怨恨以外のなにものでもないと思うのです。ばらばらにしたのは脱出のために物理的に必要な行為だったでしょうが、そこには同時に恨みの感情が存在していたとも思えるのです。

本当のところは想像するしかありませんが、ただ、お互いがお互いをじゃまな存在であったとは想像できます。癒着して生まれてこなければ、普通の生活ができるものを、シャムであるがゆえに座敷牢から一歩も出ることはできない。この先も座敷牢に閉じ込められたままで一生を終えるしかない。隆一はそう考えたのではないでしょうか。未来に何の希望も持てない人間が考えた末の決断は、それが私たちの常識をはるかに逸脱するものであったとしても責めることはできないでしょう。医学的なことは分かりませんが、ふたりの神経は各々独立していたのかもしれません。だから、弟を切断する痛みには耐えられたのかもしれません。しかし、腰で結合している以上血液の循環はあったはずです。弟を切断することで失血し、自らの生命にも危険を及ぼすことは分かっていたのでしょうが、精神的に追い詰められた人間は、ときとして不条理な行動を起こすものです。ましてや十五歳の子供に分別のある行動を求めるのは無理なことです。

あるいは自覚していたとしても、それでも隆一には決行するしかなかった。たとえ死んでも、一瞬でもいいからひとりになって、外へ出たいと考えていたのではないか、死ぬときはせめてひとりで、と考え抜いたゆえの行動かもしれません。

事件を、順を追って考察してみましょう。

綾香さんが蔵に侵入したときには、うめき声は聞こえていました。そして前室の引戸を開けたとき白いシーツの上に切断された首を発見したのです。仮に犯人が別に座敷牢のなかにいたとして、綾香が前室に入ってから、格子の前の隔てにある引戸を開ける僅かの間に、首を切断したとは考えられません。うめき声以外の物音を綾香さんは聞いていないし、第一、鍵は綾香さんが持っていたのです。他に犯人がいたらどうやって鍵のかかった引戸から侵入できたのでしょうか。

綾香さんが前室に侵入したとき、隆一は弟の首を切断し終わったばかりのときだったのです。彼女が聞いたうめきは隆一自身の痛みをこらえる声だったのです。

戸を開ける音で訪問者（綾香）がやってきたことに気づいた隆一は、いつものように（綾香さんと会うときはシャムであることを隠すためにシーツで身を包んでいた）シーツを被り我が身を隠したのです。このとき切断した弟の両腕、首、片足を隠してしまう余裕——時間的にも精神的にも——はなかったでしょう。

不明の綾香さんを探して駆けつけた豊彦翁、女将、杉下そして須藤医師は、いまも血を流して苦しむ隆一を須藤病院へ運び治療を施します。少し遅れて駆けつけた派出所の警官にも事実を告げた。というより、隠し立てできる状況ではなかったことでしょう。ただ、その後の処理が迅速で適切だったので完璧な隠匿が行われたのです。当時の蔵が竹林で本館から見えないことも有利に働きました。また本館が予定外の客で使用人も仕事に追われていたことも返っていい方に働いたのです。

豊彦翁はそこにいた全員に言い含め、隆一は強盗によって殺されたものとしました。もちろん派出所の巡査にも言い含めたことは言うまでもありません。そうすることで豊彦翁には全てがうまく運ぶのです。厄介ものだった異形の孫の存在をこの世から抹殺できるのです。

綾香さんが鍵を開けて蔵に入ったところを、強盗が侵入、隆一を殺害しばらばらにして逃げた――とされたのです。胴体と片足が発見されないのも変質者だからという強引な理由付けをされたのです。五歳児の証言など取り上げられないでしょうし、事実豊彦翁が動揺を与えたくないからといって、事件のことからは一切隔離しました。動機はともかく、行為としては当然の行為ではあります。

さて須藤病院に運ばれた隆一は、外科的処置を施され、回復を待って福岡そして広島へと施設に移されました。仮に本当に隆一が死ぬことになっても構わない。いやそうなることの方が、作られた事実が既成事実になり好都合だったと豊彦翁は考えていたのかもしれません。

この事件では、豊彦翁、女将、杉下、駐在、須藤医師、さらには須藤病院の関係者（須藤夫人、看護婦他）が事後であるとはいえ共犯なのです。

事件の真相にいたった経緯――あるいは、シャムが生まれた原因といえば大げさですが――いくつか暗示的な出来事および事実がありました。

その特徴的なものが双頭の白蛇です。目撃したのはかくいう私で、はじめは二匹の蛇が絡み合っているのだと思いました。白い蛇という事実だけでも十分珍しいので、そう思っていたのです。しかし、二度目撃することになり、その話を雪入にすると、二匹の蛇が絡み合って同時に移動する（人間に見つかって逃げる）のはおかしい。それより、双頭の蛇と解釈する方が自然であると申します。言われてそのとおりだと思いました。しかし私の思考はそこまでで、雪入はそれが啓示となって全ての真相が摑めたと言っておりました。そのインスピレーションが生じてから全ての事象がシャムという突然変異を暗示していることに気づいたのです。

隆一の父親がオーストラリア人という事実もそれを暗示します。戦争捕虜になったことがあったと聞いていますが、その戦争とはベトナム戦争だったのです。そして反戦活動に訪日した際に女将と出会ったのです。ベトナム戦争といえばもうお分かりでしょう。米軍による枯葉剤撒布により多くの奇形児が生まれた事実を。特に有名なのが「ベトちゃん・ドクちゃん」です。日本の医師により分離手術が行われ、現在※でもふたりは生存しています。ベトナム戦争といえば米軍による北ベトナムとの戦争だと思っている人が多いですが、実際は（米軍が主導ではありますが）韓国軍やオーストラリア軍も参戦しているのです。もし、隆一の父親が兵士としてベトナム戦争を経験し、そこで捕虜になり、米軍の投下する枯葉剤の影響を受けていたとしたら……。

一方、母親である女将にも突然変異を招く要素を含んでいることも考えられるのです。それは温泉が衰退するきっかけになった砒素です。灰王館ではその昔、生活水に井戸水を使っていたのではないでしょうか。温泉に湧き出る以上井戸水にも含まれると考えられます。それともっと重要なのは事業として始めた廃棄物の焼却処理です。十分な管理が為されていないまま、さまざまな廃材が燃やされました。その結果生じるダイオキシンをはじめとした塩基化合物が、環境ホルモンとして人体を脅かしているのは耳に新しいところです。双頭の白蛇が生まれたのもそれを裏づけることになるのではないでしょうか。

これらのことが遠因となって、シャムという悲劇（突然変異）が生じたというものではありませんが、無関係であるともいえないでしょう、誰にも断言はできないのです。メカニズムを解き明かすのは後年の人に委ねることにしましょう。

——ここまでが十三年前の事件の全容です。

※作者注：ベトさんは二〇〇七年にお亡くなりになりました

警視庁にて　二

「結合双生児だったというのは事実だ」

突然、喉に痰でも絡んでいるような係長の声が響いた。

手紙を読んでいた童顔の刑事は、思わず顔を上げ、係長に向かって口を動かそうとしているが、すぐには言葉にならないようである。

「信じられん話だが、本当のことだ」またもや係長のだみ声。

「で、でも、そんなことが……。僅か十五歳の子供が……」

若い刑事はそう言ったまま口を噤むと、再び手紙に視線を落とし、忙しく動かす。そして何かを確認するように頷いてから、

「でも、係長——」

失言したと思ったのか、いったん口元を引き締めなおして、

「ですが、係長。ここに書れているのが事実であるとしますと、灰王豊彦や女将のマリネ、使用人の杉下、そして須藤医師は共謀して事実を——」

「隠してはおらん。少なくとも法的には」

係長は後を引き取るように咳払いをひとつして、

「おほん、須藤医師はその事件に関して、亡くなったのは隆一の一卵性双生児の弟であり、自殺であると思われると報告している」

「自殺……ですか」

「そうだ。もちろん弟の両腕、首を鉈で切断したのは隆一だ。本人もそれを認めている。しかし、弟の左足を切断したのは弟自身で、そのすぐあとに左脇腹から、柳刃包丁を差し込んで命を絶ったのだ」

「それも隆一の自供ですよね」

係長は大きく頷いてから、

「それもある。だが法医学的にも検討され、弟の右に位置する左利きの隆一には弟の左足は切断することはできても、左脇腹から柳刃包丁を深く差し込むことは不可能との結論が出た。尤も結合双生児の自殺など扱ったことがないから、検証には時間がかかったが」

「須藤医師の所見が大きかったのでしょうね」

「納得のいかない顔つきだな」

「いえ、そんな……。ただ、あまりにもとっぴな結末なので……」

するとつまり、こういうことになるわけだ。

結合双生児の弟が自ら鉈で自分の左足を切り落とす。次に柳刃包丁で自分の脇腹を刺す。この時点で弟は絶命。驚いた兄隆一は、弟から鉈を奪うと、弟の両腕、続いて首を切り落とした、ということか。そこに綾香が現れ、発覚。須藤医師らの手によって胴体の分離手術が行われた。隆一は何とか一命が保たれた。両腕と左足に生体反応があったのは、結合双生児ゆえに血液の循環があったからなのか。

「でも、隆一は良く助かりましたね。結合双生児の分離手術なんて相当難しいのではないでしょうか。それなりのスタッフとか設備を揃える時間もなかったことでしょうし……」

「ひとりは既に死んでいるわけだし、ふたり生存分離に比べれば、簡単だったのだろう。それに手紙に書かれてあるようにふたりは腰骨の一部が癒着し、変形した短い尻尾のような片足のみ共有している結合双生児だったのだが、臓器類はそれぞれ独立していた。それが幸いしたようだ」

「……うーん、でも、信じられない事件です。そんなことがあったなんて……。でも考えようによっては、これはすごいことですね。昔の、ほとんど事実を確認できない状態で、よく解き明かしたものではないですか。この鈴木慶四郎という男は。いや、雪入という男かな、すごいのは」

係長はしきりに感心する若い刑事を、目を細めて眺めつつ、

「君はまだ小学生の頃か」

「はい、そうです」

「この事件は灰王豊彦によって緘口令が敷かれ、一般的には広まることはなかったからな。が、警察や最小限の病院関係者には事実がもたらされており、記録も残っている。法的には、とはそういう意味だ」

「それじゃあ──、いえ、それでは、……あのう、ところで、弟の名前はなんていうのでしょう」

「名前はない。出生届には『隆一』しか届け出されていない」

「えっ」

「豊彦老にとっては、あくまでも唯ひとつの個体であるがゆえに、名前も――豊彦の言を借りれば――呼称もひとつでいいと判断したのだそうだ」

「そんな、……あんまりだ」

「それが豊彦という男の考え方だ。だから、一九八七年に殺されたのも二〇〇〇年に殺されたのも、灰王家の座敷牢で殺されたのは、どちらも隆一で正解なのだ」

「それも、法的には間違っていないのですか」

「……」係長はそれには何も答えず、

「ただ、女将だけは『秀臣《ひでおみ》』と呼んでいたそうだ」

　と悲しげに首を振った。

「す、すみません。話が逸れてしまいました。係長、それでは――秀臣という双子の弟が自殺したのを知っているのは、灰王家関係者のなかでは当主の灰王豊彦とマリネ、使用人の杉下だけなのですね」

「そうだ。それと須藤医師だ。彼は主治医であるからな。この四人しか事実を認識していなかった。それ以外の人間には隆一という難病に犯された男の子が、何者かによって殺され、ばらばらにされたというのが、事実として記憶されることになったのだ」

「特に灰王綾香にとっては密室殺人として認識されたのですね」

「それを聞いた、この鈴木慶四郎にとってもな」

「うーん、それでは既に解決済みの事件を、この手紙の主は一生懸命に解き明かしたということになるのですね。……何か哀れだなあ」

刑事はゆっくり首を傾げてみせた。

「哀れなのはそのあとだ。真実を知らされてないばかりに本当の殺人事件が起きてしまった。誤解が十三年後の、二〇〇〇年になってから新たな悲劇を生んだのだ」

「本物の隆一殺害事件ですね」

「そう、綾香や慶四郎だけではない。隆一にしろ、十三年も前に秀臣は自殺した、という認識がなされていると思い込んでいたからこそ姿を現したんだ」

「えっ、というのは――」

童顔の刑事は、その額に似つかわしくない皺を刻んだ。

「残りの手紙を最後まで読んでみろ。それから説明しよう」

係長はそう言って先を促した。

「あ、はい」若い刑事は読み終えた五枚の便箋を机に置くと、残りの便箋を顔に近づけた。

＊

次に真の隆一殺害について触れておきましょう。先ほど冒頭で新聞報道された内容に異論はないと述べましたが、幾つか補足しておきたいと思います。というのも最後に記載するこの手紙の主題、雪入殺害事件について必要となる情報かもしれないですから。

隆一殺害の犯人は、使用人の杉下です。彼は実直な男で一生を灰王家に捧げたといっても過言ではないほど献身的に生きてきた男です。女将が月は黒いといえば、彼も心底から月を黒いと思えるほどの人物でした。綾香さんが見た人影を梟だと言えば、それは梟になったのです。また同時に天涯孤独な彼にとって、綾香さんは孫のような存在でした。そしてそれを表に出すことなく、立場をわきまえて接していたのは頑固なまでの一徹さを表すものです。

須藤医師の計らいで広島の病院に移った隆一は、傷も完治すると同じく広島の施設で育てられます。もちろん灰王家の援助あってのことです。やがて月日が経ち、体も成長し体力もついてくると、隆一は生家、灰王館へ戻りたくなったのでしょう。その頃には豊彦翁も亡くなっていましたから、障害となるものはなくなったと判断したのです。義足をつけたことで行動範囲が広がったことや、十年以上という月日が経っていること――それらの状況の変化があったことも、復帰への思いを強くさせたのです。

突然、灰王家を訪ねた隆一にはじめは女将も戸惑いを感じましたが、すぐに受け入れることを考え始めます。しかし、女将はタイミングを見計らっておりました。綾香さんが思春期で多感な年頃であることに加えて受験を控えていたからです。綾香さんの情緒が安定したのを確認してから、十三年前の事件の真相を話そうと考えていたのです。隆一にもしばらく待つようにとなだめたのです。しかし、隆一は小遣い欲しさもあったのでしょうが、その後、何度も灰王館の周囲に出没するようになります。身障者仕様の車を女将から買い与えられたことも、それに拍車をかけたのかもしれません。

いつのことかは分かりませんが、そうした隆一を綾香さんは目撃します。女将としてはちょうどいい機会だと考えたのかもしれませんが、綾香さんの反応は違っていました。綾香さんは死んだはずの隆一を見て、隆一の亡霊だと考え、怯えているのが分かったからです。仕方ありません、綾香さんにとっては思い出したくもない殺人事件の記憶を掘り返されたのですから。そこで女将は、あれは猪だとか言って気を逸らそうと努めたのです。そういったことが続き、女将は言い出せないまま、時間だけが経過していったのです。

そんな状況のなか、私は灰王館を訪れたのです。綾香さんは初対面の私に十三年前に起こった悲劇やその被害者である隆一が、亡霊となって徘徊していることなどを話してくれました。よほど不安だったのでしょう。女将が取り合ってくれないので、誰かに話したくてしょうがなかったのかもしれません。

一方、なかなか進展しない現状に苛立ちを感じ始めていた隆一は、強硬手段に訴えます。そう、綾香さんと直接会うことにしたのです。私が灰王館に滞在した二日目のことです。事件の調査から帰ったとき、綾香さんは女将と竹林で激しく言い争っていました。夕食が終わり、私はすぐさま綾香さんのあとを追って彼女の部屋に行ったのですが、彼女は心ここにあらずといった風でした。おそらくその日の午前中、隆一と会っていたのです。そこで交わされた会話が、どの程度の内容なのかは分かりませんが、隆一は自分こそが本物の隆一であることは訴えたはずです。しかし、都合の悪いことには触れなかったと思います。そして灰王館に帰ってからそのことを女将に問い質し、十三年前の事件で亡くなったのは弟で、ふたりがシャム双生児だったことを知らされたのです。弟は殺されたのではなく自殺したことも聞かされたことでしょう。彼女の動揺は手にとるように理解できます。

しかし綾香さんは、ひとりになって考えたとき、隆一と名乗る男と、記憶のなかの隆一との矛盾に気がついたのです。記憶のなかの隆一はやさしく折鶴を折ってくれる、右手を器用に使って、指きりげんまんも右手だった。——それに対し、目の前の隆一は左利きであることに気づいたのです。綾香さんにとってこの事実——入れ替わりは衝撃的な事実でした。目の前に現れた隆一が、左利きであるのは間違いありません。私も沼で襲われたのです。殺気を帯びた目で私を睨み、木の枝を振り回してきたのです。左手でしっかり握って。

綾香さんにとってどちらが隆一であるにせよ、かわいがってくれたやさしい兄は既に死んでいる。そして、いままた同じ顔をした隆一と名乗る人物が現れる。綾香さんがこの男が嘘を言っていると考えても仕方ないでしょう。

そして何故嘘をつくのか、彼女が考え導き出した結論は——自由になりたいがために弟を殺し、切り刻み、さらにいまこうして隆一になりすまして灰王家に入ろうとしている悪党である——なのです。

これが悲劇の始まりでした。

この頃までには、杉下もすでに隆一の存在に気づいていたでしょう。気づいてもなお、女将に忠実だったのです。ただ女将が何も話してくれないことで、女将自身が隆一を遠ざけたいと望んでいるとでも考えたのではないでしょうか。女将が思い悩んでいるのを、隆一が脅迫しているからなのだと思い込んだのかもしれません。確実にいえることは、綾香さんを不安に陥れる邪魔な存在として認識していたということです。

全てを沈黙のまま片付けようとしていた女将にも問題があったのです。事がここに至っても、何を躊躇《ためら》っていたのでしょうか。全てを詳らかにしておけばよかったのです。

女将と綾香さんが、竹林で言い争っていたとき、綾香さんは生きている隆一の利き腕の矛盾に言及し、隆一を受け入れることは危険であると言い募ったのではないでしょうか。そしてそれを杉下は立ち聞きした。あるいは綾香さんから打ち明けられたのではないでしょうか。

だから、杉下は隆一を殺すことに決めたのです。綾香さんを不安に陥れ、仲の良かった親子が言い争うようになったことが杉下には我慢ならなかった。平穏な日常をかき乱す不穏な異分子は排除すべきだと決心したのです。

もし、このとき三人がお互いの考えを十分に話し合う時間があったなら、情報を交換する機会があったなら、事件は起こらなかったのです。雪入が死ぬこともなかったのです。女将が綾香さんの意見を聞き入れれば、隆一が過去の事件の清算をするだけで、事は終わっていたのです。

杉下は隆一を殺しました。身体の不自由な隆一を殺すことは簡単だったでしょう。そして解体します。両腕、右足、首を解体し座敷牢に放り込んだのは、殺された弟に代わって恨みを晴らしたのです。もちろん杉下にはそんな思い入れはありません。彼は綾香さんに成り代わって復讐を遂げたのです。ですが腰部を含む胴体は兄弟ふたりが共有する部分だったので丁重に扱ったのです。沼に沈めたのは、傷ついた鬼が復活したという彼の地に伝わる伝説に倣って、生き返って欲しいという思い入れなのかもしれません。

かなり長い話になったかもしれませんが、これが隆一殺害の真相です。十三年前、当時五歳の綾香さんと会っていたのは実は弟の方だったのです。

さてこれでふたつの殺人事件が解決されました。真の隆一殺害事件に関しては、細かな齟齬はあるものの、警察も真相に到達しましたが、誰よりも早く真相に辿り着いたのは、私の友人雪入なのです。雪入は私からの情報を分析すると、たちどころに真相を見破ってしまったのです。恐るべき推理分析能力だと思いませんか。賞賛に値すべきだと思いませんか。ですが、そんな彼も油断をしてしまいました。竹林で別れたあと、杉下の毒牙にかかったのです。杉下にとっては隆一だけでなく、雪入や私さえも平穏な日常をかき乱す不穏な異分子でしかなかったのです。

このように記しますと、杉下という老人が、いかにも極悪非道な男であるかのように思われるかもしれませんが、決してそういうわけではありません。彼に関してはあくまでも悲劇だったのです。私自身も襲われ、無二の親友まで殺されて、怨んでいないといえば嘘になりますが、あれから時間が経ったいま、あの老人をこれ以上憎んでも仕方がないと思うのです。

それでも私が長々とこの手紙を書いているのは、雪入の死は受け入れるとしても、せめて彼の業績だけでも世に知らしめてあげたいと思うからなのです。それが私にできる、せめてもの餞《はなむけ》なのです。

そして彼はこれまで例を見ない密室において、完全密室において殺されているのです。犯人が杉下であることは明らかですが、その方法はいまだ解明されていないのです。これをそのまま放置することはできません。雪入の存在自体が否定されるからです。

どうして警察は、この不可解な事件そのものを封印したがるのでしょうか。事情説明は何度も県警の方にいたしましたが、私の意見は取り上げてもらえなかった。というより雪入の存在そのものを疑ってかかっているふしがあります。確かに彼は秘密裏に行動していました。杉下が焼身自殺を遂げているいまとなっては、真相を追及するのは難しいかもしれません。しかし、雪入の死体を探し出せば突破口はつかめるのです。現在の私は入院を余儀なくされているので思うように活動できません。是非、雪入殺人事件を解明してください。そして私の無二の親友である雪入の死体を探し出して欲しいのです。彼がいなかったら、十三年前の密室殺人の方法は永遠に謎になっていたのです。

最後に雪入が殺されたときのことを思い出す限り詳しく記します。どうかこれを読んで再調査をお願いいたします。

雪入が鳴女村に姿を現したのは、滞在二日目（十一月五日）の午後です。灰王館とは反対側にある沼の辺りです。足を滑らせて転倒した私の前に現れたのです。

私たちの関係は、頻繁に会って一緒に何かをするという所謂《いわゆる》「仲間」という概念とは違って、めったに会う機会こそありませんが、実に良くお互いを認め合っている、私にとっては唯一無二の本物の友人です。私が困っているとひょっこり姿を現してくれたりして、とてもありがたい存在でした。

その日も陽を背にいつもの泰然とした様子で立っていました。私は蔵で起きた密室殺人のことや隆一の亡霊が出ることなど、これまで二日間に見聞きしたことを細大漏らさず伝えました。彼は黙って頷き、私の灰王館に泊まればという誘いを断り、駅前の旅館に留まって秘密裏に行動を起こすことになったのです。まだ姿を隠していた方がいろいろ便利だろうというのがその理由です。

私は彼の指示に従い行動を起こしました。十三年より前に鬼を見たという情報も彼の指示に基づいて集めたのです。いま思えば彼には事の真相はこのとき既に理解できていたのかもしれません。

雪入は独自に綾香さんや須藤医師にも事情聴取したといっていましたから、彼らにも尋ねてみてください。そうすれば私の言っていることが、本当のことだと理解してもらえるはずです。

隆一殺害が起き、私たちふたりはその解体現場となった竹林を覗きました。十一月六日の午後五時のことです。雪入はシートで囲われたそこへ躊躇うことなく入っていきます。彼には全ての事柄が明確に理解できていたので、そういった大胆な行動ができたのだと思います。そこで私は十三年前の密室事件の真相を雪入に求めました。事件の真相はすでに記したように驚天動地の事実でしたが、同時にそれを杉下にも聞かれてしまったのです。

杉下にとっては不安でならなかったと思います。だんだん真相に近づきつつある私たちが怖かったに違いないでしょう。

さて、私たちは竹林の解体現場を見た後、蔵も覗こうとしましたが、南京錠がかかっていて入れません。そこで雪入とは別れました。座敷牢での実験は私だけで行うことにしたのです。雪入にとっては、今回の隆一殺害事件は好奇心をくすぐるものではなかったのです。そう嘯《うそぶ》いていました。だから油断して杉下に殺されたのです。

私は正面玄関から館に入りました。このときロビーカウンターの奥にかけてあった南京錠がなくなっているのを確認し、その足で離れの屋敷に行き、南京錠の鍵をポケットに忍ばせます。鍵とは言うまでもなく、蔵の入口の鍵と前室と、座敷牢を隔てる戸の鍵、そして格子戸の鍵のみっつの鍵のことです。居間では女将と綾香さんが口論していました。綾香さんが泣きながら出て行ったのをいまでも覚えています。おそらくこのとき杉下が隆一を殺したのだと知ることになったのではないでしょうか。

その夜、翌七日の午前四時半頃、私は蔵へ向います。例の格子潜り抜け実験をするためです。それまで私はときどきうとうとすることはありましたが、基本的には起きていました。ズボンのポケットに鍵を入れたまま。このことが何を意味するかお分かりでしょう。十一月六日の十七時から翌午前四時半まで、蔵の鍵は私が肌身離さず持っていて、蔵には誰も出入りができなかったのです。

午前四時半は、あたり一面すごい靄でした。伸ばした自分の指先まで見えないぐらいの濃い靄でした。私は手探りで渡り廊下を進み、蔵へ繋がる角を曲がったところで、ただならぬ気配を感じます。次の瞬間には目から火花が出るほどの衝撃を受けました。杉下の火搔き棒で額を割られたのです。昏倒した私は、そのまま横になっていたいという誘惑を振り払い立ち上がると、手すりを乗り越えようとする杉下に反撃の体当たりを食らわしました。そして蔵へと急ぎ、ポケットから鍵を取り出し、南京錠を外し、前室へ逃げ込んだのです。戸を閉めるとすぐに心張り棒をかけました。渡り廊下から転落した杉下が再び襲ってきて、間一髪で逃れることができました。戸の外側では杉下の荒い息遣いが感じ取れました。

私は危機を逃れた安堵感と、額から流れる血にその場に頽《くずお》れました。かなりの重傷だったのです。板張りの床に大の字になり、息を整えようとしましたが、次の瞬間、雪入の死体を発見したのです。雪入も私と同じように仰向けに身体を横たえ、首だけが異様に捩《ねじ》れこっちを向いていました。人はあまりにショッキングなことに出会うと声も出ないものです。私は美術館で人生を変えるような名画に出会った観客のように、しばし呆然と眺めていました。

でも、雪入の首から下が切り離されていたのは間違いありません。それだけはいまでもしっかり目に焼き付いているのです。また同時に座敷牢へ通じる戸にも、南京錠がしっかりかかっているのも確認しました。雪入は誰も入れるはずのない密室で首を切断されて殺されていたのです。血糊はあまり記憶に残っていないことから、他所で殺され解体されたのを運ばれたのだと思います。

その後のことは警察の調書にあるとおりです。杉下が蔵に火をつけ、焼身自殺を図るまで、意識が朦朧としていて、どれだけの時間が経過したのかはっきり覚えていませんが、私は燃え盛る炎と煙によって覚醒し、よろめく足取りで廊下に出ると、やはり火事に気づいた綾香さんによって助けられたのです。

以上が雪入密室殺人事件の全容です。

さあ、解き明かしてください。私にできる協力は何でもします。＊＊病院の＊＊号室まで足を運んでくだされば幸いです。

草々

＊

「係長。これは――、この雪入殺害事件というのは知りませんでした。こんな事件が続いて起きていたのですか」

童顔の刑事は、エキセントリックな手紙の内容に、両手に持った便箋を破かんばかりに震わせている。

「まあ、そう慌てるな、田宮君。そこに書かれてある雪入云々はあくまでも鈴木慶四郎にとっての事件だ。一九八七年、蔵で起きた密室事件においては、細部についてはともかく綾香の話だけでよくあんな発想ができたものだと思うよ。ある意味天才かな。だが、天才と何とかは紙一重というじゃないか。まあ、はっきりしているのは、常人にはこんな発想はまずできないということだろうな」

田宮には係長が言わんとしていることが、すぐには飲み込めなかった。

「それで係長。その雪入殺害事件の結果は……」

「なにもない。何もなかったんだよ」

「……でも、焼失したといっても骨ぐらいは残ったのではないですか」

「自殺した杉下のものだけは蔵の傍で発見されたが、建物内からは人間はおろかフライドチキンの骨さえ発見されなかった」

警視庁の係長として不謹慎な例えだと田宮は思った。

「でも係長。その後の捜査はされたんですよね」語尾に力が入る。

「何もないとは、死体が出てこなかったという意味以前に、生きていたという証拠もないという意味だ」

「……？」

ますます混乱してきたのか、田宮は呆けたように口を開けた。

「山口県警は当然鈴木氏のいう雪入とやらを調べた。まず県警には雪入のデータが全然なかったからな。手紙にあったように雪入が会ったという灰王綾香や須藤医師に尋ねてみたが、ふたりともそんな人物には会っていない。雪入が泊まったという旅館もあたってみたが、そこはとうに店をたたんでいて、営業すらしていない」

「……それでは鈴木氏は嘘を」

「慌てるな。鈴木が言っているだけで、雪入はどこにも現れていない」

係長は、あえて遠まわしな言い方をしているようだった。めがねの奥の目が笑っているようにもみえる。

「後日、ひとりの男がまだ旅館を営業していると思ってやってきたという事実が判明した。元旅館の主人にある写真を見せた。それも偶然だったんだがな。すると主人はその写真を見るや、それが雪入と名乗った男だといったんだ」

「それは……？」

「その写真に写っていた男とは、鈴木慶四郎その人だよ。そして綾香や須藤医師も自分自身のことを雪入と名乗る鈴木氏とは会ったとも言っていた。綾香によれば、隆一殺害の事情聴取が終わった十一月六日の未明に、いきなり鈴木が部屋に入ってきて『事件は解決してみせる』と宣言していったそうだ。医師は、十一月六日の正午頃、灰王館へ向かう山道で、たったいま出会って別れたばかりの鈴木に『密室トリックはすでに看破した。首を洗って待っているように』と言われたのだそうだ」

「えっ……？」

「鈴木に教えてもらった、雪入の住所——横浜の馬車道は、鈴木慶四郎本人の住所だ」

「では……」

「そうだ、ふたりは同一人物だ。多重人格というやつだ。正確には解離性同一性障害というらしいが、統合失調症の可能性もあって、現在でも病名は確定していないらしい」

「そのことは、女将も知っていたんですよね」

「ああ、他に須藤医師も、あらかじめ灰王マリネから相談されていて知っていたようだがな」

病院にて

警視庁捜査第一課の新任刑事田宮は、鈴木慶四郎が入院している病院を訪れた。鈴木慶四郎からの手紙を読んで好奇心が騒いだことがその理由だが、まとまった休暇が取れたことが直接のきっかけとなった。

シュレッダーにかけるといった手紙はいま、ショルダーバッグのなかにある。一応、手紙の要望に応えるといった理由付けはできている。しかし当然捜査ではない。上司には内緒であり、あくまでも非番を利用してのプライベートな用事としてやって来るしかなかったのである。

田宮はあの日、自宅のアパートに帰ってから、同封されていた事件の記録の束（十一月四日から七日までの小説風にまとめたもの）を読んだ。慶四郎の視点から書かれてあった物語で、事細かに記録されていると思った。ただ、そのなかでどうしても二〜三ヶ所腑に落ちないところがあり、できればそれを確認したかったのだ。確認したところで、いまさらどうにかなるものではなかったが……。

入口を入り、患者でごった返している待合室を横目に、新病棟へ向かう。精神科は敷地の最北端の別棟になっているのだ。

案内に従い、三階分の階段と幾筋かの廊下を抜けると、増築された新病棟の渡り廊下へたどり着いた。新病棟はしんと静まり返り、なぜか人気が消えていた。旧病棟の慌しさが別世界のようだった。目の前にカードリーダーにより開くスチールドアがある。やはり一般病棟と違って勝手には入れない。IDカードが必要なのだ。右手に併設されたナースステーションのカウンターに『御用の方はこのスイッチを押してください』とある。そのスイッチに手をかけようとしたとき、背後に人の気配を感じた。見ると、上品な和服を着こなした白髪の老婦人が大きなトートバッグを持ってこっちに向かってくる。

そのとき田宮にインスピレーションが働いた。

「鈴木慶四郎さんのお母さん。灰王マリネさんですか？」

老婦人に向かって、田宮が言った。

「はあ、……どちら様でしょうか」

婦人は少し動揺を見せたが、否定しなかった。田宮は心のなかでビンゴと叫んだ。

「ああ、すみません。警視庁のものですが……」

「……いまごろ、どういうご用件でしょうか」

怪訝そうな老婦人の額に皺が寄る。

「少しお話をお聞かせ願えたら――」

田宮はそう言って、おもむろに警視庁宛てに送られた封書を取り出す。

「その手紙のことでしたら、ご面倒でしょうが、いままでどおりに、どうぞご処分くださいませ」

柔らかな物言いながら、きっぱりと言い切った。

「……はあ、それは、そのぉ、おっしゃるとおりなのですが……」

「それとも、今回は何か違った――」

「いえ、そういうわけでは……。すみません、正直に申します。今日は公務で来たわけではありません。あの、なんと言うか……」

「好奇心ですか」

「いえ、そんな……。ただ、なんというか、いくつか理解できないことがあるのです。それをどうしても知りたくて……。知ったからといって、事件そのものがどうこうなる……というものではないのですが……」

我ながら歯切れが悪い、と田宮は思った。これでは納得してもらえるはずもない。わざわざ訪ねて来たのに、ここで諦めるしかないのか――そういった感情が顔に表れたのか、マリネ婦人は突然笑顔を作ると、

「わざわざおいでくださったのですから、このまま帰るわけにもいかないでしょう。宜しいですよ。答えられることなら、お答えしましょう」

「恐れ入ります」

「その代わりといっては失礼にあたりますが、ご協力をお願いできないでしょうか」

「はあ、……どういうことで」

「雪入という人格がまた出てきたのです。ですから雪入は存在しないのだと、死んでしまったのだと

おっしゃってくださいませんか。警察の方からおっしゃっていただければ、慶四郎さんも納得できるのではないかと」

「結果は保証できませんけど、それで宜しいのなら、やってみましょう。できるだけのことはやってみます」

田宮は答えた。


灰王マリネと田宮は病棟を離れ、広い敷地内の庭園のベンチに腰掛けた。大きな噴水のある庭園だった。

「先ほど雪入という人格がまた出てきたとおっしゃいましたが」

「ええ」

「多重人格、ということですね」

「はい、そういうことらしいのですが、単純な多重人格ではないのです。交代人格である雪入の人格を慶四郎さんは認識していますし、雪入になったときも、主人格である慶四郎さん本人の存在も認識しているのです」

「普通本体の人格に戻ったときは、別の人格は認識していないものであると思うのですが、慶四郎さんの場合は雪入という別人格を認識していると同時に、自我も存在しているということなのですね」

「ええ、左様です。お互いがその存在を認識しあっているのです」

「良子さんという奥さんも、慶四郎さんが作り出した人格なんですね」

マリネは瞬間、上目遣いに睨むような視線を投げた後、観念したように目を伏せ、

「ご存知でしたか。左様です。あの子にとっては実の母である私に対して、まるで関心がありませんでした。あの子にとっての保護人格はあくまでも良子さんだったのです」

「――でした、というのは」

「ここへ入院してから、良子さんの人格は出てこなくなりました。それはそれで嬉しいのですが、母親とは認識してもらっていないのも事実です。病名は解離性同一性障害が有力なのですが、統合失調症との合併症状のようなのもみられるらしく、まだはっきりとは決まっておりません」

そう言い終わったあと、婦人は口元をぎゅっと締めた。

「事件後、しばらくは雪入という人格は出てこなくなっていたんでしたよね」

田宮は事前に調べておいた事実を確認した。

「そうです。あれ以来ずっと雪入と話すことはなくなったのですが、……最近になってまた雪入と対話する慶四郎さんに戻ってしまって……」

「幻覚が出てきたのですね」

婦人は頷くと、

「慶四郎さんには必要な人格だったのです、雪入というのは。壁にぶつかったときは、雪入という人格が必要だったのです。孤独で生きてきたあの子にとって、雪入はなくてはならない存在だったのです。全ては孤独な生活が呼び起こした人格なのです。私が身勝手な都合から捨ててしまわなければ、こんなことにはならなかったことでしょう」

婦人はそう言ったあと声を詰まらせた。田宮はただ、その顔を見つめ頷くことしかできなかった。

「あの子は、私がまだ若いときに産んだ子です。当時の私は荒んだ生活をしておりました。父親に反発し、家出をし、広島で自堕落な毎日を送っておりました。そんなときある男と出会ったのです。家を出るときに所持していたお金も既に使い果たしていた私は、躊躇うことなくその男と一緒に暮らし始めました。何の仕事をしていたのかは分かりませんでしたが、お金だけは持っていました。それで十分でした。あとは……、思い出すのも嫌なくらい、どうしようもないやくざな男だったのです。その男との間に生まれた子が慶四郎さんなのです。ですが、私には人を悪く言う資格はありません。私は我が子を捨てたのですから」

婦人は視線を噴水に移し、ハンカチを握り締める。

「男とは長く続きませんでした。子供が嫌いだという理由で帰ってこなくなり、そのうちに二度と――。私はホステスをしながら慶四郎さんを育てましたが、正直生活に疲れていました。そんなとき父に見つけられ、半ば強引に連れ戻されたのです。父からは慶四郎さんはある施設に預けたとしか教えられませんでした。実際は孤児院の前に捨てられていたのだと教えられたのは、十年以上経ってからのことです。その施設を訪ねたときには、既に養子に引き取られたあとだったのです」

感情を押さえつけた声で続ける。

「父親を恨み、その後も家出を繰り返してはまた連れ戻されるといった日々をすごしたあと、東京の大学に進学し、オーストラリアからの留学生であった主人と結婚したのです。そして隆一、秀臣がおなかのなかにいるのが分かってから、灰王館へ戻ることになりました。主人が家族は一緒に暮らすべきだという考えを持っていたからです」

小さく咳払いをして、

「父は私たちを決して快く受け入れてくれたわけではありませんが、表面上は平静を装っていました。私にまた家出されるよりはましだと考えたのだと思います。しかし、様相は一変します。私が結合双生児を生んだからです。そのあとのことはご想像ください。一家は地獄でした。父は主人と私をなじる毎日でした。主人は明るい性格で、そんなことにも耐えていたのですが、元来商才のある方ではなく父に認められないこともあって、四年か五年ほどでしょうか、一緒に暮らしたあと、追い出されてしまったのです。広島で貿易雑貨の店を出すので、そこをひとりで切盛りしてみよと言ったのが、いま思えば追い出すための口実だったのです。私も主人を追って灰王を出たかったのですが、隆一たち兄弟を置いて出て行くわけにはまいりません。ですが、主人とは定期的に会っておりました。そういう生活が二年ほど続いたあと、綾香を妊娠したのです。主人が戻って来られるように父を説得している期間に綾香が生まれますが、主人も交通事故で帰らぬ人になってしまったのです」

婦人はいったん言葉を切ると、

「話が前後してしまいましたが、隆一、秀臣兄弟が生まれてから、父はすぐに離れの蔵を改造させ座敷牢を造り、そこに閉じ込めたのです。父は異形の双子の存在を隠すことだけに専心します。理由は醜聞を怖れたからで、概ね慶四郎さんの手紙に書かれてあるとおりです」

「大変だったのですね。想像を越える苦労があったのでしょう」

そう相槌を打ちながらも、田宮は婦人の話のなかに妙な違和感を覚えていた。

「私自身も隆一、秀臣の兄弟が好奇の目に晒されることを恐れていましたから、父には反対しませんでした。慶四郎さんのことを聞いたのは兄弟が生まれて一年ほど経ってからでしたが、私にはその施設を訪ねる暇がありませんでした。そのころまで一日の大半は蔵で過ごしていましたし……」

マリネは口元をハンカチで押さえると、

「すみません、お聞きになりたいのはそんなことではありませんよね。何からお話したら宜しいでしょうか」

田宮自身、聞きたい質問をピックアップしてきていたのだが、このまま流れに任せて話を聞き出した方が、求める答えに近づけるのではないかと、ふと感じた。

「いいえ、そんなことはありません。事件の背後を知ることは重要なことです。でも、……そうですね。では、慶四郎氏が灰王館に泊まった日の夜から、思い出すままで結構なので、話してくださいますか」

「あまり説明が上手ではないですから……。それが原因で、起こさなくていい事件を起こしてしまったようなものです。私がみんなにちゃんと説明しておれば、あんな悲劇を起こさなくて済んだでしょうに……」

「あまり、ご自分を責めないで下さい。残ったものであと何を為すかを考えるべきだと思います」

「ごめんなさい。お若いのにしっかりされているんですね。それでは――」

婦人はまた視線を噴水に戻した。

「順を追ってお話しましょう。慶四郎さんがはじめて灰王館にみえたときに、綾香は蔵のある辺りで隆一を見かけました。隆一はちょうど一年前ぐらいから灰王館にときどき姿を見せるようになっていたのです。その夜、私は綾香に問い詰められました。そのときは何とか誤魔化したのですが、次の日あの子は隆一と会ってしまったのです。その夜帰宅した私は、綾香に竹林まで呼び出され再び問い詰められました。もう梟や山菜採りの人間だと誤魔化しきれませんでした。私はすべてのことを話しました。隆一には一卵性双生児の双子の弟、秀臣がいることを。そして一九八七年に死んだのは隆一ではなくて秀臣であることを。そしてそのふたりが結合双生児であることを。綾香ははじめかなり驚いた様子でした。ただ信じられないといった顔つきで私を見つめていました」

田宮は無言で次の言葉を待った。

「隆一は紫外線を浴びると死んでしまう病気ではなく、結合双生児であるがゆえに外に出せない、外に出して世間に知られることを恐れたからだと説明しました。当時の父が選挙を控えていたこともありますが、こんな辺鄙な山村ではすぐ知れ渡り、好奇な目に晒されてしまいます。それにふたりが生まれた頃は、まだ温泉は営んでいまして、ただでさえ砒素が出るとなって客足に影響を及ぼしていましたから、そこで結合双生児が生まれたということになると、もう温泉業にとっては致命的な問題です。科学的な因果関係があるとかないとかの問題ではありません。すべては父の判断ですが、私も反対はしませんでした。先ほども申しましたが、ふたりが好奇の目で見られることに耐えられないからです。それにそんなふたりが生き抜いていくためには、父の力——主に財力は絶対に必要で、父に逆らうことはできないと判断したからです」

「綾香さんが蔵へ行っているのはご存知だったのですか」

「ええ、知っておりました。幼い女の子をひとりにすることはできませんし、隆一兄弟もああいう環境で生活していたこともあって病弱でしたから、片時も気を許したことはありません。幸い当時は使用人が何人かいたので、私は子供たちの面倒を見ることに専心できたのです。綾香は私に気づかれないようにしていたようですけど、分からぬはずはありません。秀臣から折鶴を貰っていることも、それを川に流していることも知っておりました。隆一からもそのことには気づかないふりをしていてくれと頼まれてもいました。そしてまた綾香と会うときはシーツに隠れて双子であることを隠しているということも教えられていました」

「なるほど、慶四郎さんの推理は当たっていたのですね」

「秀臣は自殺でした。慶四郎さんの手紙に書かれていることはほとんど当たっていますが、そこだけは間違っています。隆一は秀臣を殺害したのではないのです。ふたりは仲の良い兄弟でした。ふたりで協力し合って生きてきたのです。あくまでも秀臣が自殺したのです。鉈で自分の左足を切断し、続けて包丁で脇腹を刺したのです。しかし隆一も腰で繋がっている以上、いずれ出血多量で自分も死んでしまうことは火を見るより明らかです。だから、秀臣を解体するしかなかったのです。秀臣を解体し、格子を抜け、助けを求めようと考えたのは仕方のないことです。これについて隆一を責めることはできません。助けの声をあげたのでしょうが、あの日は忙しく、誰も気がついてあげられなかったのです」

婦人はいったん言葉を切って、気持ちを落ち着けるように、大きくひとつ息を吸い込んだ。

「隆一は泣く泣く秀臣を切り刻んだのです。そこを幼き日の綾香に発見されてしまったのです。そのとき綾香が隆一の死体だと思っていたのは、実は秀臣の死体だったのです。仕方ありません、父と私と杉下それに須藤医師以外には、蔵には隆一という難病の、ひとりの人間しかいない、としか思わせていませんからね」

婦人は視線を再び田宮に向け、

「そこまでです、私がとりあえず綾香に話して聞かせたのは。事実関係のみについて話したのです。それ以上のことは、日を改めて話そうと考えました。現に綾香は突きつけられた事実だけで、かなりショックを受けておりましたし、それ以上は何を言っても頭のなかには入らないだろうと考えたのです。まずは冷静になって頭のなかを整理してもらって——。それほど彼女に話して聞かせたのは、大変衝撃的な内容だったはずですから。しかしそれは間違っていました。……ちゃんと話しておけば、……ちゃんと話し合ってさえいれば、こんな事件にはならなかった」

「ちゃんととは？」

「秀臣は極度の人見知りといいますか、対人恐怖症でろくに口を利けなかったのです。私自身三歳になるまで、もしかしたら脳か耳にでも障害があるのかと危惧しておりました。もちろん知能は人並みにありました。ただ、言葉を、うまく話せないというだけなのです。ですからてっきり綾香と話していたのは隆一で、秀臣はシーツに隠れていたんだと——そう考えていたのです。そして秀臣は右利きで隆一は左利きなのです」

婦人はゆっくり瞬きしてから、

「先ほども申したように、綾香と会うときはシーツに隠れてシャムであることを隠していることは聞いていました。綾香と会うときは、しかし現実は逆で、話をしていたのは確かに隆一なんですが、姿を見せていたのは秀臣のほうだったのです。たぶん隆一が秀臣のために代わってあげたのだと思います。言葉を交わすのは自分だけなので、せめて姿は秀臣に見せてやろうという兄弟愛です。暗がりでもあり、綾香には区別がつかなかったでしょうし、隆一もそんな入れ替わりは、大したことではないと考えていたのでしょう、だから私にも話さなかったのだと思います。綾香は隆一から――実は秀臣なのですが――折り紙を折ってもらっておりました。そのとき右手で器用に折る記憶が焼きついていたのです。ところが十三年経って、目の前に現れた隆一と名乗る男は、実際にも隆一だったわけですが、左利きだったわけです。最初は懐かしがったでしょうが、すぐその違和感に感づいたことでしょう。昔右利きだった兄が、いまは左利きになって目の前にいる。彼女は考えました。いま目の前にいるのは、隆一と名乗る秀臣なんだと。嘘を言っているのは、隆一を殺したからなんだと。母にも隆一と思わせているのだと。つまり秀臣は、自由になるために隆一を殺し、邪魔な体を処分したんだ、と考えてしまった。愛する兄を殺した憎い犯人だと考え至るのにそう時間はかからなかったでしょう。綾香は一九八七年のあの日、座敷牢で殺されたのが本物の隆一であり、十三年経って姿を現したのは隆一と名乗る殺人者秀臣だと思ってしまったのです」

「……すいません、少し整理させてください。本物の隆一殺害事件が起こる前、あなたが綾香さんに教えたのは、座敷牢には隆一、秀臣という結合双生児がいること、そして秀臣が自殺し、隆一は解体しただけだということなんですね」

「そうです。それが『誰も殺されてはいない』という発言の真意なのです」

慶四郎の記録にある、竹林での綾香と女将の口論で、一番の疑問点が、女将本人の口から言及された。

「それに対して綾香さんは、疑惑の根拠となる利き腕のことについては、言及しなかったのですか」

「そうです。綾香にもそのときには、はっきり分かっていなかったのです。ただ違和感を覚えていて、自分の主張を曲げませんでした。隆一と名乗っているのは、本物の隆一を殺した秀臣なんだと。私も綾香が興奮しているのでただ、なだめるだけで詳しく訊いてやることができませんでした」

「それで口論になった」

婦人は頷く。

もしそのときふたりが言い争っている竹林に慶四郎がやって来なければ、ちゃんと話し合えていさえすれば、事件は起こらなかったかもしれない。田宮はその言葉を寸前のところで飲み込んだ。

「綾香は行動に移しました。隆一とひっそりと会うと問い詰めたのです、『本物の隆一兄さんを殺したのは秀臣兄さんあなたでしょう』と、隆一はそれに対してただ、頷いただけで一切反論はしなかったと申しておりました。隆一のなかでは、自分のことを隆一であるとか、秀臣であるとかはどうでもいいことなのです。隆一は意識のレベルでは隆一本人であることはもちろん秀臣でもあったわけです。秀臣が亡くなってからは特にそういう気持ちが強くなっていました。そして、秀臣は自殺なのですが、首や腕を切り離したのは隆一自身であることから、隆一は自責の念にかられていたのです。秀臣を殺したのは自分じゃないかって。だから綾香から、殺したんでしょうと言われて、というより言われたのが大好きな綾香だからこそ、強いショックを受けていたのだと思います。だから、否定する気にもならなかったのでしょう」

「それを知ったのも、隆一さんが殺された後、お嬢さんから聞かされたのですね」

婦人は小さく頷くと、

「そして綾香はそのことを、疑惑をすべて杉下に打ち明けたのです。杉下はそれを聞いて綾香のために灰王家のために隆一を殺したのだと思います」

「それだけのことで……」

「杉下とはそういう人間です。灰王家のために全人生を費やした男です。私のいうことに逆らったことは一度もありませんでした。そしてまた綾香を本当の孫のようにかわいがってくれていました。そんな綾香と私が言い争いをするのを見て、心が痛んでいたのだと思います。慶四郎さんの手紙にあるように、隆一や慶四郎さんを、灰王家を侵略する外敵と考えただろうということは十分に考えられます」

マリネはハンカチをぎゅっと握り締めると、

「隆一のことや慶四郎さんが私の息子であることをちゃんと教えておれば、あんな惨劇を生まずに済んだのです。私も父と同じだったのです。他人を信用せず、自分の力だけで処理しようとした私の責任です」

田宮には、どんな慰めの言葉も見つからなかった。本物の悲劇の前には全ての言葉が陳腐になる。

「蔵でばらばら死体が発見されたあと、居間で綾香と杉下に問い質すと、彼女はすぐに話しました。私は『あなたたちは勘違いしていると、生き残ったのは本物の隆一だったのだと、母親の私が言うのだから間違いない』と言い、全ての誤解を解いてしまったのです。馬鹿な女です。後先のことを考えず、ただ感情の赴くままに、隆一が殺されたことの深い悲しみから喋ってしまったのです。綾香や杉下の気持ちも考えずに」

「そのとき、杉下は何も言わなかったのですか」

「はい、終始無言でうつむいているだけでした。おそらくそのとき杉下は覚悟を決めたのでしょう。そして最後の外敵であると思っていた慶四郎さんを道づれに焼身自殺を図ったのだと思います」

田宮は首をひねって考え込んだ。

「悔やんでいます。私さえちゃんと話していればこんなことにはならなかったのだと……。私はまだこうして生きています。自殺も考えましたが、できませんでした。死ねないのです。生き続けていく気力はないのに、それでも自殺することはできないのです。もうひとりの私が、冷静なもうひとつの人格が自殺を拒んでいるのです。生き続けていく理由なんてないのに、自殺を考えようとすると全ての思考がストップして、ただただそれを拒否するのです。私は生への執着心の強い、本能の命じるままに生きる女なのでございます」

「あなたがいなくなれば、慶四郎さんの面倒をみる人がいなくなります」

「ええ、それが、私に残された最後の仕事だと思っています。ただ、慶四郎さんには灰王館の女将にしか思われていなくて」

「母親であることは」

「はい、現在もまだ名乗っていないのです」

「いまもですか」

「はい、あの子にはこれ以上の刺激を与えたくないのです。ただでさえ、精神が病んでいるのですから」

田宮は少し考えてから、

「そうすると、隆一、秀臣の兄弟のことも、一度も慶四郎さんに話したことはないのですか？」

「はい、当然知りません。慶四郎さんが灰王館を訪れたのは、事件の日が初めてのことです」

「え、それでは慶四郎さんは本当に綾香さんから聞いた情報だけで、座敷牢での密室殺人事件を解いたというのですか」

婦人はただ恭しく頷くだけだった。

田宮は正直驚いた。慶四郎にはあらかじめ全ての情報がインプットされていて、それを慶四郎自身が認識していないだけで——、と考えていたからだった。

「女将さん、それでは慶四郎さんはどうして灰王館を訪ねることになったのです」

「あの子の消息がつかめたのは慶四郎さんが大学を卒業して、就職したての頃でした。興信所を使って調べさせたのです。そこで、思い切って電話してみました。いきなり名乗ることもできませんでしたし、あの子の現在の生活を乱してはと考えて、遠い親戚のものとして電話いたしました。そのとき私は灰王館の女将だと名乗り、一度お越しくださいと申しました」

ありえないことではないかもしれないが、話が何だか強引だ。

「でも、そのことで、慶四郎さんは悟ったのではないでしょうか」

「いいえ、電話の向こうから聞こえてくる声は、抑揚のないもので、最後にはとりあえず慶四郎に伝えておくよといって一方的に電話を切られました」

「電話に出られたのは慶四郎さんに間違いなかったのですか」

「間違いありません。先に名前を確認いたしましたし。私は感づかれ拒絶されたのだと思ったのですが、いま思うとその瞬間人格が入れ替わっていたのかもしれません」

「ということはですね。慶四郎さんはどうして灰王館を訪ねることになったのです」

田宮は同じ質問を繰り返した。それこそが一番知りたかったことなのだ。

「自分で自分自身に手紙を書いたのです『出生の秘密を知りたくば、灰王家を訪ねよ』と。いまでも同じ手紙を書いています。警察に宛てた手紙と同じように」といったん言葉を切った後、灰王マリネは唐突につけ加えた。

「そして、保護人格、妻の良子に宛てた手紙も、実際は一時期を過ごした北九州市の施設宛てで、そのシスターが良子という名前なのです」

右肩上がりの癖字の手紙、0と6が判別しづらい字、見慣れた文字の躍っている雪入のメモ——これらは全て同じ筆跡だったんだ。

＊

普通の病室と変わらないハンガードアを開けると、そこには小さな前室があり、重そうなスチールドアが控えていた。室内は壁、天井、床とも白い材料で内装がされていてとてもやわらかい感じがした。スチールドアも室内側は木が貼りつけられていてやわらかい感じを与えている。

部屋の奥、反対側には観察廊下というものがあって、そこから医師が患者の様子を確認できることになっている。そのため全面に透明なポリカボーネイトが太い鉄格子に嵌め込まれている。防犯目的でなく逃走防止が目的なのだ。

慶四郎に割り当てられている保護室内も同様に、天井こそどこにでもある虫食い模様のボードであるが、手が届かないほど高く、壁も床もクッション性が高い材料で仕上げられていた。また角という角が全くなく、全てがアール加工されていて、ドアや窓にも当然取っ手をはじめとした突起物が一切ない。自傷行為を防止するための特別仕様の部屋である。室内トイレも剝き出しで、便器も陶器でなくステンレス製なのは、割れて凶器となるのを防ぐために違いない。

鈴木慶四郎は顔色こそ青白いものの元気な様子だった。事件当時の写真よりは幾分太って見える。

「警視庁のものですが」

ふたりの屈強な介護士に挟まれるようにして、田宮は立ったまま自己紹介した。

「ご苦労様です。どうですか、その後の捜査の進展は」

ベッドというにはあまりに粗末な——床から十センチほど上がった高さに角材を並べただけの台にマットレスが敷かれた——ものに腰を下ろして、慶四郎は膝を抱えていた。

「ええ、まあ、あまり捗《はかど》ってはいないのですが……」

感情を害すかと思いきや、慶四郎はなぜか上機嫌で、

「刑事さん、喜んでください。雪入は生きていたんですよ。雪入殺しの密室の謎がたったいま解けたところなんですよ」

「なに言っているの。雪入さんは亡くなったのよ。しっかりして、あなたが看取ったんでしょ。残念だけど、生き返ってはこないのよ」

マリネは強い調子で言った。それでも慶四郎は意に介さず、

「私が見たと思ったのは、実は鏡に映った私自身だったのですよ」

「ですが、鈴木さん。雪入さんの首は切断されていたのではなかったのですか」と田宮。

「いいえ、違うんですよ。いいですか、蔵の前室にあった姿見はかなり傷んでいました。角は欠け、全体にひび割れがあったのです。そしてひびからは湿気が浸入してシケ現象を起こしていたんです。そこにちょうど私の首の部分がくるように倒れたのです。それで私が見誤ったのですよ。暗闇と額が割れていたこと、そしてその額から流れ出た血が目に入り、よく識別できなかったのです。あとで良子に聞いてもらえれば分りますが、雪入と僕は良く似てもいるのです。おさがわせしてしまいましたが、私が勘違いしてしまったのです。申し訳ありませんでした」

なんということか、雪入という人格を欲したが為か、慶四郎は真相に到達してしまったようだ。

「ずっと思っていたのですよ。雪入はどこかで生きているのではないかと。いまその確証が得られました」

慶四郎の顔は嬉々として輝いていた。

「ちょうどいい。刑事さん。医者を呼んでください。いますぐここを退院しますと。こんなところにいたんじゃ雪入は現れない。彼は大の医者嫌いなんですよ。それに僕の傷はもう良くなりました」

そう言って立ち上がると、額に貼られたばんそうこうを剝いだ。そこには三年前灰王館の蔵で杉下に割られた傷の他に小さな擦り傷が見られた。

「だめです」

止めるマリネを突き飛ばし、喚声とともに慶四郎はドアに向かって突進する。介護士は咄嗟にドアを閉めたが、慶四郎はそのドアに思い切り頭から突っ込んでいった。慶四郎は床の上にもんどりうって倒れ、頭をおさえながら引きつけを起こしている。

やがて慶四郎は介護士によってベッドに寝かしつけられた。そして、ベッド脇に取り付けられた金具を利用して、慶四郎の身体を、拘束帯を使って器用に固定した。

「――放せ、何をする。おまえたち、俺のじゃまばかりしやがって、放せ」

慶四郎にはベッドの上で手足を僅かにばたつかせることしかできなかった。

「この鉄格子を外せ。何度言わせる」

口の端に泡を吹きながら、なおも喚く。

「目のなかの虫を始末しろっ」

首すじの血管が青くもり上がる。

「いいか覚えてろ。いつか出てやる。諦めないぞ、何度でも脱走してやるからな」

鬼の形相で、わめき散らす慶四郎の額には新たな傷ができていた。

「大丈夫ですか」

保護室の外へ出て、田宮はマリネに声をかけた。

マリネは「ええ」と軽く頷くと、

「初めてのことではないですから……」

「前にもあったのですか」

「ええ、ここに入院してから最初の二年ぐらいは、まったく何もする気がないようで、呆けたようになっていたのですが、この一年ぐらい前から少しずつ食欲も出て、積極的に慶四郎さんの方から話しかけてくるようになりました。腕立て伏せや、屈伸運動なども自らの意思で行うようになったのです。この様子なら退院も近いと担当のお医者さまとも話していた矢先、突然脱走を繰り返すようになりまして……。ああやって額に傷ばかりつくって……。あるときは、隠し持っていた包帯で看護師さんの首まで締めてしまって……。最近ではせっかく消えたと思っていた雪入までまた……。あの人のなかでは、この三年間…時間が止まったままで……」

そう言ったきり、灰王マリネは泣き崩れてしまった。

真の真相

いったん新館を出、先ほどまでいた中庭に田宮はいた。ベンチに腰掛け、確認したかったが結局できなかった事柄に思いを巡らせていた。

それは、『なぜ隆一は目を刳《く》り貫《ぬ》かれていたのか』ということだった。

事件記録はかなり詳細に記載されてあるのに、その件についてはあまり考察されていない。それはなぜか？

虫の知らせで蔵に行ってみたら、隆一の死体を発見したみたいな記述しかない。本当に虫の知らせだったのか？

本当は、隆一を殺したのは慶四郎ではないのか。

動機は綾香を守るため。杉下の動機をそのまま当てはめればいい。

目を刳り貫いたのは、慶四郎が沼で襲われたときに隆一に鋭い眼光で睨まれている。それが、無意識のうちに、一種のトラウマになったがためではないのか……。

いや、それでは弱い。もっと何か大事なことが隠されている。

雪入（慶四郎）が隆一殺害の現場となった竹林を覗いたのは、証拠となりうる何か、例えば足跡を残してしまったのではないかと、気になったからではないのか。結果的に足跡は残されていなかったものの、どうしても気になってしまって、いてもたってもいられなくなったのではないか。だから、殺害現場を確認した後、木の枝で掃くように足跡を消して立ち去ったのではないのか。

もしかしたら、杉下は慶四郎が隆一を殺害する現場を目撃していたのではないか？　それでも杉下が沈黙を守っていたのは、慶四郎もまた女将の息子であるということを知っていたからだとしたら……。

杉下は、殺人という罪を犯した慶四郎を罰し、そして自殺したのではないのだろうか……？

ベンチが陰るまで座っていた田宮が、おもむろに立ち上がった。目は見開かれていて、その視線の先には灰王マリネがいた。

「まだ、お帰りになっていなかったのですね」

言わずもがなの事を口にする。見れば分かるだろう。さっきまで同情の眼差しを向けていた相手に、いまは敵意を持っている。何故だろう。

「女将さん。あなたは嘘をつきましたね」

マリネはただ微笑んでやり過ごす。

「慶四郎氏の養子先の鈴木家は、たしか紡績工場に勤めていたはずです。紡績工場といえば灰王家となんらかの関係があったとするのが自然です。とすると北九州の孤児施設も灰王家の息のかかったところと判断するのが自然だ」

「決して嘘はついておりませんよ。聞かれなかったから答えなかったまでです。事件に関係のないプライベートな事実ですから、無理にお話する必要はございませんでしょう」

「嘘とは事実を曲げて虚偽のことを言うだけでなく、必要なことを言わないことも嘘というんですよ」

「見解の相違ですね」

余裕の笑みだ。

「では、事実とは明らかに異なることを指摘しましょうか」

田宮は挑戦的に微笑み返す。

「……」

「慶四郎さんはいまいくつになります。二〇〇〇年の事件当時はいくつでした」

「……」

さすがに顔色が変わった。

「あなたは、若いとき家出をしていた頃に生んだお子さんだと言っていましたが、計算が合わないんです。慶四郎氏は記録のなかで、雪入と初めて出会ったのが大学二年で、十年は経っていないとの記述があります。慶四郎さんは浪人、留年していませんから二〇〇〇年当時で、二十八、九歳のはずだ。

一方、双子の兄弟は一九八七年の事件時、十五歳であった。すると二〇〇〇年当時で、二十八歳ということになる。……同じですよね」

視線で詰め寄る。

「さらに、さっき病室で暴れたときに着衣が乱れて見えたのですが、両腕の付け根に縫合の痕がありました。おそらく左足の付け根にも縫合の痕があるのではないですか」

このときの田宮には、何かが降りてきているようだった。かなり鬼気迫る形相をしていたのではないか。

「慶四郎氏は右足が義足です。最新の義足は優れもので、かなり自然に歩けますが、それでもいざというときのために杖は手放せない。いまから言おうとしていることは、そもそもは、慶四郎氏の右足が義足であるとの事実から連想したことです。お分かりでしょうか。秀臣氏と同じ状態だと」

田宮はいったん言葉を切り、重く垂れ込んできた雲を見上げた。

「慶四郎＝秀臣ではないかと考えてみました。そうした上でいろいろな事象を当てはめてみるのです。ひとつのキーワードが決まると、すらすらと解けるクロスワードパズルみたいに無理なく、うまく当てはまるのです。最大且《かつ》唯一の難問は、顔の違いです。しかしこれも慶四郎の記録を読めばヒントは隠されています。人相が違うのは整形手術を受けたからでしょう。学生時代に交通事故に遭って長期入院をされている。生死の境をさまようほどの事故だったそうですね。そのとき顔に怪我をしたのか、あるいはそれを機に、顔まで整形したのかのどちらかでしょう。いずれにせよ整形によって綾香に秀臣であることに気づかれずに済んだ」

田宮は一歩踏み出した。

「死んだと思われた秀臣が生きていた。だが、それらの事象を事実として受け止めると、一九八七年に起きた殺人事件の被害者は誰だという問題にまい戻る。つまり隆一に似た頭部が誰のものかという問題が派生する。手足は縫合できても、切断された頭部を再び縫い合わせることは不可能だ。だからどうしても、もうひとつ頭部、死体が必要となる。しかも双子に似ていなければならない。となれば、三つ子という結論が導かれる。結合性双生児が存在するのなら、結合性三胎だって理論的にあり得ない話ではない。そう考えれば不足の頭部の問題は解決する。しかし、今度はさらに余分な手足が派生してしまう。しかし三人目の手足は発見されていない。処分したからなのか。しかし、それは如何にも何でもあり得ないように思う」

さらに一歩詰め寄る。マリネは動けないでいた。小刻みに震えているようにも見える。

「そこで閃いたのが、畸形嚢腫《きけいのうしゅ》。本来なら三番目の新生児として望まれて生まれてくるはずだったのでしょうが、何かが原因で、秀臣の体内に生き残ってしまった。そして頭部だけが成長を続け、人面疽を形成した。秀臣の左脇腹に、薄皮一枚の下で隆一、秀臣と同じ顔を持つ人面疽が形成されたのです」

田宮は大して喋ったわけではないのに、息切れを覚え、肩で息をしていた。あまりに突飛な発想に吾知れず興奮していたのだ。

「……秀臣は、自殺しようとしたのです」

マリネは視線が定まらない様子で、脈絡のないことを口走った。それに、さっきまでは自殺と断定していたのに。

「秀臣が自ら左脇腹に柳刃包丁を刺した理由も分かる気がします。忌まわしい腫瘍が日に日に大きくなっていく。それを切り外したかったことでしょう。シャムであることで将来を悲観して、秀臣が自らの左足に鉈を振り下ろしたのは事実でしょう。それまで否定するつもりはありません。そして、次にとった行為は、左脇腹から背中まで包丁を刺し、人面疽を切り取ることだった。死を覚悟しながらも、僅かな時間でもいいからひとりになりたかった、という強い思いがあったのではないでしょうか。では何故先に脇腹に刃を入れなかったのかというと、それは隆一に邪魔されると考えたからです。鉈を持ち振りかぶる手を隆一に摑まれかねない。秀臣の右に位置する隆一には秀臣の左脇腹には手が届かないが、秀臣の邪魔をすることは可能です。だから秀臣は鉈で、先に左足に一撃を加えることを選択したのです。左足は鉈での一撃です。隆一が眠りについているときを見計らって振り下ろせば済む。完全に切断できなくてもいい。半分も切れれば、成功です。隆一が驚いている隙に脇腹にできた腫瘍を切り取ることができる。凶器がふたつあったことの説明もこれでできる」

田宮は一息入れて再開した。

「手順によって話してみましょう。左足を先に鉈で振り下ろした秀臣は、出血する太ももを大慌てで止血しようとする隆一を尻目に、次に左脇腹に柳刃包丁を刺し、人面疽を切り取る。ただ、人面疽を完全に取り除くには、背中の方に刃を回してもらわなければならない。それは隆一に手伝ってもらったことでしょう。しかしここまでの一連の行為で、秀臣は痛みによるものか、失血のためかどうかは分からないが、気絶してしまう。残された隆一が次にとる行為は、慶四郎の記録にもあるように、隆一もまた秀臣を解体してひとりになることだった。痛みは脳で感じるものなので、幸いにも秀臣の傷の痛みは、思ったほど隆一には感じられなかったのかもしれない。だが、血液が流出している以上、失血は隆一にとっても命取りだ。だから秀臣切り離しは急を要する。そして、両腕を切断し、さらに首を切断しよう、と躊躇っている内に、綾香の思いがけない訪問を受けた。……想像の部分が多分に入っているかもしれませんが、こんなところではないですか」

田宮はとりあえず喋り抜けたことで、ほっとし、ため息をつく。

「毛布の上に乗っていた頭が陥没し、べっとりと澱のように血糊で濡れていたのも人面疽だと考えれば説明になります。医者に頼んで、慶四郎氏の身体の傷を調べさせてもらえれば、左脇腹から背中にかけて大きな傷があるのではないですか。慶四郎氏が残した記録は、この件に限らず、悪意を持ったまるっきり違った嘘の記録がつづられているわけではありません。幼少期の創られた記憶と、人格が転移したがために誤った記述は幾つかありますが、残りの記載は暗示的です。明確な記憶はなくても無意識の内に言及しているのです。例えば、雪入は慶四郎の分身であり、自身の弱いところ、嫌なところを克服した理想像として描かれています。だから年齢や身長や体重は同じだし、同じタイプの女性を好きになる。だから傷の位置も同じなのです。入院中どこが悪いのか分からないほど体力を持て余していた雪入に出会ったのも、早く健康になりたいという慶四郎の願望だったのです」

「そのとおりです。人面疽に意識や人格、生命がない以上、殺人ではありません。喩えは悪いですが、大きな疣《いぼ》を取ったようなものです」

マリネはそれだけ言った。

ピントがずれている。何故だろう。

「私が少し引っかかったのは、あなたが先ほど言った『誰も殺されてはいない』という一言です。墓穴を掘りましたよね。慶四郎氏はそうは記述していません。彼は『誰も死んでなんかいない』と記述しているのです。いいですか、この台詞は女将さんあなたがおっしゃったことなんですよ。それを間違えますか。間違えたのは、あなたが事実と異なることを言おうとしたからです。いいですか、一九八七年の事件では、悲劇はあったものの、殺人事件は起きていません。ですが、二〇〇〇年の事件は明らかに灰王隆一殺害事件なのです。あなたが『誰も死んでなんかいない』と言ったときには、まだ隆一は殺されていませんでした。だから十三年前の事件を指して『誰も死んでなんかいない』と断言した。しかし、二〇〇〇年の事件が起き、そこに隠れている真実を隠したいばかりに、すでに終わってしまった過去に於いても『誰も殺されてはいない』と言い間違いを起こしたのです」

マリネは大きく首を振ると、

「何をおっしゃりたいのか、分かりません。……そうですよ。三年前の二〇〇〇年の事件は、杉下がその犯人なのです。それでいいではないですか。何も矛盾はありません」

言い終わると真一文字に唇を合わせた。それ以上待っても次の言葉は期待できそうになかった。

「私は先ほどから、隆一を殺したのは慶四郎ではないのか、と考えていました。動機は綾香を守るため。杉下の動機をそのまま当てはめればいい。目を刳り貫いたのは、慶四郎が沼で襲われたときに隆一に鋭い眼光で睨まれている。それが、無意識のうちに、一種のトラウマになったがためではないのか……と。目を刳り貫いたのは、そのままの理由だとしても、隆一を殺した理由があまりにも弱い。

弱すぎるんです」

「何を言っているんです。ですから、杉下が犯人なのですよ」

「結合性三胎が事実だとすると、隆一殺害事件の動機には、別の見方が加わるのです。それは秀臣の隆一に対する怨恨です」

「あなたは何も知らないのです。ふたりは仲が良かった」

「そうでしょうとも。結合性双生児である以上、生きている間は、協力しなければ生きていけませんからね。では何故、秀臣が自殺を覚悟し、左足を切り、続いて脇腹の人面疽を切り取った後、隆一は秀臣の心臓を一思いに刺して楽にしてあげなかったのでしょう。すでに失神状態にあったとしても、腕を切り取れば、秀臣は痛みに耐えかねて覚醒しなかったはずはない。苦しみにのた打ち回る秀臣を見ていながらも、首を刎《は》ねるなり、心臓を突き刺すなりしなかったのは、身体が結合している以上、秀臣の致死は、隆一自身にも重篤な結果をもたらすのではないかと危惧したからではないでしょうか。だから、影響の少ない腕から切断していった。腕を切断してみて、自分に対する影響が少なければ、次に首を刎ねるつもりだった。綾香が訪れたとき聞いたうめき声は、秀臣の痛みの声、助けを求める声――それを封じるために、隆一が秀臣の口を押さえつけていたものではないでしょうか。そういうことがあったから、再生手術――切断された手足の縫合を受け生き返った秀臣、すなわち慶四郎は、復讐のため隆一を殺す気になった、というわけです」

「なんてことを……」

「秀臣と隆一の、結果的にかもしれませんが、分離手術が成功して、ふたりは別々のところで暮らしています。あなたは決して引き合わそうとはしませんでした。というか隆一には、秀臣は死んだことにしておいた節があります」

マリネは否定しなかった。

「引き合わそうとしなかったのは、秀臣の隆一に対する恨み言を、聞かされていたからではないですか。シャム双子のことを綾香に話さなかったのは、また、隆一を灰王家に迎え入れなかったのは、そういったことが原因だったのでしょう」

「……」唇を噛み締めているのが分かる。

「考えてもみてください。そもそも切断の順は左足、脇腹、両腕の順番になっています。ですが、これは秀臣が自殺したという前提の上に成り立っていることです。ですが、この切断の順序を変えてみてください。両腕を先にした場合、これはもう間違いなく隆一による悪意を持った殺人事件なわけです。左足が先の場合だって、隆一が行ったとする方が自然な行為なのです」

「隆一が悪意を持っていたのなら、手足切断の順番はおいといても必ず止めを刺したとお思いになりませんか。生かしておくわけがないじゃありませんか」

マリネは興奮して言い返す。田宮の作戦通りの反応だった。

「いや、そうでした。そのとおりでした。ですから、秀臣は自殺しようとしたのです。隆一の協力を得て。しかし、いざとなったら、隆一は自分が助かることだけを優先した。それが恨みとして残り、十三年後の二〇〇〇年にふたりの兄弟は再会を果たす。隆一は、再生して立派になり、慶四郎という新しい名前まで得た、新生秀臣と出会ったわけです。性格的には隆一の方が勝気で主導権を握っていたのでしょうが、肉体的には秀臣が主体でどっちかというと隆一の方が付随しているというシャムではなかったのでしょうか」

　マリネは答えない。

「ベト・ドクのように、もし万が一自分たち兄弟に分離手術が施されるとした場合、どちらかが割を食うのは目に見えている。それは自分の方だと隆一は思ったのでしょう。だから、秀臣が自殺したときは、ある意味チャンスだと思ったのかもしれません。自分だけが生き残れる。秀臣にしてみれば、自己犠牲してまで隆一に尽くしたのに、最後の最後に裏切られた。そういう思いが強かったはずです。だから、再会したときどんな会話がなされたのかわからないが、殺害を決心するのに躊躇いはなかったのだと思います。ただ、慶四郎の人格では何の怨恨もなかったでしょうから、どこかで人格転移が起こったのでしょう。本当の基本人格はあくまで灰王秀臣ですからね」

「秀臣はやっとあの忌まわしい記憶を消し去り、鈴木慶四郎として生きていけるはずだった。それが、いつしか精神を病んでしまった。そのうえ、頼りにしていた鈴木夫婦まで事故で亡くなってしまった。それでも慶四郎は持ち前の勤勉さで独り立ちしていました。しかし、多重人格症状が重くなってきた。一方、隆一も元気だけはいいが、勤勉ではなく、また障害の程度も大きいことから独り立ちできずにいました」

　マリネはふーっと、ため息を吐くと、雨粒の落ちてきた空を見上げ、

「私が面倒をみるしかないではありませんか。隆一も秀臣も。昔のように仲の良い兄弟に戻ってもらうには、時間が必要なのです。だから、綾香には未だ、言えなかった。いえ、今後も、誰にも言う気

はありません。私には、秀臣を守る義務があります。そのうえで一番良いと思うことを選択したのです。事件はただのひとつしか起こっていません。三年前の二〇〇〇年に灰王隆一が使用人によって殺された。ただ、それだけのことです。私は残された子供のためなら何でもします」

灰王マリネはそれだけ言うと、いきなり駈け出した、田宮に向かって。その手には果物ナイフが握られていた。目からはギラギラと嫌な光を放射しながら。

エピローグ

秀臣を解体したのは僕だ。だが、僕の気持ちを誰が理解してくれるというのか。母さえも最初僕のことを疑っていた。僕が自由になりたくて秀臣を殺したんじゃないかって？　冗談じゃない、十五年も一緒にいたんだぞ。ふたりで励ましあいながら生きてきたんだぞ。秀臣がいたからこそ、これまで生きてこれたんだ。秀臣は僕の全てと言ってもいい存在だったんだ。

秀臣はいつだって死ぬことを考えていた。座敷牢に閉じ込められたまま一生を終えるなんて、考えただけでも気が狂いそうだ。秀臣でなくったって死にたくもなる。毎日世話をしてくれる母だって、そのうちいつか自由になれると言うだけで、具体的な考えは持ち合わせてなかった。それでも僕たちは明日を信じて生きてきた。いつかここから出て、人並みとまではいかなくても、もう少し人間らしい生活ができると。だが年を重ねるごとにそれが無理なことが分かってきた。僕たち兄弟が特異な存在だって嫌でも分かってきたんだ。

いつだったか、僕たちは自殺を考えた。秀臣はいつも考えていたから、僕が覚悟を決めたと言った方が正確かな。僕はそれを母に打ち明けた。このまま閉じ込められっぱなしのままなら、ふたりして舌を噛んで死んでやるとね。母は泣きながら止めたよ。母を悲しませるつもりはなかったけど、他に方法はなかった。でも、秀臣は本当に舌を噛じまうし、びっくりしたよ。僕としては待遇改善要求のつもりだったんだけど。

しかしそのおかげで、散歩が許されるようになった。といっても母親が付き添っての月に一度の夜の散歩だったけど、それでも十分刺激的だった。これで当分秀臣は自殺を考えなくて済むと思うと僕も安心して眠れたよ。けど、その散歩すらも長くは続かなかった。せいぜい一年ぐらいかな。あんな辺鄙な村なのに一体どこをうろついているっていうんだ。村人に目撃されちまったんだ。それだけならまだしも、鬼が出るっていうんで噂になり、豊彦の耳に入ってしまった。感のいい男ですぐに僕たちのことだってばれて、散歩はそれっきりになっちまった。またもとの生活に戻ってしまった。

豊彦は僕たちを家畜ぐらいにしか考えていなかったんだ。蔵に顔を出すことはめったになかったけど、いつも冷ややかな目で僕たち兄弟を見下していた。名前を呼ばれることさえなかった。僕たち兄弟を識別していたとも思えない。僕たちは、身体はひとつでも人格はちゃんとふたつあるんだ。

でも、この一年間の夜の散歩は他にも収穫をもたらした。それは鉈と包丁を手に入れることができたからだ。包丁は厨房の外に殺菌のために干してあったのを仕舞い忘れたものだ。あの板前はすでにやる気を失っていたから仕舞い忘れてしまったのだ。鉈の方は杉下の作業小屋から盗んできた。良くして貰ったのに悪いことをしたと思っている。だけど、これらの道具をすぐ何かに使うのかという意志はこのときはまだ持っていなかった。ただ、何かに使えるのではないかと、漠然と考えていたに過ぎない。だからそのふたつの道具はずっとマットの下に隠し持っていたのだった。

再び真っ暗な毎日が始まると、秀臣は以前にも増して死にたいとばかり言うようになった。秀臣は僕の前でだけは喋るんだ。母の前ですらほとんど喋らない。人間嫌いなんだ。その秀臣が鬱になったのは、脇腹にできた腫瘍の所為だ。日に日に大きくなっていって一年位でメロンぐらいの大きさになった。しかもそれはただの腫瘍ではなく人面疽だった。弟の気持ちは良く分かるが、俺にはどうすることもできなかった。

その自殺を思い止めさせたのは綾香の存在だった。綾香が鍵のかけ忘れた引戸から入って来てくれたんだ。いま思えばそれは母が仕向けたことなのかもしれない。妹がいたことは知っていたが、会うのはそれが初めてだった。最初に気がついたのは秀臣だったが、僕もすぐに気がついて自分をシーツで隠したんだ。僕たちの姿を見て、大声を上げられるのを恐れたからだ。

幸い綾香には、病気で寝込んでいるという嘘に疑いは挟まれなかった。次からも来てくれるかどうか不安だったが、綾香は次の日も、そしてその次の日も来てくれるようになった。僕たちに生きる喜びが生まれてきた。本当に楽しかった。綾香がいるのはほんの三十分程度だったが、僕たちはその時間がいつも待ち遠しくてならなかった。

入れ替わりはうまくいった。極端に口下手な秀臣に、僕が適当に喋るから、口だけ動かしていろと言ったのだ。電気も点かない薄暗い部屋だし、気づかれないだろうとは思っていた。自信もあった。そうして数ヶ月が過ぎていった。途中で秀臣が代わりばんこに隠れようと言ったが、僕は断った。おまえが折鶴を折っているのを目にしているので、いまここで代われれば綾香に気づかれるってね。僕は喋れるんだから、せめて秀臣には見せてやりたかったんだ。

いま思えば、いままでで一番幸せなときだったのかもしれない。それを、名前をなんていったかな、あのいけ好かない家庭教師が、告げ口しやがったんだ。それから僅かに三ヶ月後のことだよ。秀臣が鉈で自殺を図ったのは。

確かに喧嘩もした。気弱な秀臣と強気の僕では諍いはあったさ。といっても、常にネガティブな秀臣を叱咤している僕という図式ではあったけど。でも、そんなのは兄弟げんかだ。四六時中一緒にいるんだ、諍いがない方がおかしい。秀臣がいなければ、こんなところに閉じ込められることもないと考えなかったわけじゃない。しかし、それは到底無理な相談だ。僕たちはふたり一緒になって生まれてきた――そういう運命を背負って生まれてきたんだ。

何度も言うように僕には秀臣が必要だった。ふたりが気弱であってみろ。とっくの昔に死を選択している。秀臣が気弱なことを言うから、僕が強気にならざるを得ないんだ。僕だって何度もくじけそうになったさ。頭のなかでは何度も悲観的なことを考えたさ。何年も外の世界を知らずに、座敷牢に閉じ込められているんだ、気が狂いそうになるほど落ち込んださ。逆に泣き言ばかりを言う秀臣がうらやましくもあったさ。

鉈と包丁を隠し持つようになってから、いざというときはそれで格子を壊して逃げ出してやろうと思うようになっていった。もちろん逃げ出したところで、どこにも行けないというのは分かっていたけど、そう考えることで僅かでも未来に光明を持つことができた。生きていく希望につなげるために銃は必要だったんだ。使うことがないということが分かっていても、気持ちを切らせないためにも必要だったんだ。しかし、秀臣は別の目的で使用してしまった。僕もびっくりした。

気弱なくせに、「僕は死んでも隆一は生きろ」などと普段から口癖のように言っていた。そういうときいつも馬鹿なことは言うなと言い聞かせていたのだが、まさか本当に行動を起こすと思わなかった。死にたいと口走っておきながら、実際は死ぬことはないとどこかで思っていたのかもしれない。甘かった。

寝入っているとき、いきなりやりやがった。自分の左足を切断したんだ。血が噴水のように出ていた。僕に痛みは感じなかった。秀臣は顔中涙で濡らしながら、僕を見つめ、「おまえだけは生きろ」って言って、今度は包丁を自分の脇腹にあて、思いっきり刺したんだ。止めようにも僕の位置からでは手は届かなかった。

一瞬、何が起こったのか分からなかった。目の前で起こったことが信じられなくて、信じたくなくて、秀臣が何をやっているのかはすぐには飲み込めなかったんだ。

だが、悲しさを感じている暇はなかった。考えている精神的かつ時間的余裕はなかった。秀臣が死ねば自分も死ぬ、それだけが頭に浮かんだ。でも、そのときは自分だけが生き残ろう、助かろうとは思わなかった。僕もじきに死ぬんだろうと淡々と受け入れることができた。

だからせめて、一瞬でもいいから自由になりたかったんだ。ほんのひとときでもいいから、自力で座敷牢を抜け出したかった。抜け出してみせたかった。僕たちだってできるんだぞって主張したかった。だから秀臣を解体した。生き続けたいと考えたわけじゃない。死ぬのならせめて満足な体になってから死にたかったんだ。好きな綾香に奇異な身体を見られるのが辛かったんだ。だから、まず腕を切断した。ひどいことをすると自分でも思う。失神していた秀臣も痛さで覚醒したよ。先に止めを刺してやりたいとこのときになって思ったよ。でも、怖かった。秀臣の心臓を刺せば、自分の身体への血流が悪くなるんではないかって考えたんだ。このとき僕は自分だけは助かりたいと思っていた。だから、秀臣にうらまれても仕方がない。


僕は僕の存在を世に示したいと思って生きてきた。別に有名になりたいとか、社会で成功したいとかいっているわけじゃない。人並みの、それより劣ってもいい、誰かの——家族や友人だけでいい——記憶に残るような人生を送りたいんだ。それの何が悪いんだ。僕が何をしたっていうんだ。友人を作って、旅行して、映画を見に行って……そういうことを望んで何が悪い。

僕の意見に賛同してくれなくてもいい。反論、大歓迎だ。一番恐いのは無視されること。駄目な奴だ、いやな奴だといわれてもいい。反感をもたれるということは存在を認められているということ。まだましだ。僕はいまここに存在しているんだ。それを誰かに分かって欲しい。僕はここにいるんだと——。

自殺するなんて弱い人間の選択肢だ。少なくとも僕は強い、強く生きる。自分を責めるくらいなら、他人に責任を転嫁してでも自分だけは生き残る。都合の悪いことが起これば、社会のせいにすればいい。仮に自分が悪かったとしても決して認めてはならない。ものの解釈なんて幾通りでもある。だから、自分だけは絶対に悪くない。座敷牢にいる間、僕はそう考えてきた。秀臣にもそう言い聞かせてきた。

しかし結果的に秀臣は自殺を選択し、そのおかげで僕は自由になることができた。義足のハンデなんていままでのことに比べればどうってことない。僕は秀臣の分まで生きなければならない。元気になって綾香に再会する。それがあったから広島の病院でのつらいリハビリにも耐えられた。モルモットのように扱われることにも耐えられた。

自由に動けるようになったのは二十歳になってからだった。この十三年間は座敷牢と変わらず閉じ込められっぱなしだったが、未来があった。そういう意味では、僕にとってとても意義ある十三年間だった。やっと義足を手に入れ、慣れ、人並みとまではいかないまでも自力で生きていけることができるようになった。僕の最後の希望は妹に会うことだ。一緒に暮らさなくてもいい。もう一度綾香の笑顔が見たいんだ。僕に生きる希望を与えてくれた綾香に会いたいんだ。

しかし、それも終わった。全て終わった。

自殺する人間の動機は他にもあったんだ。

閉じ込められているということは、それはそれで逆に生き続けることの動機付けになる。しかし、自由になったいま、ひとりでやっていけるという自信がついたいまになって、生きる希望がなくなった。それは孤独であるということだ。誰からも生きているということを認められないことだ。決して大好きな綾香から人殺しと言われたからじゃない。だから綾香は悪くない。

未練はある。やり残したことはいっぱいある。しかし、でも、もうそんなことはどうでもいい。やりたいという意欲が起きないんだ。幸せなことなどひとつもなかったけど、それすらもうどうでもいい。生きていても、逆に不幸な状態だけが、それだけ続くということだけだ。生き続けていればこそ未練も増える。

将来に期待が持てない。僕にはもう何もない。このまま死んでしまいたい。眠るように死んでいけたらどんなに幸せだろう。

せめて幕引きだけは自分でやりたい。

……しかし、自殺する勇気がない。俺には……。

＊

いまやつがゆっくりこっちに向かってやって来る。手には鉈を持っている。

やつがなぜ?　分からない。
でも、仕方ない。

僕は動けない。
やつが弟だったなんて、……気がつかなかった。
それなら、仕方ない。

僕は動かない。
まかせよう。流れに身を任せよう。
奴の好きなように。

僕はもう喋らない。
僕には生き続ける資格はない。

参考文献

『みっともない人体』　バーナード・ルドフスキー著　加藤秀俊／多田道太郎訳【鹿島出版会】
『図説　奇形全書』　マルタン・モネスティエ著　吉田春美／花輪照子訳【原書房】
『鬼』　高平鳴海／糸井賢一／大林憲司／エあーアイ・スクウェア共著【新紀元社】
『日本のおばけ話』　川崎大治・作【フォア文庫】
『マーシャとダーシャ』　マーシャ／ダーシャ著　ジュリエット・バトラー編　武者圭子訳【講談社】

本作は、右の参考文献を参考にしていますが、そこから作者の独自の解釈、あるいは想像を膨らませたフィクションの部分もあります。ご容赦願いたい。

異形の作家＝門前典之論

つずみ綾

一・〝伝説〟のデビュー作

今からおよそ十五年前。本格ミステリーとよばれるジャンル――手品さながらの論理の遊戯で読者を美しく欺き、犯行トリックのダイナミックさや伏線の鮮やかさでファンの心をからめとる――そんなジャンルのブームが定着し、腕に自信のある新人作家は、次々に野心作を手にして大御所に挑もうとしていた時代のことだ。本格ミステリー作家を志すものなら、一度は憧れる登竜門に何とも奇妙な長編が投じられたという。受賞を逃したにもかかわらず、その作品の凄みは、口々に喧伝され、市場で容易に入手できないがゆえにいっそうミステリーファンを焦らした。

その作家の名前は、門前典之氏。第七回鮎川哲也賞最終候補作に残った『唖吼《あく》の輪廻』は、残念ながら受賞を逃したものの、賞に名を冠す、鮎川先生が第一位に推したというので注目を集めた。当時のマニアなら、こう思ったかもしれない。あの鮎川先生が選ぶなら、よほどの強烈な個性を持った作品なのではないか、と。また、万人向きの完成度を現段階では備えていなくとも、この新人作家が秘めた才能はすさまじいばかりなのではないか、と。

『唖吼《あく》の輪廻』が改題され、『死の命題』として新風舎から自費出版された一九九七年は、島田荘司氏が『占星術殺人事件』で〈新本格ブーム〉とよばれる、新たな本格ミステリーのブームを作りだしてから十六年がたった頃であり、ミステリー読みは、奇抜なトリックや息を飲ませるロジックを求めて、新作を追いかけていた。読み手の目が肥えているがゆえに、新しい刺激を求める欲求も強く、そういったファンの飢えに、門前氏は歪《いび》つさを備えた、ストレートな本格ミステリーの書き手として姿をあらわした。当時を知るマニアと話をすると、流通冊数が少なかったにもかかわらず、刊行時に読んでいたという声をよく聞くが、それも『死の命題』(現在は、原書房から『屍の命題』のタイトルで刊行)のトリックの衝撃が語り継がれていたからだろう。

「あの○○がすごいね」と噂になるようなトリックは、作品をわずかな言葉で代弁し、〝伝説〟を築くが、『死の命題』はまさにそのような作品であった。もっとも、門前氏ならではの美質はそれ以外の点にも色濃く残されているのだが、それは、後ほど、氏の作品世界について概観するときにもう一度検討したい。

二.『建築屍材』で鮎川哲也賞受賞。そして、七年間の沈黙へ。

『死の命題』の〝伝説〟は読者の脳裏にはっきりと刻まれただけに、刊行から四年の月日がたち、門前氏が『建築屍材』で第十一回鮎川哲也賞を受賞したとき、旧知の作家の慶事を祝うかのような喜びを感じた方も少なくはなかったに違いない。

『建築屍材』は、次々に繰り出される不可能趣味で贅《ぜい》をこらし、受賞作にふさわしい完成度を備えた作品だった。中でも、解体されたうえに、数字を刻まれた死体という謎の奇怪さは、容易には忘れられぬもので、第一作に引き続き、門前氏は、途方もないスケールのミステリーを提示して通をうならせた。次作に向けて、ファンの期待は募るばかりだったが、この後、氏は七年の沈黙を迎えることになる。

さて、周知の読者も少なくないかもしれないが、門前氏が第一作、第二作を応募した鮎川哲也賞は、一九九〇年に創設された本格ミステリーを対象にした新人賞である。全十三巻の書き下ろし推理小説シリーズ「鮎川哲也と十三の謎」(東京創元社)を刊行する際、その最終巻を「十三番目の椅子」として一般公募したのを受け継ぐ形で作られた。本格ミステリーへのこだわりが、他の賞と一線を画すところであり、入魂のトリックやロジックを思いついた新人は、まず鮎川賞を目指すという風潮があったように思う。戦後、鮎川哲也先生は、半世紀以上にわたって執筆を続けられていたが、その長い歳月の中には、社会派ミステリーなどの流行で、本格ミステリーが片隅へと押しやられていたときもあった。そういう不遇の時代にも、ずっと稚気あふれる作を書き続けていた鮎川先生の心意気と熱意を次世代へ引き継ぐような鮎川賞を受賞するのに、まさに門前氏は適任であった。だからこそ、門前氏が七年間の沈黙をしている間も、そう遠くないうちに傑作を出してくれるのではないかとファンは待ちわびていたのだ。

三．眠れる獅子の咆哮――『浮遊封館』、そしてデビュー作の商業出版

久々の第三作『浮遊封館』(二〇〇八)は、犠牲者の数が百三十人足りない飛行機事故や、さらに

は怪しげな新興宗教教団を扱ったものだったが、何よりも開示された真相の異様さで門前氏の健在ぶりを高らかに示した。その真相とは、すさまじい地獄絵図のようなもので、後味の悪さはなかなか類をみないものだった。悪夢をみた後の寝覚めのような、じっとりとあぶら汗をかかせる気色悪さにもかかわらず、いや、だからこそか、ある種の嗜好を持つ人を捕らえるグロテスクな魅力がそこにはあった。『浮遊封館』の犯人が心に秘めた異常さは、一読、忘れえぬものであり、『浮遊封館』で再び門前氏は〝伝説〟を作ったといえるかもしれない。

再活動してからまもなく、氏の第一作も改題・改稿されて『屍の命題』(二〇一〇)として出版され、ようやくデビューから近年にいたる氏の軌跡が追えるようになったのも嬉しいことだった。マニアの間では金字塔に祭られたあの一作目が商業ベースで入手できるようになり、その隣には氏の新刊が並べられたのだから。

四.『灰王家の怪人』

本書『灰王家の怪人』は、門前氏の待望の第四作であり、氏独自の魅力があちこちに散りばめられている。昔話ふうの鬼伝説や少女の視点から語られる座敷牢に閉じ込められた少年との交流譚、幽閉された登場人物の独白や、出生に秘密を抱えた記録者が綴る密室殺人など、複数の視点が交差し、興味をいやがおうにもかきたてる形で物語は進行していく。十三年前におこった、密室と化した座敷牢での殺人、それをなぞるような現代の密室殺人、さらには消えた死体など、一筋縄ではいかない謎が次々とあらわれ、それらの謎は有機的なつながりをみせることで、読む者を惑わせる。

たとえば、本書の冒頭におかれた、鬼伝説——飛騨の国の両面宿難《りょうめんすくな》——は何を語っているのか。鬼は、首だけになっても生き続け、仕方がないので胴体をバラバラにしたら、体は消えうせたが、怪異はすぐにはやまなかったという。このエピソードは、現代の事件と何らかの関わりがあるのか否か。本編で、座敷牢での密室殺人の被害者は、生きているのかもしれないという予感が述べられるとき、古の昔話が妙なリアリティをもって読者にせまってくる。首を切断された被害者が、生きているはずがないのに。また、記述者の目の前にあらわれる、からみあう二匹の白蛇は、どのような凶事を告げているのか。すぐにはわからないもどかしさを読み手に抱かせたまま、不気味なモチーフがつなぎあわされ、カタストロフィーに向けて登場人物たちは、操られているかのように動いていく。

ロジックの影に隠れた異界——鬼や白蛇といった異形のものに象徴されるような世界——に読者は知らず知らずのうちに招かれるわけだが、序盤で、件《くだん》の座敷牢のある田舎町に記録者が足を踏み入れたときから、異界への招待は予告されていたともいえるだろう。謎の手紙に招かれ、さびれた田舎町の山向こうにある温泉宿を訪れた主人公に向かい、老婦人は開口一番「お待ちしておりましたよ」と言う。なぜ、訪れるのがわかったのか、どうして待っていてくれたのか。一瞬、老婦人はこの世ならぬ存在ではないかという嫌な予感が背筋を走る……。

こういう異質さを孕みながらも、『灰王家の怪人』は、本格ミステリーとして、現実の物理法則で成り立つ範囲で謎が構成されているのが面白い。十三年前に座敷牢でおこった怪異——目撃者が前室と牢を結ぶ戸を開けるまで生きていたはずの被害者は、戸が開けられたとたんに首を切られ、犯人は霞のごとく消えうせたという——。この陰惨な事件について、記録者は詳細に調査を続け、記録者の親友である探偵、雪入《ゆきいり》は、明晰な推理を働かせる。

不合理ともいえる異形のものの姿を見え隠れさせることで、作品に禍々しさが与えられた中、座敷牢の殺人をめぐり、記録者や探偵は合理的な知性を働かせて何とか真相にたどりつこうとするが、合理と不合理のバランスが何とも巧みなのだ。異界のシンボルに加え、閉じ込められた囚人の独白が、物語の合の手のように、要所要所にはさまれ、それらが非合理であるがゆえに、読者の心をとらえる。そこに、現実の事件についての合理的なロジックが述べられ、著者の思惑は、読む者を幾重にもからめとっていく。本書の題は、『二重拘束《ダブル・バインド》』となる予定だったというが、拘束されていくのは密室殺人の被害者のみならず、読者もそうだろう。もっともこの『二重拘束《ダブル・バインド》』というのは、なかなか含蓄深い題名で、何がどのように拘束されているのか、確かめながら読み進めても味わいが増すに違いない。

通常のミステリーでは推理が重ねられることで、雲が晴れるように、頭も整理され、納得がいくものだが、本書では逆に、ロジックを重ねることで宙吊りにされるかのような、落ち着きの悪い不思議な感覚がある。途中の段階ですっきりはしないものの、帰着点には前述した異形のものにも解決が与えられるような説明がなされるのではないかという予感が漂うのだ。

そういった妙な予感に加え、探偵役の雪入《ゆきいり》が、調査していた昔の密室事件を再現したかのような悲惨な死を遂げ、さらに死体が消失したというので、事件は混乱を極める。

探偵役の死というハプニングがあっても、何とか事件は解決し、真相には、異形なものの示唆したヒントが見事に生かされている。これから読まれる方には、ぜひ、解決で開示される門前ワールドを堪能していただきたい。合理と非合理が融合しきったロジックの見事さはもちろん、どうしてそんなトリックを思いついたのか、あるいは、なぜそんなモチーフを用いて、あのネタを隠しておいたのかというところに、氏の本質があるように筆者は思うからだ。理性に訴えるロジックと、感性に訴える真相と。この合致ぶりは門前氏にしか書けない世界ではないだろうか。

『灰王家の怪人』の大ネタは、ショッキングなものであるけれども、それ以上に印象的なのが、そのネタの調理の仕方であり、読者を宙吊りにしたのと同じく、氏は登場人物になるべく長く苦しみを与えるかのような不気味な細工をほどこしている。

さらっとした筆書きだけにいっそう、真相が鬼気迫る勢いで読者に立ち向かってくるかのようで、本書を未読の方は、さあ、本編のページをめくってほしい。ページをめくる手がやまなくなるはずだから。

五. 門前氏の作風について

現役の建築士という専門職の視点に基づいた独創的な謎を提示したり、トリックにつぐトリックや派手な真相で話題をさらうなど、作品ごとに違った趣向を取り入れて、あの手この手で魅了してくる門前氏。

本格ミステリーにこだわりを持ち、これでもかと不可能興味を提示してくるその影に、たとえば、デビュー作でいえば、昆虫標本や拷問台など恐ろしげな小道具がすっとあらわれる点に興趣がわく。ロジックの美しさと、淫靡《いんび》ともいえる奇怪な世界との混じり合い——。

そういうメリハリがあるため、息つく暇なく物語は展開し、さらには、積み重ねられた推論が盛り上がりに貢献することから、氏が長編向きの作家なのではないかという印象を筆者は抱いている。もちろん、氏の短編も完成度が高いものだが、あらゆるものが呼応しあって、結末部になだれゆく設計図を描くには、ある程度の長さが必要なようにも思うのだ。第五作、第六作となる長編を楽しみに待ちたい。

六、シリーズ「本格ミステリー・ワールド・スペシャル」について

本格ミステリーの出版点数が減少気味の昨今だからこそ、門前氏のような生粋の本格ミステリーの書き手が活躍するのは嬉しいもので、今年（二〇一一年）に刊行が始まったばかりの本シリーズ「本格ミステリー・ワールド・スペシャル」に本書は彩《いろどり》を与えてくれた。本シリーズは、島田荘司氏と二階堂黎人氏により、新進気鋭の作家の傑作群を集結させる意図で作られた。第一巻は、近年絶好調の小島正樹氏による『龍の寺の晒し首』であり、ボートを漕ぐ首のない死体や、空を舞う龍など、目を奪う趣向とどんでん返しが鮮やかな作である。

本シリーズについては、「本格ミステリー・ワールド二〇一一」に、執筆者の一部による座談会（参加者：麻生荘太郎／大山誠一郎／加賀美雅之／深水黎一郎／二階堂黎人）が掲載されており、充実した内容なので、ご興味のある方はぜひ一読されたい。

門前典之　著作リスト

長編

『死の命題』（新風舎、一九九七年）

『建築屍材』（東京創元社、二〇〇一年）

『浮遊封館』（原書房、二〇〇八年）

『屍の命題』（原書房、二〇一〇年）※『死の命題』を改稿・改題したもの

『灰王家の怪人』（南雲堂、二〇一一年）

短編

「天空からの死者」（『不可能犯罪コレクション』に収録。原書房、二〇〇九年）

灰王家《はいおうけ》の怪人《かいじん》

2011年6月8日　第一刷発行

著　者　門前典之

発行者　南雲一範

装丁者　岡 孝治

発行所　株式会社南雲堂

東京都新宿区山吹町361　郵便番号162-0801

電話番号　(03)3268-2384

ファクシミリ　(03)3260-5425

URL　http://www.nanun-do.co.jp

E-mail　nanundo@post.email.ne.jp

印刷所　図書印刷株式会社

製本所　図書印刷株式会社

カバー写真　中村一平

ISBN 978-4-523-26502-3 C0093